TRISTE
ESPAÑA

Colección Miscelánea

TRISTE ESPAÑA

ROSA GARCÍA CACHÁN

e-*Dit* ARX
PUBLICACIONES DIGITALES

COLECCIÓN MISCELÁNEA, 9

© Rosa García Cachán, 2017
© de la edición (digital e impresión bajo demanda):
e-DitARX Publicaciones digitales
Avda. Almazora, 83, 4-E, 12005, Castellón de la Plana
Tel.: 964 063 778
editarx@editarx.es
www.editarx.es

Depósito Legal: CS 188-2017
ISBN 978-84-946902-0-4

Varios tragos es la vida
y un solo trago es la muerte

MIGUEL HERNÁNDEZ, del poema «Sentado
sobre los muertos» *(Viento del Pueblo)*

I. El despertar

Me llamo Juan de Aragón y Castilla, y estoy muerto.

Puedo realizar tan categórica afirmación porque soy consciente de que mi alma inmortal se ha desprendido de mi cuerpo y porque acabo de presenciar mi entierro en la catedral de Salamanca.

Mi alma, mi espíritu y mi mente existen sin un continente físico que me limite o que me ate. Fluyo cual niebla intangible penetrando en los corazones de las personas que piensan en mí, incluso en el corazón de Bruto.

Permanece echado sobre mi sepulcro como si también hubiera muerto. En varias ocasiones han intentado sacarlo del templo pero, en cuanto lo sueltan, entra de nuevo con la cabeza baja, arrastrando pesadamente las patas y el rabo lastrados de tristeza. El pobre animal abandona su desconsolada vigilia el tiempo justo para aliviarse, regresa inmediatamente a la cabecera de mi tumba, se deja caer y suspira. Algunos buenos cristianos, apiadándose de sus sentimientos más que humanos, le han colocado un cojín para que se tienda y alimentos para que se sustente. Nunca imaginé que me quisiera tanto.

Mi cuerpo yace frío, inerte dentro de su ataúd, vestido con el hábito de los franciscanos y tapado por una pesada losa de mármol, también frío e inerte. Debería sentir angustia al encontrarme una situación tan inexplicable, por el contrario me encuentro extrañamente calmado, en absoluta paz.

Me atrevo a suponer que esta especie de vida sin cuerpo es un breve lapso que Dios Nuestro Señor nos concede para despedirnos del mundo antes de llevarnos a su presencia y someternos a su juicio. Por si este fuera el caso, voy a aprovechar la inaudita oportunidad de acceder a las almas de mis allegados para despedirme de ellos y completar mi historia, dejando, al benevolente juicio del que lea estas memorias, mi propia versión de los acontecimientos que han desembocado en tan luctuoso final.

Todo comenzó en Almazán, tierras de Soria, el 30 de junio del año de Nuestro Señor de 1496, día de mi décimoctavo cumpleaños.

Como cada mañana, el camarero mayor se dirigió a mis habitaciones acompañado por el resto de camareros, los reposteros de camas y los mozos de la cámara que tuvieran encomendada alguna función.

A don Juan de Calatayud, castellano viejo, le encantaba el ceremonial creado por la reina Isabel de Castilla para ritualizar, engrandecer y proteger, hasta en el más mínimo detalle, la vida de su hijo. Se trataba de una parafernalia minuciosamente planeada que mi camarero mayor cuidaba de ejecutar con la precisión de un desfile militar.

Solo había una cosa que a Calatayud no le gustaba: los monteros de Espinosa. Reconocía que su labor como cuerpo de guardia nocturno de las personas reales era loable e irrenunciable de todo punto, pero la mirada de aquellos montañeses le estremecía. Eran hombres curtidos de Las Merindades burgalesas, discretos como monjes, austeros en sus necesidades e implacables en su misión.

Cada noche, doce milicianos armados acampaban, literalmente, en la antecámara. Distribuían la vigilia en tres turnos de cuatro personas con la misión de custodiar la puerta de mi cámara, atender los recados que ocasionalmente les demandara y, una vez despierto el turno siguiente, llevar a cabo una ronda por palacio comprobando que las puertas que debían estar cerradas lo estaban. Decían ostentar el privilegio de poder partir por la mitad a cualquier persona que encontraran de noche en palacio sin que tuviera que estar en él, corriendo la misma suerte aquel que, teniendo autorización para estar, se hallara cerca de mi cámara sin haber sido requerido. Calatayud sabía que semejante bravuconada tenía visos de convertirse en realidad en el mismo momento en que los monteros considerasen que mi integridad corría algún tipo de peligro, y no quería comprobar, en sus propias carnes, la veracidad de tal amenaza.

Al llegar a la antecámara saludó con frialdad a los monteros de

Espinosa, esperó con ceremoniosa dignidad a que el mozo de las llaves abriera el guardarropa para que otros mozos sacaran las prendas que me iba a poner aquel día, preparadas desde la noche anterior, cogió las calzas y empujó suavemente la puerta, nunca atrancada, de la cámara.

Me encontró levantado, mirando con absorta curiosidad hacia el río a través de una de las ventanas que daban a la elegante galería del palacio.

El palacio de Almazán se yergue majestuoso en la cima de una pronunciada pendiente que cae, casi a plomo, sobre la orilla del Duero. El ala norte, la que se asoma al río, recibe la luz en su planta baja a través de ocho enormes arcos apuntados, mientras que la planta noble está recorrida, casi de lado a lado, por una magnífica galería de once arcos de medio punto. A esta galería se abren las habitaciones que fueron mi residencia privada durante aquellos meses. La galería, y muchas de las estancias de la zona privada del palacio, están decoradas con un rico artesonado de madera policromada, lo que convierte los techos de los aposentos en un sugestivo cielo cuajado de estrellas de ocho puntas. El resto del palacio se estructura en torno a un gran patio en el que se desarrolla la mayor parte de la actividad cotidiana necesaria para el funcionamiento de la casa.

Confío en que tan soberbio edificio sobreviva a los avatares de la historia, permitiendo que generaciones venideras puedan disfrutar de su armoniosa y serena belleza.

Por aquellos días yo llevaba poco más de dos meses viviendo en el excelente palacio que la familia Hurtado de Mendoza acababa de reformar, y que habían ofrecido a sus católicas majestades para nuestro alojamiento temporal. Por desgracia no me quedaría allí para siempre, tan solo unos meses hasta que mi esposa por poderes llegara a España, más adelante ya se vería.

Las dependencias palaciegas estaban ocupadas por la familia real y por los escasísimos y muy altos miembros de la corte que ostentaban el privilegio de pernoctar en palacio. La mayor parte de la corte y casi todo el servicio, salvo los imprescindibles que ocupaban cuartos de la planta baja, se hospedaban en casas y posadas de la villa.

Desde que tenía recuerdos, mi vida había sido un eterno viaje por los reinos de mis padres, arrastrando tras de mí todas mis pertenencias, alojándome en casonas, castillos o palacios, unas veces propiedad de la corona, otras, las más, prestados. Era un nómada de lujo, pero nómada a fin de cuentas.

Calatayud permaneció en silencio unos momentos a la espera de que me percatara de su presencia. Sabía que los monteros, con la oreja pegada a la rendija de la puerta, esperaban escuchar la voz de su señor para dar por finalizada su misión. Si en unos instantes no me oían hablar, entrarían en la habitación como perros de presa, eventualidad que ponía muy nervioso a mi camarero mayor y que le animó a articular un saludo para llamar mi atención.

—Buenos días, alteza. Permitidme que sea el primero en felicitaros en este día tan gozoso.

Me di la vuelta sorprendido, había perdido la noción del tiempo.

—Buenos días, Calatayud. Agradezco vuestro parabién.

Don Juan de Calatayud, fiel a su misión, sacó del arca de la ropa blanca una camisa y un calzón y se dirigió al retrete donde preparó una jofaina, una jarra de plata, toallas, paños, jabones y perfumes, además de los utensilios necesarios para limpiarme los dientes y arreglarme las uñas. Como era verano y la chimenea de la cámara no estaba encendida, había en el retrete un pequeño brasero que, aparte de caldear el cuarto para el posterior almuerzo, templaba rápidamente el agua de mi aseo.

Otro día cualquiera me habría puesto camisa, calzón y calzas en la cámara, dejando pasar a continuación al resto del servicio, incluido el mozo del retrete que habría dispuesto la jarra y la jofaina para lavarme manos y cara. Pero, por decisión expresa de la reina, un día por semana, como mínimo, tocaba baño seco completo y lavado de cabeza, y aquel era uno de esos días. Como nadie, salvo mi camarero mayor, podía verme hasta que no estuviera cubierto por las prendas que acabo de mencionar, los días del baño completo recaía sobre él la preparación de los utensilios de mi higiene.

Calatayud aflojó las cintas que ajustaban mi ropa y me quitó la camisa de dormir y el calzón. Con estudiada minuciosidad vertía en el agua templada jabones y perfumes, humedeciendo, en tan selecta mezcla, los paños con los que lavaba cada pulgada de mi piel.

—Fijaos Calatayud, dieciocho años, quién lo iba a decir. Poco a poco voy arañando años a la vida, a este paso moriré de viejo.

—¿Por qué decís eso, mi señor?

—Lo digo porque, aunque mi salud siempre ha sido un quebradero de cabeza para todos, parece que mi cuerpo ha decidido aplazar *sine die* ese desenlace tantas veces anunciado.

—¡Dios no permita que vea tan aciago día!

—Tranquilo, creo que a ambos nos queda mucho tiempo antes de presentarnos ante el Creador.

Don Juan de Calatayud sonrió discretamente. Siendo un hombre de cierta edad presumía de un estado físico envidiable que le capacitaba para cumplir sobradamente las funciones de camarero mayor. Este cargo le había sido otorgado por los reyes en atención a su linaje, probado sentido común, lealtad a la reina y buen carácter.

Mientras Calatayud continuaba con su tarea, mis ociosos ojos recorrieron lentamente aquella acogedora habitación cuyo acceso estaba restringido a un muy reducido número de imprescindibles servidores, además de a las pocas personas que gozaban de mi absoluta confianza.

El retrete era mi habitación privada, el aposento donde me retraía. Allí atendía las servidumbres de mi cuerpo, escribía, leía o hacía que me leyeran, recibía clases, me encerraba a pensar o a soñar, según cuadrara, comía apartado o en íntima compañía, y podía tener conversaciones absolutamente confidenciales. Era el único reducto de palacio donde se me permitía estar realmente solo o en total privacidad con quien quisiera.

En sus paredes se acumulaban cajas con mis efectos personales: calentadores para la cama, utensilios de higiene, jarras y jofainas de plata, perfumes, pañuelos, manteles y toallas. Otras almacenaban libros y escritos, sobre todo libros piadosos, de reflexiones filosóficas y de educación de príncipes.

Lo que ya no conservaba en mi poder eran las cartillas y cartapacios en los que, a lo largo de los años, había ido plasmado la evolución de mi aprendizaje: mis primeras composiciones en latín, los cuadernos por los que aprendí a leer música y a tocar el órgano, y los libros con modelos para aprender el arte del dibujo y el manejo del color. Todo ese material permanecía celosamente custodiado por mi madre en su cámara, como un tesoro. Era de dominio público que estaba orgullosa de la esmerada educación que me había dado y del gran aprovechamiento que yo había hecho de ella.

El retrete contaba también con aparadores en los que se guardaba la vajilla de diario y deliciosas conservas, por si tenía apetito entre horas. En una de sus esquinas, unos paneles aislaban la zona donde se colocaba el bacín que usaba durante el día, y que el mozo encargado de ese menester llamaba *el oculto* para distinguirlo del que colocaba por la noche en la cámara al lado de mi cama. Disponía, además, de un escritorio de pié y otros dos portátiles, una mesa, un banco, dos escabeles y dos sillones ricamente guarnecidos donde sentarse, limitando, explícitamente, el número de personas que podían acompañarme en mi retiro.

La cámara, sin embargo, era la habitación donde dormía, rezaba las horas y asistía a la misa diaria, recibía visitas de personas de mi servicio y entorno, despachaba los asuntos de mi casa, donde jugaba a cartas, dados o ajedrez, donde ensayaba con el coro o tocaba los diversos instrumentos musicales que poseía. En la que, a lo largo del día, estaban presentes camareros, pajes, reposteros de camas y mozos de la cámara. Por ese motivo disfrutaba tanto de aquellos escasos momentos de intimidad con mi secreto consejero.

—¿Creéis que esta fecha cambiará en algo mi vida? — pregunté a mi camarero.

Calatayud tardó un poco en responder, estaba muy concentrado frotándome la espalda.

—En principio un día sucede a otro sin solución de continuidad, si bien es cierto que cumplir dieciocho años se considera una fecha muy significativa ya que abandonáis definitivamente la condición de muchacho y entráis en la de hombre, con todo lo que ello conlleva.

Mi camarero, además de por su discreción, era valioso por sus frases lapidarias, cada una de las palabras que salían de su boca tenían su razón de ser.

—Ese «conlleva» es lo que me preocupa —respondí algo intranquilo.

—No hay motivo, mi señor, básicamente todo lo que se espera de vos como príncipe ya lo estáis cumpliendo: gobernáis un señorío, disponéis de soldados, administráis bienes e impartís justicia.

—Mi señorío es una ínfima parte de lo que será mi reino. Si ahora, teniendo cada territorio su propio rey, la cohabitación de Aragón con Castilla se mantiene en un complejo equilibrio, imagino lo que puede suceder cuando herede los reinos de mis padres y agrupe, bajo una única corona, territorios tan singulares —suspiré abrumado—. No me siento tan fuerte ni tan sabio como los reyes, mis señores.

Calatayud me miró condescendiente mientras terminaba de secarme.

—No sois consciente de ello, pero el ejemplo de vuestros padres, mis señores, ha debido de ir calando, a lo largo de los años, en vuestra cabeza y en vuestro corazón. Estoy convencido de que vuestra sabiduría y fortaleza son mucho mayores de lo que vos mismo pensáis.

Las halagadoras palabras de mi camarero mayor no consiguieron convencerme, me seguía pareciendo una ardua tarea igualar la capacidad de los reyes para gobernar de la manera que ellos lo hacían. Desde mi nacimiento me habían mantenido a su lado, siendo testigo de sus acciones de gobierno, para que viera y aprendiera. Estuve presente en la campaña de Granada, en las diversas negociaciones con Navarra, en las disputas con Francia y Portugal, en el proyecto de Colón, aunque poco más que como mero espectador. Me aterraba pensar en el día en que la tarea de encontrar soluciones adecuadas para problemas similares recayera sobre mis hombros.

El tacto de la camisa y el calzón limpio que Calatayud me estaba poniendo, distrajo mi mente de tan profundos pensamientos para atraerlos a un asunto, aparentemente trivial, que hasta entonces nunca se me había ocurrido considerar: comparar mi desnudez con su elegante, sobria y cuidada vestimenta.

—Calatayud, hace un momento hemos aclarado que ya soy un hombre en todo el significado de la palabra; decidme pues: siendo vos tan alto caballero ¿no os molesta tener que asearme?

Antes de responder indicó que me sentara en mi confortable sillón, se giró lentamente para coger las limas y tijeras destinadas al cuidado de las uñas y, con la misma natural parsimonia, se arrodilló frente a mí.

—Mi señor, os puedo asegurar que soy el hombre más afortunado y envidiado de la corte no solo por contar con vuestra confianza, sino también por ser la única persona sobre la tierra, a parte de vuestra augusta familia, que tiene el privilegio de tocar vuestro real cuerpo. Y mi esposa, doña Francisca, comparte conmigo ese orgullo por permitírsele lavar y coser la ropa blanca y las toallas que rozan la piel de vuestra graciosa persona.

La emoción y el respeto que transmitían sus palabras me intimidaron en cierta manera. Don Juan de Calatayud, devoto militante de la orden de Santiago, con merecida fama de hombre virtuoso, honesto y religioso, estaba inclinado ante mí, limando las uñas de mis pies.

—Sigo pensando que esta tarea de arreglarme las uñas, u otras similares, podría llevarlas a cabo cualquiera de mis servidores.

—Alteza —protestó—, bajo ninguna circunstancia dejaría que nadie se acercara a vos equipado con tijeras, limas, o cualquier utensilio que pudiera provocaros el más mínimo daño. El barbero es un caso aparte, la pericia que demuestra en su oficio le cualifica para actuar mejor que ninguno de vuestros camareros, incluido yo mismo, pero os aseguro que cada día, cuando se os acerca con la navaja abierta, me pongo a su lado con la mano en la daga vigilando el menor de sus movimientos.

—Ya me había fijado, creía que vuestra proximidad tenía por objeto velar porque realizara bien su tarea, con el mismo celo que ponéis en todo vuestro trabajo.

Alguna de mis palabras debió de ser inadecuada porque, de inmediato, mi camarero dejó su faena y contestó, envuelto en una atmósfera de dignidad y satisfacción.

—Mi príncipe, serviros no es un trabajo, es una devoción, un credo, una forma de vida. No sabría repetiros las palabras exactas, solo recuerdo que alguien muy sabio describió a mis señores los Reyes Católicos como enviados celestiales cuyos pensamientos, palabras y obras están guiados directamente por la mano de Dios. Esta condición semidivina también se aplica a vos, su sucesor.

Tras semejante discurso, expuesto como si estuviera recitando las sagradas escrituras, bajó la cabeza y terminó de arreglarme las uñas. No me consideraba digno de semejantes alabanzas pero sentí un gran alivio al saber que, para aquel hombre, era una tarea tan encomiable ocuparse de las servidumbres de mi condición humana. Desde que empecé a sentir pudor de mi cuerpo, solamente Calatayud me había visto desnudo y solo él ponía sus manos en mi piel. La idea de que cualquier otra persona pudiera siquiera verme en tales circunstancias me provocaba auténtico terror.

Iba a agradecer sus palabras pero ya no pude responder; sin darme tiempo a reaccionar había empezado a rasparme los dientes con unos finos ganchos de hierro.

Al concluir, me puso las calzas, limpió y recogió las herramientas en la caja correspondiente y envolvió cuidadosamente, como en un hatillo, el camisón, el calzón, la cofia y el pañuelo con que había dormido, junto con los paños y toallas que había utilizado para lavarme.

Sin más comentarios, se dirigió a la puerta de la cámara y dejó pasar a los reposteros de camas. No perdió la oportunidad de lanzar su habitual mirada de recelo a los monteros de Espinosa que, tras reconocer la voz de su príncipe, habían comenzado a recoger sus catres, armas y velones cediendo su lugar a los reposteros de camas que, hasta la hora de acostarme, vigilarían las puertas de mi cámara desde el interior. Una vez dentro, ya en sus puestos, uno de los reposteros abrió la portezuela de la escalera de servicio, que también servía como vía de escape en caso de peligro, permitiendo el acceso por ambas puertas de un verdadero ejército de mozos, pajes y camareros dispuesto a cumplir con los cometidos que tenían establecidos,

Lo primero que hizo Calatayud fue entregar a un mozo el hatillo de ropa que había preparado, con el mandato de llevárselo a su esposa. Sería una temeridad imperdonable descuidar mi ropa blanca sabiendo que existían venenos susceptibles de trasmitir su dañino efecto de la tela a la piel. A continuación requirió a un camarero joven para que le ayudara a lavarme el cabello.

La maquinaria de mi servicio funcionaba con tal precisión, discreción y fluidez que, a veces, me hacía dudar de si lo que se movía a mí alrededor eran personas vivas o autómatas bien engrasados. Mientras unos mozos apagaban la vela que vigilaba mi sueño y separaban los candeleros que se habían utilizado la noche anterior, otros retiraban, con el saludo de rigor, la espada y el escudo que se colocaba cada noche en la cabecera de mi cama. Era lógico tener a mano un arma con la que defenderme, si fuera necesario, pero me dormía cada noche rezando para que no se presentara la ocasión de utilizarla.

La resuelta entrada de los médicos dispuestos a observar detenidamente el contenido de la bacinilla de la cámara, antes de que el mozo del bacín la retirara discretamente bajo su capa, rompía el cauteloso baile que se orquestaba a mí alrededor. Ver la forma en que observaban su contenido me resultaba realmente desagradable ¡Y más valía que mis principescas deposiciones tuvieran el aspecto adecuado! En caso contrario, su habitual interrogatorio sobre mi estado y sueño, se podía complicar con infinidad de preguntas y exploraciones relacionadas con la cena, mi temperatura, el color de mi piel o mis humores vítreos. A la exhaustiva indagación solía suceder un diagnóstico, también exhaustivo a la par que poco concluyente que, indefectiblemente, llevaba a prescripciones restrictivas en cuanto a comidas, bebidas y actividades. Aquel día, cuando comprobé que dejaban marchar al mozo del bacín sin hacer ningún aspaviento, respiré aliviado.

Respondí educadamente a sus habituales preguntas, mientras me entretenía observando cómo los mozos preparaban los pantuflos y el camisón limpio para la noche siguiente y mudaban la cama. La oportuna llegada del zapatero puso punto final al tedioso cuestionario.

Además de confeccionar el calzado, el zapatero tenía encomendada la función de calzarme, tarea para la que necesitaba la colaboración de dos mozos que sujetaran la silla donde me sentaba, a fin de que los esfuerzos del buen hombre por ajustarme los borceguíes no dieran con mis huesos en el suelo.

Por último le tocaba el turno al barbero, un fulano poseedor de un gracejo especial que sabía hacerme reír con mordaces ocurrencias, siempre mantenidas en los límites de su condición y de la mía. Rasuraba rápidamente el poco vello que afloraba a mi cara y, con la destreza que le caracterizaba, daba forma e igualaba mi cabello. Me parecía increíble que, en una sola noche, algunos cabellos crecieran más que sus compañeros, pero así debía de ser, pues todos los días usaba las tijeras para meter en vereda a cualquier pelo que osara desdibujar mi rubia melena.

Como punto final del ceremonial mañanero, un auténtico enjambre de personas me rodeaba para colocarme encima el resto de prendas y aderezos que conformaban mi atuendo.

Por ser una ocasión especial, el proceso de acicalamiento se alargó más de la cuenta. Uno de mis camareros jóvenes, don Luis de Torres, había supervisado, junto con el sastre, los fastuosos ropajes que me había de poner aquel día. La reina Isabel, sabedora de que el lujo impresiona, lo utilizaba, estratégicamente dosificado, como tác-

16

tica para manifestar su autoridad. Debido a que este joven camarero, hijo del condestable don Miguel Lucas de Iranzo, era admirado entre otras cosas por su buen gusto en el vestir y sus elegantes maneras, mi madre le había encomendado la importantísima tarea de cultivar mi apariencia y mis modales.

En general, no me agradaban tantas muestras de ostentación. Mis momentos más felices, aparte de las clases y charlas con mi preceptor, eran los que pasaba en el campo cazando, o con el maestro Juan de Anchieta cantando en el coro de la cámara, tareas de grupo donde podía desprenderme de la aureola principesca para ser, únicamente, un *primus inter pares*.

No obstante, y debido al respeto que le tenía, aceptaba y entendía las razones de mi madre, sometiéndome con paciencia a la pérdida de tiempo que para mí suponía el proceso de presentar un aspecto lo más impresionante posible.

La última etapa de mi ornamento indicaba que estaba a punto de llegar mi preceptor, mi capellán mayor, mi segundo padre, mi amigo, el obispo fray Diego de Deza. Acudía todas las mañanas a mi lado para rezar, decir la misa del día en mi cámara y, a continuación, impartirme una hora de clase en total privacidad.

¡Cómo quería a aquel hombre!

Los reyes habían conseguido que el sumo pontífice otorgara a fray Diego de Deza licencia para dedicarse en exclusividad a la formación del futuro rey de las Españas, liberándole de sus obligaciones como prior de los Dominicos de Salamanca y como obispo de esa misma ciudad. Esto último no le supuso ningún inconveniente puesto que, a pesar de tener la prelatura de la diócesis helmántica desde 1494, no había llegado a tomar posesión de su cargo, ocupado como estaba en recorrer la península detrás de su amado príncipe.

La entrada de fray Diego, revestido con los ornamentos sacerdotales, engalanó mi aburrido rostro con una enorme sonrisa. El obispo tenía la misión de acompañarme a presencia de sus altezas para después, todos juntos, salir en procesión hacia la cercana iglesia de San Miguel y oficiar una misa de acción de gracias.

Mi capellán mayor se mostró sorprendido. Le pareció que de repente, de la noche al día, había dejado atrás mi aspecto aniñado, mis manos finas y blancas, mi complexión menuda y mis ingenuos ojos azules, para dar paso a alguien más hombre, más maduro, más príncipe. Hubiera querido estrecharme entre sus brazos y retenerme apretado contra él. Se contuvo. La presencia de la totalidad de mis camareros, viejos y jóvenes, y de muchos de los mozos de la cámara reprimió su entusiasmo dentro de los límites de un comportamiento apropiado.

—Buenos días, alteza. Que Dios os bendiga en este día tan feliz y os colme de alegrías.

—Mi mayor alegría es que hayáis venido a buscarme, pensé que hoy no podría veros en privado —contesté zalamero.

—Muchas gracias, mi señor, pero me temo que ahora no va a ser posible, sus altezas os esperan.

Inclinó levemente la cabeza y se giró para iniciar el camino hacia la sala rica, o salón del trono, donde aguardaban los reyes. Seguí dócilmente al obispo mientras camareros, pajes y los mozos de mi servicio formaban un cortejo en filas paralelas a ambos lados y en pos de mi persona. Un observador que desconociera el protocolo dudaría si se trataba de la procesión de un príncipe rodeado de su corte o de un reo rodeado de sus guardias. A veces me sentía más como lo segundo.

II. El encuentro

La entrada en el salón del trono se produjo en medio de un apretado aplauso que me sorprendió: no esperaba tal derroche de efusividad a aquellas horas de la mañana. Por mucho que yo tratara de quitarle importancia, para el resto del mundo, de mi mundo, aquel era un día muy especial.

La reina no se pudo contener.

—Ven aquí mi ángel. Deja que te abrace y bendiga el día de hoy por darnos la dicha de verte cumplir dieciocho hermosos años.

Ofrecí una elaborada reverencia a los reyes, como mis soberanos que eran, y avancé sonriente hacia ellos. Antes de fundirme con mi madre en el cariñoso abrazo requerido, saludé de igual manera a mi padre. No me lo había pedido, pero el brillo emocionado de sus ojos indicaba que lo estaba deseando.

El rey Fernando no era muy dado a las expresiones de cariño más allá de lo que la cortesía obligaba y a pesar de lo parco de su conducta, yo sabía que estaba orgulloso de mí, de su heredero. Había dedicado todo su reinado a consolidar su hegemonía, a prepararme para heredarla y a tomar las medidas necesarias para que sus reinos me aceptaran sin reservas. Más allá de ser un hijo, era un proyecto, una empresa, una misión.

La reina Isabel, en cambio, hacía ostentación de su maternidad de la misma manera que una gallina con sus pollitos. No pensaba, por ejemplo, que llamarme «su ángel» en público y a mi edad, pudiera ponerme en ridículo. Muy al contrario, consideraba que era una forma de mostrarle al pueblo nuestra íntima complicidad, nuestra indisoluble unión. Quien me hiciera daño, se lo hacía a ella, quien me ofendiera, la ofendía a ella, y de todos era bien sabido que a la reina Isabel no se la debía ofender. Tras su aspecto amable y contenido se escondía una mujer de hierro, capaz de hacer lo que fuera por su corona y su familia. Podría hablar largo y tendido sobre los terribles hechos que sus enemigos le atribuyen, pero no seré yo quien la juzgue como reina, me interesa más referirme a su faceta de madre por la influencia que tuvo sobre mí.

En la sala rica estaban los más allegados. Aparte de mis padres y fray Diego, se hallaban presentes mis cuatro hermanas, mi confesor fray García de Padilla, el maestro de capilla Juan de Anchieta, los miembros del consejo y justicia de mi casa, y todos mis camareros, pajes, mozos y oficiales mayores. Abajo, en el patio, nos esperaban el resto de la corte y las personas importantes de Almazán para unirse a la procesión.

Al mirar en derredor tuve que reprimir una sonrisa inoportuna. El día anterior había ocupado la mañana realizando un ritual que se repetía regularmente la víspera del aniversario de mi nacimiento: regalar la ropa exterior, que había usado durante el año, a las personas que estaban a mi servicio.

Las calzas, sobrecalzas y todo tipo de calzado eran privilegio de mi camarero mayor, y a él se las iba regalando a lo largo del año. El resto, salvo lo donado por algún motivo concreto, estaba allí, dispuesto como pago extraordinario por los servicios prestados.

Por indicación de la reina, llevaba diez años celebrando mis cumpleaños con aquella peculiar ofrenda. Mi madre solía decir que la cámara de un príncipe no puede parecer el almacén de un ropavejero. Insistía en que la ropa exterior no fuera usada más de tres veces, en que estrenara calzas nuevas cada semana y borceguíes nuevos cada domingo y festivo, en que mudara camisón, camisa, calzón y sábanas a diario, y en que en la cámara hubiese siempre dos docenas de camisas limpias, por si hiciesen falta.

Como la renovación continua del vestuario podría parecer simple envanecimiento, me explicó que, de lo que se trataba en realidad, era de honrar a mis servidores. Un príncipe no necesita recibir regalos en su cumpleaños, por el contrario él debe hacerlos a aquellos que le asisten como agradecimiento a su dedicación, y nunca recordarlos ni echarlos en cara. En cuanto a los que reciba de personas de linaje que quieran obsequiarle, debe agradecerlos y tenerlos siempre presentes. Cuando la reina me transmitió esta sabia información yo contaba ocho años, me pareció que el mismísimo Dios hablaba por su boca.

Una de mis pocas virtudes era la de recordar, con todo lujo de detalles, nombres, caras e historias de las personas que estaban a mi servicio, incluso de aquellas que lo hacían temporalmente. Mi buena memoria halagaba su vanidad por el simple hecho de llamarles por su nombre y regalarles lo que consideraba más acorde con su oficio o cualidades.

Aquella mañana de mi cumpleaños, mirara donde mirara, veía mi guardarropa caminado a mí alrededor: no hubo servidor que no aprovechara la celebración para presumir de las prendas con que había sido obsequiado la víspera.

Terminados los saludos y felicitaciones de mi círculo más íntimo, accedimos al corredor que comunicaba entre sí las estancias de la planta noble, bajamos por la escalera real hacia el patio y desde allí, a través del zaguán, salimos en procesión a la plaza de la villa, donde se levanta la iglesia de San Miguel.

Como la iglesia y el palacio prácticamente se tocaban, el trayecto resultó muy corto, menos de cien varas, aunque suficiente para hacer alarde de grandiosidad, para que el vulgo viera y admirara. Guarnecidos por el palio que nos cubría recibíamos las aclamaciones y saludos del pueblo llano, agradecido de que al fin, bajo el reinado de mis padres, hubieran podido disfrutar de unos cuantos años de paz y prosperidad en una región acostumbrada a ser frontera, no siempre pacífica, entre dos reinos.

Al menos esa era la información que los regidores y personas importantes de la comarca nos transmitían. Como nunca llueve a gusto de todos, cabe suponer que, formando parte de aquella multitud enfebrecida, habría partidarios de la corona de Castilla, partidarios de la de Aragón, partidarios de la unión de ambas y detractores de cada una de las posibilidades, o de las tres a la vez. Fuera cual fuese la lealtad de cada uno, la celebración de mi cumpleaños representaba una fiesta en la que tendrían distracciones y comida gratis cortesía de las coronas, quien más y quien menos lo agradecía.

Los soldados se alineaban en dos filas delimitando un amplio pasillo que unía la puerta de palacio con la de San Miguel. Entre ellos discurría la comitiva formada por músicos, portaestandartes, y todos aquellos que, por su importancia en el escalafón de la corte y de la administración de los reinos, habían sido invitados a las celebraciones en la zona noble de palacio.

Mi cabeza se mantenía firme mirando al frente mientras mis curiosos ojos observaban furtivos el entorno, lo que me permitió ver, entre dos de los soldados que custodiaban el cortejo, a una joven que llamó mi atención. La gente a su alrededor se movía, gritaba, saludaba de forma desmedida. Aquella muchacha, en cambio, se mantenía quieta, serena, observándome de tal manera que no pude por menos que girar la cabeza hacia donde se encontraba. Nuestras miradas se cruzaron durante un breve instante, suficiente para que un escalofrío de desconocida emoción recorriera mi espalda. Al momento, ella bajó lentamente los párpados, permaneciendo en un discreto recogimiento que contrastaba, aún más, con el bullicio de su entorno.

Dentro de la iglesia me costó trabajo concentrarme en la ceremonia, mis pensamientos estaban ocupados por aquella imagen, por aquella aparición etérea. La reina, reparando en mi despiste, me dedicó una de sus firmes miradas para recordarme quién era, dónde estaba y cuál era mi deber.

Durante el trayecto de regreso a palacio, intenté localizar el lugar donde la había visto por si seguía allí. No estaba. Con toda la discreción que pude, para no tener que dar muchas explicaciones sobre mi aparente desconcierto, simulé saludar mirando a derecha e izquierda, incluso escudriñé el otro sentido de la marcha dudando de mi orientación. No había ni rastro. Llegué a poner en tela de juicio si realmente la había visto o me la había imaginado.

De nuevo en palacio, la familia nos retiramos a nuestras habitaciones para tomar un pequeño almuerzo y descansar antes de la ceremonia del besamanos. La impresión que me había causado aquella joven se retrajo a un segundo plano, eclipsada por el ajetreo del día. Retraída, que no apagada ni olvidada. Algo había cambiado en mi interior aunque no fuera capaz de reconocerlo o entenderlo.

Ya en el salón rico ocupé un sitial elevado bajo dosel al lado de los reyes. Los invitados se acercaban de uno en uno, primero a mis padres y a continuación a mí, para ofrecernos sus respetos. Iba a ser una recepción larga pero formaba parte de las servidumbres del cargo.

Según la estricta etiqueta castellana, impuesta por la reina, todo el que se aproximaba, a los reyes o a mí, debería hacer una reverencia, dirigir unas palabras de salutación e, hincando la rodilla, hacer ademán de coger mi mano para besarla sin llegar a rozarla y, por su puesto, sin mover mi mano enguantada de su cómodo apoyo en el brazo del trono. La única excepción eran mis hermanas, autorizadas a sustituir la postración y el ademán de besar la mano por un beso en la mejilla.

A los reyes les encantaba cualquier ritual que sirviera para dejar bien claro que ellos eran los representantes del Altísimo en la tierra. Dios les había elegido para tal cargo y les había otorgado poder absoluto sobre todas las criaturas de su reino, incluidos nobles y señores, que a través de la sumisión a la corona renunciaban, de forma expresa, a sus anteriores privilegios feudales.

Las salutaciones y los regalos, solo admitidos de personas de linaje, se sucedían. De mis padres había aprendido a mantener la cortesía en todos los acontecimientos de mi vida, y lo hacía bastante bien, casi tan bien como ellos. Recibía la reverencia, aceptaba el saludo y la genuflexión para terminar agradeciendo, con cautelosa equidad, el regalo que me acercaban los pajes. No podía dar la impresión de que unos me agradaban más o menos que otros.

Había presentes de todo tipo: ricos tejidos, piezas de vajilla, armas, imágenes religiosas, objetos de plata, joyas, reliquias. Mis padres me obsequiaron con un hermoso caballo árabe, mi maestro con un ejemplar de las *Confesiones* de san Agustín.

—Es precioso, querido fray Diego, no necesito abrirlo para conocer su contenido, hemos dedicado muchas horas a su estudio.

—Lo sé, alteza, supuse que os gustaría tener un volumen propio.

Viniendo de quien venía no me limité a ser cortés, agradecí sinceramente el presente, lo que no alcancé a comprender en aquel momento fue su significado. Fray Diego tenía la intención de seguir conmigo solo hasta después de mi boda: posteriormente marcharía a Salamanca a ocupar su ministerio episcopal y su cátedra de Prima de Teología en la universidad. Había pensado no decírmelo hasta el último momento, iba a ser muy difícil para ambos.

23

El siguiente en acercarse fue García de Albarrategui, compañero de caza y mozo de ballesta de los reyes. Acababa de llegar de Salamanca, trayendo consigo un regalo de parte de don Garci Rodríguez de Montalvo, regidor de Medina del Campo. Se trataba de una preciosa arca que guardaba una novela titulada *Los cuatro libros del virtuoso caballero Amadís de Gaula*. Según explicó García, dicha obra estaba compuesta por tres libros antiguos, que el propio Rodríguez de Montalvo había reescrito, y por un cuarto, original del regidor, que completaba la historia.

—Lo ha dedicado a vuestras católicas majestades —comentó orgulloso el improvisado correo.

Fray Diego miró intranquilo a los reyes. Era de sobra sabida su negativa a que yo leyera libros de caballerías o de enredos amatorios: para él no eran más que una improductiva y necia forma de perder el tiempo.

El paje que se había hecho cargo del obsequio se quedó con la pesada arca en las manos sin saber qué hacer, mirándome a mí y a los reyes que, a su vez, miraban a mi preceptor.

—Con todo mi respeto y sin menospreciar el regalo, no considero que este tipo de lecturas…

Mi padre cortó la disertación con elegancia, como sabía hacer.

—Fray Diego, sabéis que tenéis nuestra más absoluta confianza en lo referente a la educación del príncipe, labor que habéis desarrollado estos años con exquisita pulcritud. Vuestra prohibición de que don Juan lea libros de caballerías ha sido muy acertada y respetada por todos, si bien debéis considerar que nuestro querido hijo es ya un hombre y, gracias a vuestros desvelos, un hombre ilustrado, de probada inteligencia y raciocinio, capaz de distinguir la realidad de la fantasía y la vida de la ilusión. Demostrad vuestra confianza en él permitiéndole leer este libro con la ventaja añadida de que, estando vos cerca, podréis aclarar las dudas que le surjan, evitando así los males que sabiamente le achacáis.

Mi preceptor se quedó algo más tranquilo: si podía supervisar la lectura de aquel frívolo texto, sabría utilizarlo para demostrarme sus defectos.

—Agradezco la confianza que me brindáis, pondré toda mi alma en merecerla.

El paje miraba expectante a mi maestro. No le había quedado demasiado claro el sentido de la respuesta y prefería que le repitieran la orden antes que equivocarse. Esta era una de las habilidades del rey. Entre alabanzas y gratitudes llevaba a su interlocutor a un callejón sin salida donde la única respuesta posible era la que mi padre ya había previsto.

Fray Diego asintió de forma taxativa con la cabeza, despejando la incertidumbre del paje. Un extraño nerviosismo se apoderó de mí; llevaba años oyendo hablar de los libros de caballerías y por fin tenía uno. Hubiera querido abrirlo, empezar a leerlo allí mismo pero me contuve e indiqué que lo colocaran con los demás regalos, no quería parecer ansioso y entristecer a mi querido preceptor.

Concluida la ofrenda de saludos y obsequios, se preparó la sala para celebrar el banquete en mi honor. No se trataba de una gran celebración, tan solo los habituales de la corte, los señores de la comarca y algún noble venido desde Burgos para homenajearme. La mesa presidencial debería haber estado ocupada en el centro por los reyes, pero aquella vez, dada la ocasión, me habían reservado un puesto de honor en medio de ellos.

El maestresala organizó a camareros, coperos y trinchantes destinados al servicio de la mesa regia y, no sin cierta prevención, probó los alimentos para asegurarse de que no estaban envenenados. Mi madre, mientras, mantenía su mano sobre la mía mirando altiva hacia la sala, orgullosa de sí misma y sin molestarse en disimularlo. A pesar de que solo había logrado sacar adelante a un hijo varón, a pesar de que mi salud siempre había sido una espada de Damocles sobre su cabeza, a pesar de intrigas y traiciones, ella, Isabel de Trastámara, había conseguido ofrecer al mundo un príncipe adulto y preparado para asumir el futuro de las Españas, el futuro de Europa y el futuro de la fe católica.

Mi padre, aunque menos vehemente, guardaba la misma emoción en su corazón e imitó el gesto de la reina. Los tres formábamos un cuadro imponente.

—Tenlo presente, Juan, cuando gobiernes tendrás que negociar, y para tener éxito en las negociaciones, la parte contraria debe saber que cuentas con aliados leales, con un poderoso ejército que te respalda y con la voluntad firme de utilizarlo si intentara engañarte.

25

Agradecí el consejo y traté de memorizarlo. Prefería negociar que guerrear, me interesaban las batallas de la misma manera que me interesaba el ajedrez, por pura estrategia. Durante la campaña de Granada, y a pesar del ambiente protector en que se me mantuvo, tuve ocasión de descubrir el olor de la sangre, el color de los huesos sin carne y de la carne sin piel, y el ensordecedor sonido de la agonía. Aturdido, corría a refugiarme en mi cuarto para jugar al ajedrez, pulcra batalla sin olor, color ni sonido.

El convite, junto con la fiesta posterior, se alargó toda la tarde y hasta la noche, vasto tiempo amenizado por cómicos, malabaristas, bailes y todo tipo de juegos de salón. Juan de Anchieta, el maestro de capilla, aprovechó la sobremesa para estrenar unas obras que había compuesto para la ocasión. Cuando aparecieron los ministriles con sus instrumentos y el coro de la cámara, me supuso un gran esfuerzo no levantarme para unirme al grupo. Siendo el destinatario del homenaje tuve que contentarme con escuchar a mis compañeros desde mi sitio de honor. Pensándolo bien, mi incorporación al coro hubiera sido totalmente improductiva: el maestro de capilla había ensayado las obras a mis espaldas para que fueran una auténtica sorpresa. Anchieta a menudo me decía que cantar de tenor se me daba muy bien, siempre que lo hiciera formando parte de un grupo; parecía que, a pesar de mi entusiasmo, Dios no me había adornado con una voz digna de oírse en solitario. Respetaba su decisión, en la capilla musical mandaba él.

A una hora prudencial, la reina y las infantas se retiraron. Lo normal hubiera sido que me recogiera con ellas; aquella noche, sin embargo, el rey me invitó a quedarme. Siempre había querido participar en esos misteriosos momentos nocturnos reservados a los hombres y que tanto me intrigaban, por lo que pospuse para otro momento los dos asuntos que rondaban en mi cabeza desde la mañana: encerrarme en el retrete para empezar a leer el *Amadís* y encontrarme con fray Diego para contarle las turbadoras sensaciones que me había causado la muchacha que vi en la calle, aunque no necesariamente en ese orden.

El grupo de noctámbulos resultó ser un elenco escogido, del que formaban parte unos pocos nobles y cortesanos, y algunos de mis camareros.

La velada comenzó de forma discreta, con unas partidas de cartas en las que participé y gané. No es que mis contrincantes perdieran a posta para halagarme, lo cierto es que era realmente bueno con los naipes. Dicha habilidad convertía las jugadas en una suerte de contiendas muy interesantes, sobre todo cuando mis adversarios se empleaban a fondo para intentar vencerme. Conocedor de mi destreza, el rey me había advertido de que, en tales circunstancias, no debía insistir en prolongar las partidas: una cosa era ganar y otra humillar al adversario. Recogí los beneficios de dos o tres manos y abandoné el juego.

La partida de cartas rompió el hielo de mi presencia y el protocolo se desdibujó. Deambulando por la sala, tomé parte en diversas conversaciones que versaban sobre temas de caza. Había heredado de mi padre el gusto por la cetrería, afición que alternaba con la caza con perros según la época del año que fuera más propicia para una u otra actividad. Disponía de un cazador mayor que tenía a su cargo varias aves de presa, y de un montero mayor encargado de las reatas de perros para las monterías. Ambos contaban, para llevar a cabo sus respectivas tareas, con ballesteros, catarriberas y adiestradores expertos en manejar sendos grupo de animales.

Unas carcajadas al otro lado de la sala llamaron la atención de la concurrencia, abandonamos nuestras conversaciones y nos fuimos aproximando al foco de la diversión. Alguien había comenzado a burlarse de un caballero ausente. Dicha chanza, que en otro momento hubiese sido afeada por cualquier persona de bien, se convirtió en fuente de inspiración de nuevas burlas. El rey era el primero en reír, divertido, las exageraciones, o seguramente invenciones, con que se pretendía ridiculizar a dicho personaje. Me mantuve en un discreto segundo plano, observando a los presentes más que prestando atención a sus comentarios. Esta situación de neutralidad me duró muy poco, rápidamente el argumento de las bromas se trasladó a la alcoba del sujeto, de ahí a su esposa, y de ella a diversas mujeres y sus diversas camas. Sentí un fuerte ardor en las orejas y un inquietante hormigueo recorriéndome el cuerpo. A pesar de ser técnicamente un hombre casado, mi conocimiento del tema tratado era poco menos que nulo; me limité a escuchar, bajar la cabeza y apartarme discretamente.

El camarero, don Luis de Torres, observó mi azoramiento y acudió al rescate.

—En casi todas las reuniones de hombres solos se acaba hablando del mismo asunto —bromeó.

—Me han formado para encarnar la idea de un nuevo concepto de rey europeo, culto, educado, poderoso, adalid de la cristiandad y alegoría de todas las virtudes, y a pesar de tanto conocimiento no voy a saber qué hacer el día que tenga a mi esposa a mi lado.

—Perdonad mi atrevimiento, alteza, ¿nunca habéis estado con una mujer?

Mi respuesta fue un escueto «no» sin más explicaciones.

Lo que no podía contar a mi confidente era la obsesión de la reina por mantenerme alejado de los placeres de la carne, y no solo por motivos religiosos. Había ya demasiados bastardos en la familia, incluidos, al menos, dos hermanastros reconocidos oficialmente por el rey Fernando.

Juana de Aragón se crió con nosotros. Mi madre pensó que era mejor tenerla cerca y controlar su destino que dejarla por ahí, a merced de instigadores que pudieran utilizarla en contra de la corona de Castilla. El único problema para nosotros, los hijos legítimos, era tener dos hermanas que se llamaban igual. Cuando tuvo edad suficiente la casaron con don Bernardino Fernández de Velasco, I duque de Frías, III conde de Haro, VII condestable de Castilla y muy leal servidor de la reina.

Alonso de Aragón era siete años mayor que yo, lo que suponía un claro conflicto de intereses sobre derechos sucesorios en el reino de mi padre. Don Fernando, con su natural habilidad para nadar guardando la ropa, le nombró arzobispo de Zaragoza cuando contaba alrededor de diez años.

A mi madre, las infidelidades de su marido, anteriores y posteriores al matrimonio, le importaban en tanto y cuanto le importaba su alma inmortal, y de esa manera nos lo hacía ver a sus hijos. La lujuria ofendía a Dios, y Dios la castigaba haciéndonos concebir bastardos, los cuales, además de representar un recordatorio viviente del pecado cometido, en nuestro caso concreto suponían posibles pretendientes al trono, y cada pretendiente al trono augura una posible guerra, y las guerras se ganan o se pierden, nunca se sabe.

La reina estaba muy curtida en estos asuntos. La dinastía Tratámara procedía del amancebamiento permanente y extramarital del rey Alfonso XI de Castilla con doña Leonor de Guzmán, y la propia corona de mi madre era el resultado de un equilibrio bastante inestable conseguido con guerras, muertes llamativamente oportunas, matrimonios secretos de dudosa validez y una muy generosa interpretación de la línea sucesoria. Quería, como buena madre, que sus hijos, y los hijos de sus hijos, no tuvieran que pasar por el trance de tener que pelear por su corona contra la propia familia. Había que evitar a toda costa que, antes de engendrar una descendencia legítima, yo pudiera traer al mundo algún candidato a posteriores disputas sucesorias, y si para conseguir su objetivo tenía que encerrarme en un monasterio hasta el día de mis esponsales, así lo haría.

Parecía que, por el momento, no iba a ser necesaria tan drástica medida. La sabia y paciente influencia de fray Diego y de su amigo y mi confesor, fray García de Padilla, mantenían mis energías de adolescente dentro de la continencia propia de un santo.

Don Luis de Torres, tras mi lacónica negativa, había permanecido en silencio recapacitando sobre la forma de ayudarme. Al cabo de un rato, venciendo su natural prudencia, se atrevió a decir.

—Si su alteza lo desea podría buscarle una muchacha discreta…

Le miré molesto.

—Veo que estáis instruido en estos enredos —comenté en un tono hiriente.

El pobre don Luis se puso rojo como la grana.

—Perdonadme, mi señor, no he debido… os pido humildemente disculpas.

—Pedídselas a Dios Nuestro Señor que es a quien habéis ofendido.

En el fondo de mi enfado, un sutil destello de sentido práctico me hizo comprender que iba a ser necesario algo más que fe y oración para superar el pánico que me producía pensar en el encuentro privado con mi esposa.

—Teniendo en cuenta que el buen fin de mi matrimonio es una cuestión de Estado, no descarto recibir vuestros consejos, en un plano absolutamente teórico, cuando se acerque mi noche de bodas —apunté en un tono más amable—. Ahora decidle al rey que deseo retirarme.

Mi aclaración tranquilizó al bueno de don Luis, que se alejó sonriente a cumplir mi encargo. Don Fernando abandonó el corrillo donde conversaba animadamente y se acercó a mí, arropado por el expectante silencio de los asistentes.

Con orgullo de padre proclamó:

—Larga vida a don Juan de Aragón y Castilla, príncipe de Asturias.

Un escándalo de «¡Larga vida!» y «¡Viva!» rebotó contra las paredes de piedra. Al retirarme dirigí a la sala una aparatosa reverencia respondida por los presentes con mayor o menor éxito: el vino comenzaba a hacer estragos.

El rey gustaba de nómbranos por nuestros reinos y no por nuestras dinastías, Trastámara y Trastámara. Le recordaban en demasía que él y la reina eran primos, y que su matrimonio se había celebrado en virtud de una bula papal falsificada. Con el tiempo llegaría la bula auténtica ratificando el matrimonio, pero ésa es otra historia.

III. Los planes

Ni lo tardío de la hora ni el cansancio acumulado durante el día evitaron que se cumpliera, al pie de la letra, el protocolo establecido para el momento de acostarme.

Los camareros, pajes y mozos de la cámara, según su función, se ocuparon de quitarme los adornos, calzado y ropa exterior; de apartar los cortinajes de la cama, abrir las sábanas y comprobar su temperatura por si hiciese falta preparar algún calentador, y de colocar la espada y el pequeño escudo en la cabecera de la cama. Después de calzarme las pantuflas, cuando fueron a ponerme el batín sobre el jubón y las calzas, miré compungido a mi camarero mayor. Aquella noche no tenía fuerzas para tratar ningún asunto doméstico o para organizar la agenda del día siguiente, ni siquiera para sentarme tranquilamente a que me leyeran: estaba mental y físicamente agotado.

Calatayud, sin mediar palabra alguna, adivinó mis pensamientos, pasó directamente a la parte de las oraciones nocturnas y, al finalizar los rezos, se limitó a preguntarme por la ropa que querría ponerme al día siguiente. Avivó a los mozos para que encendieran la vela que guiaba mi sueño, apagaran casi todos los candeleros de la cámara y del retrete y colocaran al lado de la cama el bacín de la noche cubierto con un paño de hilo. Los reposteros de camas fueron los últimos en salir después trancar por dentro la puerta por la que se accedía a la escalera de servicio, y de comprobar que, en aquellas dos habitaciones herméticamente aisladas del resto del palacio, solo quedábamos mi camarero y yo.

—¿El día ha discurrido como esperabais, mi señor?

Calatayud me quitó la camisa y las calzas de forma tan delicada y ágil que, antes de que consiguiera hilvanar una respuesta, ya tenía puesto el camisón.

—Sí, supongo que sí…, los festejos han estado muy bien, lo cierto es que no esperaba nada especial.

—Sois muy modesto, mi príncipe, esta no iba a ser una jornada como cualquier otra.

El cansancio y las impresiones del día me hacían parecer lento de entendimiento.

—No, claro, me refiero a que sigo sin sentirme distinto a ayer.

Las torpes palabras de mi respuesta contrastaban con las rápidas maniobras de mi camarero para ponerme la cofia de dormir y meterme en la cama.

—Estáis agotado, mi señor, ya iréis asimilando poco a poco vuestra nueva situación.

Calatayud comprobó por enésima vez que todo estaba como debía estar, apagó el último candelero y salió de la cámara encomendando mis sueños al Todopoderoso.

Al quedarme solo descubrí, cuidadosamente colocados en un extremo de la habitación, los obsequios que me habían regalado, salvo el caballo claro está, y reposando entre ellos el *Amadís de Gaula* y *Las Confesiones de san Agustín*. Al día siguiente los responsables de mis pertenencias se harían cargo de los presentes, asentando en los libros de registro correspondiente y guardando en cajas, escrupulosamente etiquetadas, cada uno de los regalos recibidos. Antes, debería decidir cuáles de ellos quería que se quedaran en la cámara o en el retrete para su uso diario y cuáles pasarían al guardarropa. El guardarropa era una habitación contigua a la cámara en la que se guardaba, bajo llave, toda mi ropa exterior así como los tejidos para confeccionarla, calzado, armas, gualdrapas, arneses y sillas de mis caballerías, maletas, cojines, doseles, ropa de cama, mobiliario y tapicerías para el rezo de las horas y la misa, además de las ropas de ceremonia de mi capellán mayor.

Me levanté con la intención de coger el *Amadís* y empezar a leerlo. No pude, la luz de la vela que me servía de referencia en la noche resultaba muy escasa, tendría que llamar para que encendieran los candeleros de la cámara y del retrete. Como la puerta de la cámara no se cerraba, simplemente permanecía entornada, los monteros de

Espinosa que hacían la guardia prima me oyeron deambular por la habitación y no tardaron en golpear suavemente la puerta.

—Alteza, ¿necesitáis algo?

En ocasiones, los monteros habían tenido que hacerme recados nocturnos incluso fuera de palacio, no se iban a extrañar si les pedía que llamaran a algún mozo de la cámara. El caso era que estaba muy cansado, desistí de mi intención y volví a acostarme.

—Nada, todo en orden.

Al día siguiente mi vida volvería a la normalidad. Tendría mi clase y mi charla con fray Diego, presidiría la reunión del Consejo, comería con los reyes y hablaríamos sobre las incidencias del día y sobre los planes venideros. Por la tarde, como hacía siempre que no estaba de caza, abreviaría la siesta para participar en el ensayo del coro y montaría el caballo que me regalaron mis padres. Ya encontraría algún hueco para comenzar a leer el *Amadís*.

La alteración de la rutina del día de mi cumpleaños pasó factura por la noche. Dormí de forma intranquila, despertándome sobresaltado cada poco sin motivo aparente. Mi camarero mayor se percató inmediatamente del mal aspecto que presentaba.

—¿Habéis pasado mala noche, alteza?

—¿Tanto se nota? —contesté perezosamente mientras me levantaba de la cama—. Voy a tener que dar muchas explicaciones a los médicos.

—Me temo que sí.

Las impresiones de la jornada anterior, que revoloteaban incoherentes en mi cabeza, me abstrajeron totalmente de los hábiles manejos de don Juan que, aquel día, se redujeron al aseo de manos y cara, y a la muda del camisón y calzón con que había dormido por camisa, calzón y calzas limpias. Reaccioné al observar que Calatayud estaba a punto de abrir las puertas de la cámara para que entrara el resto del servicio.

—Calatayud, ¿os puedo hacer una pregunta?, es personal y algo delicada…

—Por supuesto, mi señor, mi vida no tiene secretos para vos.

¡Qué iba a decir el buen hombre! Se quedó frente a mí, esperando. Respiré profundamente sorprendido por mi atrevimiento, si me paraba a sopesar los pros y los contras de mi pregunta nunca la formularía.

—Antes de casaros con vuestra esposa ¿habíais conocido mujer?

Mi camarero se quedó de piedra. Estaba a punto de decirle que olvidara el asunto, cuando la expresión de estupor de su cara mudó en una media sonrisa, se podría decir que compasiva.

—Ah, ya entiendo.

Meditó unos instantes, durante los cuales una sombra de tristeza cubrió su siempre sereno rostro.

—Sí, mi señor, estuve con otras mujeres —reconoció arrepentido—. Si me permitís un consejo de anciano, no os dejéis arrastrar por el libertinaje que envuelve a la juventud de hoy, ni por las indicaciones de personas de poca moral y seso. En unos meses llegará vuestra esposa, y ya que tan ejemplarmente os habéis mantenido apartado de las tentaciones de la carne hasta el día de hoy, aguantad un poco más y ofrecedle vuestra pureza de igual manera que ella os ofrecerá la suya. Entonces podréis disfrutar de vuestra unión de forma grata a los ojos de Dios.

—Pero acabáis de decir que…

—Conocí a otras mujeres —interrumpió—, no es algo de lo que pueda enorgullecerme. Aquella lujuria me costó muchos meses, por no decir años, de arrepentimiento y penitencia hasta que conseguí dominarla; no quisiera que vos pasaseis por semejante trance.

Sin esperar más preguntas, se dirigió a abrir la puerta de la cámara. La estricta educación que había recibido ratificaba aquel consejo, sin embargo, por los comentarios que había oído la noche anterior y por anteriores indiscreciones de mis compañeros de caza y de mis pajes, yo debía de ser el único hombre sobre la faz de la tierra que no había disfrutado de los pecaminosos placeres de la carne.

Coincidiendo con la marcha del barbero se presentaron los médicos. Su expresión al ver mis ojeras ratificó la valoración inicial de que mi salud iba a ser objeto de juicio, sentencia y condena.

—Alteza, al parecer no habéis dormido bien, ¿qué ha sucedido?

—He tenido un sueño algo intranquilo.

—¿Habéis tenido pesadillas?

—Si las tuve, no las recuerdo.

—¿Demasiada cena, demasiado vino?

—Los festejos se prolongaron hasta muy tarde. En cuanto al vino, si fue mucho no fui consciente, cuando me acosté me encontraba bien.

El doctor Soto y el licenciado Guadalupe, mis médicos habituales, interrogaron también a mis camareros, los cuales no pudieron más que confirmar que a la hora de acostarme no me encontraba ebrio ni empachado, tan solo algo más cansado. Me hubiera gustado echarles de la cámara pero no podía, mi salud, como cualquier otra faceta de mi vida, era una cuestión de Estado.

A pesar de mis protestas me palparon cuello, axilas y torso, inspeccionaron boca y ojos, acompañando su reconocimiento con preguntas sobre si me dolía en los sitios explorados. No me dolía nada ni presentaba ningún otro síntoma significativo aparte de unas ligeras ojeras, lo que les llevó a diagnosticar cansancio provocado por el ajetreo del día anterior y, como remedio, necesidad de descanso. Sin encomendarse ni a Dios ni al diablo, salieron a toda prisa a contárselo a los reyes. Sus altezas dieron orden inmediata de suspender mi asistencia a la sesión del Consejo y a cualquier otra actividad, incluida la de montar mi nuevo caballo.

Mi salud siempre había sido muy precaria, y aunque ya llevaba algún tiempo libre de fiebres, problemas intestinales y vómitos, ni los médicos ni los reyes bajaban la guardia. Cuando no estaba enfermo me molestaban tantas precauciones, pero tenía por costumbre no desobedecer a mis padres y en aquella ocasión tampoco lo iba a hacer.

Fray Diego llegó un poco preocupado, la noticia de mi inquieta noche ya era del dominio público. Decidió no agobiarme con un nuevo interrogatorio, al menos hasta después de la eucaristía.

El protocolo mandaba que, para cuando llegara mi capellán mayor, los reposteros de capilla tenían que haber preparado el pequeño altar portátil, el dosel que techaba mi sillón y cojines para mi reclinatorio, y haber sacado del guardarropa su ropa litúrgica para que se revistiera. Su entrada se producía cuando mi atuendo se había completado, era la señal por la que el personal de la cámara cesaba en cualquier actividad y se disponía a rezar las oraciones de la mañana y oír la santa misa.

Acabada la ceremonia nos recluimos en el retrete, dejando en la cámara a los reposteros de capilla para que, en un clima menos solemne, procedieran a recoger y guardar, en sus correspondientes cajas o en el guardarropa, los ornamentos utilizados y la vestimenta litúrgica del obispo. El resto de los mozos aprovechaban mi ausencia para ventilar, limpiar, barrer, fregar y perfumar, además de sacudir y cepillar los tejidos y tapices que revestían mi cámara.

El obispo se sentó a mi lado dispuesto a iniciar la enseñanza diaria.

—Hoy no vamos a dar clase, vamos a hablar.

Me habría extrañado mucho que mi preceptor no fuera a hacer mención alguna de las incidencias de mi sueño.

—Me encuentro perfectamente, dicen los médicos que ha sido el cansancio de la pasada jornada.

—Si me lo permitís, no me interesan los motivos físicos de vuestro desasosiego. Os conozco lo suficiente para suponer que existe alguna otra causa y quisiera averiguarla. Me gustaría que recordarais cada pequeño detalle del día de ayer, y me dijerais si hubo algo que llamara vuestra atención de forma especial.

No me molestó el interrogatorio, conocía su firmeza y seriedad tanto como su compasión y cariño incondicional hacia mí; realmente confiaba en aquel fraile como en mis propios padres. Empecé a recordar, lentamente y en voz alta, cada suceso del día anterior.

—Me levanté…, me vistieron…, vinisteis a buscarme…, saludé a sus altezas…, salimos en procesión hacia la iglesia…

Al llegar a este punto debí de detenerme más tiempo en mis recuerdos o cambiar la expresión de la cara porque, al intentar seguir con la narración, me interrumpió.

—¿Qué pasó durante la procesión?

—Nada… —ese hombre sabía leer en mi interior, era inútil disimular —. Bueno, sí, vi a una muchacha.

—¿La conocíais?

—No, y sabéis que tengo muy buena memoria para las caras y los nombres, no la había visto nunca.

Me quedé tan ensimismado recordando a aquella joven que olvidé que fray Diego estaba sentado a mi lado, mirándome expectante.

—¿Alteza? — Me observaba con una cara que se podría calificar de divertida, algo inusual en él, lo que me animó a liberar mis recuerdos.

—Fue como una aparición —hablaba atropelladamente—, como si no perteneciera a este mundo. No lanzaba vítores ni saludos, estaba muy quieta, tranquila, en silencio… simplemente me miraba sin pestañear.

Fray Diego se preocupó.

—¿Parecía enfadada, furiosa…?

—No, todo lo contrario ¿Por qué decís eso?

—Estoy pensando en la posibilidad de que os deseara algún mal y por eso no aclamaba vuestra presencia. Estamos en la linde del reino de Castilla y sabéis que por dos veces el rey mi señor ha debido decretar que el reino de Aragón os jurara como heredero. No digo que esa muchacha quisiera intentar algo contra vos, pero sí que podría ser partidaria de los que no aceptan la unión de Aragón con Castilla.

—Tranquilo, fray Diego —sonreí—, veis conspiradores por todas partes.

—Nunca se es lo suficientemente precavido. Acordaos del atentado contra el rey en el noventa y dos en Barcelona, y de la enfermedad que casi le lleva a la tumba en Segovia en el noventa y cuatro. Nunca quedó claro si fue una dolencia natural o provocada por algún veneno.

—Lo recuerdo y sé que tenéis razón, aunque también hay que tener en cuenta que ni cada persona que no nos aclama nos odia ni cada persona que no protesta nos quiere. Ver más allá de las apariencias es nuestra mejor protección ¿No creéis?

—Tan gran lucidez de juicio será vuestro principal aliado.

—En este caso creo estar en lo cierto porque, si la cara es el espejo del alma, no puede haber en esa muchacha nada que no sea hermoso y bueno.

Desconozco la expresión de mi rostro al decir aquellas palabras, la sensación que tenía era de una gran sonrisa en los labios, en los ojos y en el alma.

Fray Diego tardó muy poco en asimilar mis emociones y en cambiar su preocupación por mi vida en preocupación por mi alma.

—Veo que dicha joven os ha impresionado, es probable que ese encuentro haya sido el culpable de vuestra mala noche.

—No recuerdo mis sueños —contesté sin entender el comentario—, solo que me desperté varias veces muy inquieto.

Mi maestro se quedó en silencio, concentrado en un punto indefinido de la mesa, respiró profundamente y expuso su consejo.

—Creo que deberíais hablar con vuestro confesor.

Tardé cierto tiempo en comprender el significado de sus palabras y, cuando lo hice, me sonrojé.

—Os aseguro que ni de pensamiento ni de obra he cometido ningún acto impuro —protesté tímidamente.

—Lo sé, mi señor, lo sé. Estoy convencido de la honestidad de vuestros actos, pero puede que vuestros sueños no hayan sido tan castos como vuestra vigilia, provocando el turbador desasosiego. El diablo aprovecha cualquier momento de abandono para atormentarnos, incluso durante el sueño. No es la primera vez que os pasa y, conociendo la naturaleza humana, presumo que no será la última. La visión de esa muchacha misteriosa y el ajetreo del día de ayer os han alterado más de lo que vos mismo pensáis. Hay que permanecer siempre alerta ante la debilidad de la carne, hablad con vuestro confesor, el arrepentimiento y la oración son el único camino para superar nuestras flaquezas.

Llevaba algunos años batallando contra mis más bajos instintos y parecía que iba a ser una lucha perdida de antemano. Había días en que me sentía abrumado por una desazón que estremecía todo mi cuerpo, me arrepentía y rezaba intentando dominarme. Cuando no lo conseguía, cansado de luchar, me abandonaba a la propia complacencia seguida, indefectiblemente, por un auténtico dolor de corazón y un propósito poco probable de la enmienda. En otras ocasiones me asaltaban sueños perturbadores, capaces de producir en mi cuerpo idénticas pecaminosas reacciones y ante las que sentía la misma culpa que si hubiesen sido consentidas. Aquella noche no había ocurrido ninguna de las dos cosas, de manera que insistí en mi inocencia.

—Nunca os he ocultado mis debilidades, debéis creerme cuando os digo que anoche no tuve ninguna *polutione nocturna,* ni mi memoria ni mi ropa guardan recuerdo de ello. Mi intranquilidad ha podido tener diversas causas pero ninguna reprobable.

La seguridad de mi respuesta convenció a mi preceptor.

—Demos gracias a Dios por ello, alteza. Entonces me preocuparé solamente de los males de vuestro cuerpo y, en este sentido, considero que deberíais seguir el consejo de los médicos y descansar el resto de la jornada. Estaré a vuestra disposición si deseáis que os haga compañía.

—Lo tendré en cuenta, lo que ahora me animaría es que me siguierais hablando de Platón.

—Con mucho gusto, mi príncipe.

Su actitud aparentaba que daba aquel asunto por zanjado, pero su aguda inteligencia abría un nuevo capítulo sobre mi crecimiento personal al que, desde aquel momento, iba a prestar toda su atención.

—Enlazando con lo que os dije el otro día…

La lección resultó tan interesante como cabía esperar a pesar del hambre que tenía. En varias ocasiones había propuesto a fray Diego que almorzáramos inmediatamente después de la misa y luego diéramos la clase. Él prefería hacerlo al revés. Decía que primero había que alimentar el alma con la oración, posteriormente el intelecto con el estudio y por último el cuerpo con los víveres. Mi cabeza aceptaba su razonamiento, mis tripas se revelaban exigiendo el final del ayuno. Fray Diego hacía oídos sordos a las quejas de mis vísceras como si se tratara de la protesta de un niño caprichoso.

Cuando mi maestro daba por concluida la clase abría la puerta del retrete y hacía pasar a Calatayud para que dispusiera el almuerzo. Casi siempre ofrecía a mi maestro acompañarme en mi refrigerio, me encantaba charlar con él de forma distendida sobre cualquier asunto, por muy banal que fuera, sin los límites académicos que imponían las lecciones y sin tener que avergonzarme de las protestas de mis intestinos. Mi maestro aceptaba las más de las veces porque para él nada era banal, todas y cada una de mis palabras, gestos y reacciones le servían para introducirse en mis pensamientos, inquietudes, anhelos, y en mis más profundas emociones, utilizando tan valiosa información para educarme, guiarme y protegerme.

Antes de la comida, la familia fue convocada por mi padre a la sala donde solía reunirse el consejo. Mi estado anímico había mejorado y aquella mejoría debía de manifestarse en mi aspecto ya que me costó muy poco convencer, a mi siempre preocupada madre, de que mi salud no merecía ser el principal tema de conversación.

—Queridos hijos, por fin van a ponerse en marcha la cadena de acontecimientos a los que la reina y yo hemos dedicado tanto tiempo y esfuerzo —mi padre se puso solemne—. Si Dios quiere, el 13 de julio partiré hacia Girona, y el día 16 la reina y las infantas iréis a Santander a despedir a Juana que se embarcará para casarse en Flandes con el archiduque Felipe de Austria…

—No entiendo por qué no puedo hacer el viaje por tierra, no me gustan los barcos.

Mi hermana Juana siempre había sido muy suya debido a un exaltado e inestable carácter heredado de mi abuela materna. Semejante debilidad le otorgaba unas indulgencias que los demás no teníamos, circunstancia que no le libró de recibir una severa mirada de mi madre por interrumpir al rey.

—Para llegar a Flandes por tierra hay que atravesar toda Francia, y el rey de Francia no es precisamente nuestro amigo. Tu seguridad en ese país estaría seriamente comprometida —contestó pacientemente mi padre.

—¿Y las aguas del canal entre Francia e Inglaterra sí garantizan mi seguridad? He oído historias horribles de naufragios en ese mar.

A mi madre se le acabó la paciencia y, sin levantar la voz, le ahorró la respuesta al rey.

—Irás por mar porque la flota que te ha de llevar servirá, a su vuelta, para traer a la archiduquesa Margarita, hermana de tu marido y esposa tu hermano. Si a ti no te importa tu propia seguridad, a nosotros sí nos importa la de la archiduquesa.

Don Fernando continuó con su discurso ignorando la interrupción. Por fin había llegado el momento de librarse de esa hija tan problemática; a partir de ahora su marido se tendría que ocupar de ella, si es que podía.

—Como estaba diciendo, despediréis a Juana en Santander y desde allí iréis a Burgos. Espero reunirme con vosotras al final del verano y juntos aguardaremos el regreso de la flota con Margarita de Austria.

Me miró de reojo y sonrió, estaba muy orgulloso de la doble boda que había concertado.

—¿Y Juan? — inquirió tímidamente Catalina.

Catalina era una encantadora niña rubia de piel blanca heredada de mi madre y que, desde la altura de sus once años, me adoraba.

—Tu hermano, el príncipe, se quedará aquí, en Almazán, gobernando el señorío que le hemos otorgado para que aprenda a ser rey. Juan será el gran rey de las Españas del próximo siglo.

Volvió a sonreír, también estaba muy orgulloso de mí y del futuro que me estaba preparando. Mi madre amplió las explicaciones del rey.

—En cuanto a vosotras, hijas mías, hemos hecho constar, tanto en las capitulaciones matrimoniales de las que ya estáis prometidas como lo haremos en las futuras, que ninguna renunciáis a vuestros derechos sobre las coronas de Aragón y Castilla. Ni el rey ni yo vamos a consentir que los reinos de España pasen a manos extranjeras. Esto quiere decir que en el caso de que el príncipe Juan, Dios no lo quiera, muriera sin descendencia, Isabel sería reina de Aragón y Castilla, y en su defecto la seguiríais Juana, María y Catalina.

Al llegar a este punto mi madre bajó la cabeza entristecida recordando a su último hijo, mi hermano pequeño Pedro, muerto cuando contaba apenas dos años. El tenso silencio que invadió la sala le hizo dejar de lado sus sombríos recuerdos y retomó, animada, el hilo de la conversación.

—Si Dios quiere, en esta familia nadie más va a morirse hasta que seamos viejecitos y Dios Nuestro Señor nos vaya llamando a su seno; todas vosotras vais a ser reinas por matrimonio.

María calibró las palabras de mi madre y llegó rápidamente a una conclusión.

—Juan va a ser rey, Juana y Catalina van a ser reinas, Isabel casi lo fue y a lo mejor lo vuelve a ser, pero yo no estoy prometida con nadie ¿cómo voy a ser reina? —Mi hermana María era la única con la que mis padres no había realizado aún uno de sus famosos acuerdos matrimoniales.

—Todo se andará María, todo se andará —tranquilizó el rey.

—¿Yo también voy a ser reina? —preguntó Catalina casi sorprendida.

—Espero que sí —respondió don Fernando—, por el tratado de Medina del Campo tenemos firmada tu boda con Arturo Tudor, príncipe de Gales. Confiemos en que los ingleses no se retracten. ¡Erais tan niños cuando lo firmamos…!

El rey solía mostrarse comedido, la reina, en cambio, era inasequible al desaliento.

—Por supuesto que sí, Catalina, un tratado es un tratado. Los ingleses no se atreverán a romperlo como hizo el rey francés con Margarita de Austria. Pensar que tuvo en Francia a la archiduquesa desde que tenía tres años con el matrimonio firmado y que, cuando llegó el momento de la verdad, se retractó de su compromiso y se casó con otra, dejando a la pobre Margarita compuesta y sin novio… ¡Hace falta ser muy necio para despreciar de semejante manera a la hija del emperador Maximiliano! —Luego apostilló—: Pero como no hay mal que por bien no venga ¡mejor para nosotros!

Dando gracias al cielo por la insensatez del rey francés acabó sentenciando:

—Muy poco podremos vuestro padre y yo si las cuatro no acabáis siendo reinas.

—Aún no he aceptado —replicó mi hermana Isabel.

Mi madre llevaba mucho tiempo peleando con su hija mayor para que volviera a casarse y olvidara su intención de ingresar en un convento. El argumento esgrimido por mi hermana Isabel de que convertirse en la viuda del príncipe heredero de Portugal antes de cumplir el año de casada la había hecho desistir de volver a contraer matrimonio, chocaba abiertamente con la postura de mi familia en la que las alianzas matrimoniales estaban por encima de cualquier otra consideración.

—¿Sigues empecinada en tus condiciones? No cuentes con que nosotros, tu confesor o el arzobispo Cisneros, vayamos a dejar que profeses de monja. Te casarás con Manuel, rey de Portugal, más vale que te vayas haciendo a la idea.

—No puedo. En Portugal hay judíos y ya conocéis mi condición: solo me casaré con el rey Manuel si expulsa a los judíos, igual que hicieron vuestras altezas.

El órdago que meses atrás había lanzado mi hermana era una clara estrategia para dilatar la decisión. Sabía que el rey Manuel admiraba a los judíos por ser una importante fuente de conocimientos, y por su lealtad y habilidad como banqueros de la corona. Mis padres no podían banalizar tal pretensión puesto que ellos mismos la habían aplicado con diligencia en sus propios territorios. Ahora les tocaba a sus católicas majestades convencer a su aliado, y futuro yerno, para que tomara tan drástica medida.

Mi padre contuvo la respiración, esta hija tampoco le iba a doblegar.

—Enviaré embajadores a Portugal para plantear tus condiciones. Puedo asegurarte que estos hábiles negociadores han sacado adelante empresas mucho más complicadas, de manera que, si las cosas salen como espero, ya puedes ir dándote por casada. ¿Ves María?, ahora Isabel también va a ser reina, y para ti buscaré el mejor príncipe heredero que puedas imaginar.

El cónclave se dio por concluido, y pasamos a la sala rica donde ya estaba preparada la comida. La sucesión de acontecimientos que se avecinaba animó las conversaciones de forma poco habitual para nuestras contenidas maneras. María y Catalina preguntaban curiosas a Juana detalles sobre su ajuar mientras mi hermana Isabel discutía con la reina sobre su proyectado nuevo matrimonio, aun a sabiendas de que tenía la batalla perdida de antemano no podía evitarlo, era su forma de ser. El rey me hizo sentar a su lado.

—¿Qué tal va la administración de tu señorío? ¿Lo creamos el 22 de mayo?

—El 20, mi señor.

—El 20, es cierto. Eso quiere decir que llevas algo más de un mes de gobierno. ¿Algún problema? Dentro de unos días estarás realmente solo al frente de tus dominios.

—Ningún problema nuevo aparte de los que os he ido consultando.

—¿Funcionan bien los correos? La información es básica para el control de un Estado moderno.

—Creo que funcionan bien. No he apreciado contradicciones de unos con otros, por eso deduzco que la información que me llega es cierta, aunque hubiera resultado menos complicado administrar ciudades más cercanas entre sí.

Mi padre esbozó media sonrisa aprobando mi razonamiento. La estrategia era su mayor habilidad como gobernante, le encantaba comprobar que, debajo de mi buen carácter y aparente simpleza, bullía un cerebro en estado de alerta, con capacidad para manejar las circunstancias en beneficio de la corona.

—No es para tanto. Si no recuerdo mal son Oviedo, Almazán,…

—Oviedo, Almazán, Toro, Jaén, Úbeda, Baeza, Écija, Alcaraz, Trujillo, Cáceres, Ágreda, Logroño y Salamanca, además de una serie de fortalezas y baluartes —apunté para demostrar que conocía lo que se me había encomendado.

—¡Asombroso! La fama de tu excelente memoria no es gratuita —exclamó mi padre complacido—. Has de saber que te hemos nombrado señor de ciudades separadas geográficamente con toda intención. Si a pesar de las distancias consigues gobernar tu señorío, cuando seas rey estarás perfectamente preparado para gobernar todos tus reinos.

—¿Lo que aprenda me servirá para reinar en Aragón? Todas estas ciudades pertenecen a la corona de Castilla.

—Esto es algo que no debe preocuparte, ya sabes que en Aragón persiste alguna reticencia por mi matrimonio con la reina Isabel y no he creído oportuno caldear los ánimos. Todos los problemas se solucionarán cuando nos heredes, solo entonces será realmente efectiva la unión de las dos coronas en tu persona y en la de tus descendientes.

—Pido a Dios que transcurran muchos años antes de que eso suceda.

El rey Fernando aceptó el cumplido con una cortés sonrisa y continuó con su labor educadora.

—Nombra regidores de las distintas plazas a personas de absoluta confianza y mantén cerca de ellos a otras personas, también de absoluta confianza, que estén en deuda contigo. No importa que se sepa, casi mejor, de esa manera se vigilarán entre sí. Y no consientas que nadie te haga creer que este comportamiento es desleal o traicionero, Juan, no es maldad, es previsión. La estabilidad es el mayor bien que puedes hacer a tu pueblo, y para que haya estabilidad tienes que tener control sobre tus súbditos. Es nuestro derecho divino.

—Nuestro poder procede de Dios —contesté como un alumno aplicado.

—Exacto, nunca lo olvides. En cuanto a la justicia, recuerda que la reina y yo nos hemos reservado el derecho de la jurisdicción real para hacer justicia si tú no la hicieres. Estoy seguro de que nunca tendremos que ejercerlo, fue una petición del Consejo para asegurarse de que podrían apelar a un tribunal superior si tus juicios fuesen disparatados. Se lo concedí para que se tranquilizaran. Tienes buena cabeza y buenos consejeros, no creo que haya ningún problema. Si no me mandas recado por algún motivo grave, regresaré de Girona a Burgos sin pasar por aquí, eso demostrará que confío plenamente en ti y en tu gobierno.

—Gracias, mi señor, trataré de estar a la altura de vuestras expectativas.

—Sé que lo estarás, Juan, sé que lo estarás.

La comida siguió animada, alimentada por un nerviosismo imperceptible que aceleraba nuestro pulso. Sin necesidad de mencionarlo, en nuestro fuero interno sabíamos que aquellos días serían los últimos de nuestras vidas en que íbamos a estar todos juntos.

IV. El libro

Comenzaba la tarde del primero de julio y eso se notaba en el ambiente. Patios y calles se encontraban desiertos, contrastando con la agradable temperatura del interior de palacio. Al finalizar la comida, más por costumbre que por necesidad, la reina indicó a las infantas que se retiraran a descansar.

—Juan, tú también deberías retirarte, no podría marcharme a Santander sabiendo que no estás totalmente repuesto.

—Solo fue una mala noche, querría montar el caballo que me regalasteis —protesté tímidamente.

—¡Qué locura, con el calor que hace! Si los médicos lo consideran oportuno podrás montarlo mañana a la caída del sol, no antes.

—Como digáis, mi señora, lo cierto es que me vendría bien descansar un poco.

—Pues claro que sí, mi ángel, y hoy nada de música, verás como mañana te encuentras muchísimo mejor.

Discutir con mi madre era tontería. Tras despedirme de los reyes me dirigí, hijo obediente, hacia mis habitaciones.

Los mozos acondicionaron rápidamente la cámara y me quitaron parte de la ropa para que estuviera más cómodo. Me había resignado a pasar una tarde tediosa cuando recordé el *Amadís de Gaula,* la actividad de la mañana había conseguido que me olvidara de él. Emocionado por la certeza de su existencia, sentí la imperiosa necesidad de empezar a leerlo como si me fuera la vida en ello. Pasé al retrete y miré con ansiedad hacia la zona donde se guardaban los libros. Allí estaba el texto prohibido que, por obra y gracia de mi mayoría de edad, había dejado de serlo.

El entorno no podía ser más adecuado. La galería, orientada al norte, protegía mi ventanal de la fuerte luz del verano y del deslumbrante espejo en que se convertía el río a esas horas. Tomé asiento en el confortable sillón destinado exclusivamente a mi uso y pedí a mi camarero mayor que me acercara el primer libro.

—Calatayud, podéis ir a descansar, creo que pasaré la mayor parte de la tarde leyendo, al menos hasta que refresque un poco.

—¿No preferís que os lean, mi señor? Puedo avisar a vuestro camarero don Luis de Torres, la corte lo considera muy versado en latines y un hábil poeta, que compone versos y escribe muy bien.

—Conozco las habilidades de don Luis, pero preferiría disfrutar a solas de esta nueva experiencia.

—Como gustéis, mi señor.

Antes de irse, colocó un escabel bajo mis pies, puso en un extremo de la mesa la jarra de plata con agua, y sacó del aparador un vaso de fino cristal veneciano, plato, cubierto, un pequeño mantel con su servilleta, y un tarro con los melocotones confitados que tanto me gustaban, por si sentía apetito durante la tarde. Lo único bueno de regirme por un protocolo tan absolutamente pormenorizado era el no tener que preocuparme de esas y otras pequeñeces.

Enfrascado en la lectura perdí la noción del tiempo, no tenía nada que hacer aquella tarde, nadie interrumpió mi concentración. Fui feliz.

Cuando el sol declinaba mi camarero llamó discretamente.

—Alteza, ya está todo preparado para el rezo de vísperas y, puesto que lleváis toda la tarde recluido, me preguntaba si os apetecería dar un paseo por el soto, ahora que hace menos calor.

Levanté la vista sorprendido. Me había olvidado de que había una vida fuera de ese libro, de que los ojos me escocían y de que mi cuerpo reclamaba movimiento.

—Tenéis razón, Calatayud, avisad a García de Albarrategui —contesté con cierta pereza—. Vino ayer de Salamanca y solo pude hablar con él un momento. Seguro que tiene mucho que contarme.

Salimos a la cámara. Don Juan de Calatayud dio orden de ir a buscar a García mientras otros camareros componían mi atuendo para el rezo de las horas, dirigido aquel día por fray García de Padilla.

—Mi Señor, ¿os encontráis mejor? —preguntó Calatayud sin quitar ojo de lo que hacían quienes me vestían.

—Estupendamente, me ha venido muy bien esta tarde de descanso. Mañana probaré el nuevo caballo, tiene aspecto de ser un magnífico ejemplar. Me gustaría montarlo el día de mi boda, supongo que tendré que trabajar mucho con él para acostumbrarnos el uno al otro.

—Tendréis tiempo suficiente, alteza.

Cuando terminaron los rezos, llegó García de Albarrategui, compañero de caza y lo más parecido que tenía a un amigo.

—Venid García, acercaos. ¿Conocéis el libro que me trajisteis?

—No, mi señor, nadie lo ha leído, está dedicado a nuestras católicas majestades. Si les place, sus altezas deben dar permiso para que se lleve a la imprenta y pueda difundirse. Lo que conozco de él son algunas de las aventuras que circulan de boca en boca, como os dije ayer la historia original es muy antigua.

—Curioso invento ese de la imprenta ¿no os parece? No alcanzo a imaginar las maravillas que nos deparará el próximo siglo.

Conversando animadamente salimos de palacio a caballo, bordeamos la iglesia de San Miguel y bajamos hacia el río por la puerta de la villa. La inclinación del sol confería al paisaje un colorido irreal: bronce para las hojas de los chopos, plata para el agua del río y verde aterciopelado para la pradera. El entorno era perfecto.

Un grupo de soldados, pertenecientes al pequeño ejército del que disponía por mi señorío, guardaban los flancos y la retaguardia. Descabalgué para estirar un poco las piernas y poder escuchar tranquilamente las novedades que García me traía de Salamanca. A pesar de resultarme muy interesantes los sucesos que me contaba, por debajo de sus palabras, cual rumor de río, en mi mente flotaba la fantástica historia del virtuoso caballero Amadís de Gaula.

Aprovechaba cada información de García para llevar la conversación al tema de los libros de caballerías. Si hablaba de la universidad le preguntaba por la biblioteca, si hacía comentarios sobre inventos le preguntaba por la imprenta, si contaba disputas le preguntaba por duelos caballerescos. No tardó mucho en darse cuenta de cuál era el asunto que realmente me interesaba.

—¿Qué os ha parecido el libro, mi señor?

—Nunca había leído nada igual —no podía disimular mi entusiasmo—. Es increíble, apenas lo he comenzado y ya se ha creado una trama realmente compleja, llena de personajes que, por desconocer la relación que les une y su verdadero origen, dan lugar a una serie de equívocos que tensan la trama hasta límites imposibles. Para complicar aún más las cosas, entrelaza cada situación con sucesos mágicos que favorecen o perjudica a los protagonistas en función del afecto o aversión que los magos en cuestión les tengan. Y por si todo esto no suscitara suficiente interés, la historia se va desarrollando a través de un sin fin de aventuras, a cuál más sorprendente, que hacen que cueste trabajo dejar de leerlo.

—Se nota que os está gustando.

—Es algo más que gustar. Ha llegado un momento en que me identificaba con el protagonista, de forma que era yo mismo el que llevaba a cabo tales hazañas.

—¿Y que finalidad tiene tanta aventura?

—Aún no lo tengo muy claro, solo he leído catorce capítulos, creo que el caballero Amadís quiere, a través de sus actos nobles y heroicos, hacerse merecedor de...

—¿Quién es la dama? —interrumpió García.

—¿La dama?

—En estos libros siempre hay una dama a la que el caballero sirve, reverencia en secreto y a la que dedica todos sus esfuerzos.

—Sí, es cierto, hay una dama que cumple esas características.

Me quedé ensimismado recordando la turbación estremecedora que había sentido leyendo las inquietudes amorosos que padecían el caballero y su dama. Me di cuenta de que, de la misma manera que me identificaba con Amadís en sus hazañas, también me había identificado con sus más profundas emociones afectivas.

García seguía hablando, ajeno a mi arrobamiento.

—… y también habrá magos buenos y malos, lo de siempre. La idea es vieja, lo nuevo son los detalles.

—No conocía ninguna historia de caballerías, sabéis que fray Diego no aprueba este tipo de lecturas.

—Es tan solo una novela, no es una historia real, no hay que darle mayor importancia.

—Fray Diego piensa que las fantasías de la novela pueden enredar al lector y llevarle a confundir la realidad con la ficción.

—Fray Diego es un hombre mayor y de Iglesia, puede que no comprenda las necesidades de un joven príncipe.

—El obispo Deza es un hombre sabio que me quiere, nunca haría nada que me perjudicara, cuando se muestra estricto lo hace por mi bien.

La discusión había ido subiendo ligeramente de tono, aunque en escasa ocasiones pudiera llegar pensar lo mismo que García, no consentía que nadie cuestionara a mi preceptor en mi presencia.

—Lo siento, mi señor, ha sido una impertinencia por mi parte. No volverá a suceder.

Me gustaba la libertad con que me hablaban las personas de confianza, era la única manera de enterarme de lo que realmente pasaba a mis espaldas, pero de vez en cuando se merecían una pequeña reprimenda para que no olvidaran el respeto que me debían.

Iba a aceptar la disculpa de García cuando unas ruidosas carcajadas me distrajeron. Un grupo formado por lavanderas, una mula y el mozo que la guiaba, venía hacia nosotros con la ropa limpia que acababan de recoger de la pradera.

Al vernos se quedaron en silencio, nerviosas sin saber que hacer, la formación de mi guardia les cortaba el paso entre los chopos. Empezaron a moverse como gatos acorralados hasta que decidieron desandar el camino e intentar salir del soto por otro sitio. Todas menos una. En medio del barullo que organizaron los demás, aquella mujer permaneció tranquila, con el cesto de la ropa en la cabeza, adornando la serenidad de su mirada con una leve sonrisa. Cuando el grupo emprendió una especie de huida caótica ella se giró lentamente y les siguió.

Me quedé paralizado, era la misma muchacha de la procesión del día anterior. Mi corazón latía tan fuerte que parecía que en mi pecho resonaban los tambores de todo un ejército.

—Mi señor, ¿os encontráis bien? —García me miraba preocupado.

—Sí, sí, estoy bien —dudé unos instantes—. Quiero que, discretamente, averigüéis quienes son esas muchachas, sobre todo la última, la que se nos quedó mirando.

—Son lavanderas, seguramente de palacio.

—Ciertamente lo son. Sobre la mula he reconocido los reposteros de los monteros de Espinosa con la leyenda que mandé que les bordaran.

Una sonrisa picaruela se dibujó en la cara de García.

—¿Mi señor…? Las lavanderas tienen las manos ásperas y agrietadas, huelen a sosa y, como habéis visto, son muy burdas en sus modales. Puedo conseguiros muchachas de manos finas y cuidadas, que huelan a rosas y que sepan trataros con delicadeza.

Mi amigo estaba empeñado en que me fuera de cabeza al infierno. No entendía que hubiera hombres que se tomaban tan a la ligera lo que a mí me habían hecho tomar tan en serio.

—García, esa muchacha —insistí tajante.

Volvimos lentamente a palacio en silencio. Ya no veía las hojas color de bronce ni el verde aterciopelado de la pradera, tan solo veía a aquella muchacha misteriosa cuyo único mérito era haber llamado mi atención por su serena naturalidad.

Tras cenar a solas en le retrete volví a la cámara. Calatayud puso en marcha el mecanismo habitual de las horas nocturnas con tal diligencia que, para cuando quise darme cuenta, ya tenía puesto, sobre el jubón y las calzas, el suave batín de terciopelo y en los pies las pantuflas forradas. Mi mente no tenía espacio para pensar en otra cosa que no fuera la muchacha misteriosa y las aventuras de Amadís, cuestiones que, sin saber el motivo, se mezclaban en mi cabeza de forma sorprendente. Con aire un tanto distraído, distracción que no escapó a la agudeza de mi camarero mayor, atendí un par de asuntos del gobierno de mi casa.

—Es todo, mi señor, ¿queréis que os lean un poco?

—No, Calatayud, preferiría acostarme.

Mi camarero no esperó más explicaciones, comprobó que todo estaba en orden y mandó despejar la cámara. Una vez solos, y en absoluto silencio para no interrumpir mi embelesamiento, me despojó de calzas y camisa, me puso el camisón y la cofia, y me arropó con la misma delicada atención de siempre. Cerró parcialmente los cortinajes de la cama y se despidió, sabía que me gustaba ver la luz de la vela, el resplandor de la luna y la claridad del alba.

Desde mi confortable lecho escuché el discreto trajín con el que los monteros de Espinosa tomaban posesión de mi antecámara. Me sentí seguro y tranquilo. Sin nada que me distrajera, pude dedicar toda mi atención a evocar la imagen de aquella muchacha, de aquella aparición misteriosa. La recordaba en la procesión, en el soto y en la procesión de nuevo. Mi imaginación se movía entre el *Amadís* y mi anónima visión, a la que, sin darme cuenta, había puesto nombre: Oriana. Me tapé con la sábana hasta los ojos como un muchacho asustado de la oscuridad ¿Y si fray Diego tenía razón? ¿Y si esos libros ejercían algún poder maléfico sobre el que los leía?

Mi ánimo se debatía entre las ganas que tenía de seguir leyendo aquel libro y el recelo que me causaba la idea de que tuviera realmente algún poder maligno sobre mí. Afortunadamente, por aquellos días mi sentido común aún funcionaba con normalidad y acabé riéndome de mi propio miedo. El que hubiera dado a la lavandera el nombre de la amada de Amadís se debía, exclusivamente, a ser el nombre que había estado leyendo durante toda la tarde. No era cuestión de darle más vueltas.

Los sueños no obedecen a la lógica ni al sentido común, y menos los de un joven que estaba descubriendo emociones inexploradas. Aquella noche mi propia realidad, la muchacha misteriosa y el mundo de Amadís se fundieron en uno solo, mezclando caras, personas y hechos en un caos indescifrable que mi memoria se encargó de silenciar en cuanto desperté. Lo único que permaneció en el recuerdo fue una agradable sensación de euforia rápidamente sometida por mi conciencia, temerosa de que, tan satisfecho estado, se debiera a haber derramado mi semilla en sueños, como en otras ocasiones. Antes de que entraran a servirme, salté de la cama y revisé con sumo cuidado el camisón y las sábanas en busca de manchas delatoras. Nada, todo impoluto. Respiré con alivio, no tendría que realizar ninguna vergonzosa confesión.

Al finalizar la misa comencé la clase con fray Diego.

—Se os ve de muy buen humor, alteza.

—Lo estoy, me vino muy bien descansar ayer.

—¿Puedo preguntaros en que ocupasteis la tarde?

—Estuve leyendo el *Amadís,* es muy interesante, os lo recomiendo. Vos mismo podríais comprobar que no se trata más que de historias fantásticas cuya única finalidad es la distracción y el entretenimiento, sin por ello estar carente de enseñanzas provechosas.

A fray Diego no le gustó demasiado que hubiera pasado tantas horas leyendo aquel libro.

—¿No os ha perturbado el sueño?

—Sé que he soñado mucho aunque no lo recuerdo, lo que sí recuerdo es que, al despertar, la sensación era de un gran bienestar —mi preceptor se quedó expectante—. No me miréis así, fray Diego, no tengo nada que confesar, os lo aseguro.

—Me alegro de todo corazón, los ángeles os habrán acompañado por los espacios oníricos.

No tenía nada que confesar, si no teníamos en cuenta mi simbiosis con el protagonista, con su vida y emociones, cosas que, de momento y a mi entender, no eran pecado.

—Al final de la tarde estuve paseando por el soto con García de Albarrategui, me contó cosas de Salamanca. Estoy pensando que después de mi boda podríamos pasar unos meses allí. ¿No la echáis de menos?

—Algunas veces, mi señor —la nostalgia transformó el rostro de mi maestro—. Echo de menos el color dorado de sus piedras, el magnífico río, incluso el excesivo bullicio de sus calles, aunque por encima de todo echo de menos la universidad.

—Pues no se hable más, pasaremos una gran temporada en Salamanca. Es la ciudad más importante de mi señorío, merece que se le dedique más atenciones que a las otras.

A pesar de que se lo estaba poniendo en bandeja en aquel momento tampoco me comunicó su proyecto de marcharse cuando me convirtiera, de hecho, en un hombre casado. Debió de verme tan feliz que no quiso entristecerme.

La emoción de ir a Salamanca me hizo olvidar mis temores nocturnos y comenté con absoluta candidez.

—Ah, y una novedad más. ¿Os acordáis de la muchacha que vi en la procesión? Ayer la volví a ver, es lavandera. Albarrategui está tratando de averiguar alguna información más.

Fray Diego mantuvo su inmutable gesto de cordialidad y confianza, en tanto que su mente hilvanaba, a la velocidad del rayo, la información que le acababa de dar. A pesar de que no relacionaba a la lavandera con Amadís, ambos asuntos le preocupaban profundamente.

—Si trabaja en palacio es muy probable que os hubiera visto antes y por eso no le impresionó vuestra presencia —aparentó no darle importancia.

—Ya veremos, os mantendré informado de este pequeño misterio.

—Gracias, alteza —mi preceptor respiró profundamente, sacó un papel de su carpeta, y adoptó la actitud propia de las personas a las que satisface plenamente su trabajo—. Bien, es el momento de empezar la clase. Veamos que tal traducís esta carta de Séneca.

El día transcurrió con cierta normalidad. Tras la clase con fray Diego, almorcé solo en el retrete asistido por Calatayud. En mis almuerzos, comidas y cenas privadas en el retrete, mi camarero mayor asumía las funciones de maestresala, camarero, copero y trinchante, o como mucho se hacía ayudar por el mozo del retrete. Esta circunstancia me permitía disfrutar de silencio y tranquilidad si comía solo, y de absoluta confidencialidad si lo hacía en compañía. También estaba previsto que, cuando yo lo solicitara, algún camarero amenizara esos privados momentos con lecturas provechosas y edificantes.

Mas tarde presidí la sesión del consejo, aplazada del día anterior, comí con la familia, y al caer la tarde, después del ensayo con el coro pude, por fin, montar mi nuevo caballo.

Era increíble, desde el primer momento congeniamos. Le llevé al galope por las afueras de la villa y por el soto esquivando los árboles. Respondía a la perfección a las bridas y a la presión de mis piernas sobre su cuerpo, parecía que me adivinaba el pensamiento. En estos asuntos, las alabanzas de mis servidores no eran vanas, lo cierto era que tenía buena mano con los animales.

—La próxima semana ya lo podréis llevar de caza —gritó entusiasmado García, que galopaba tras de mí.

A pesar de estar atardeciendo aún hacía calor. No quise cansar en exceso al hermoso animal ni a mí mismo y descabalgamos. García llevaba a su caballo por las riendas, el mío lo llevaba un mozo de espuelas. Sin preámbulos de ninguna clase, pregunté a García si tenía alguna noticia referente a la muchacha del soto.

—He hablado con las lavanderas habituales de palacio y no han sabido darme razón exacta. Al parecer, las mozas que ayudan a las lavanderas que sirven en la corte, son muchachas de Almazán que vienen cada día a hacer el trabajo y, al terminar, vuelven a sus casas. La única forma de identificarla sería dándole el alto, si la volvemos a encontrar, o reuniéndolas a todas.

—No sé, García, quizás sea mejor dejarlo correr…

Estaba a punto de decirle que abandonara sus pesquisas cuando unas escandalosas carcajadas volvieron a romper la tranquilidad de la tarde. De nuevo, un grupo de lavanderas subía por el soto hacia palacio, de nuevo, se quedaron cohibidas ante nuestra presencia y la de los soldados, de nuevo, intentaron escabullirse en dirección contraria.

García reaccionó con rapidez, saltó sobre su caballo y se fue hacia ellas cortándoles el paso.

—No tenéis nada que temer. Mi señor, el príncipe don Juan, quiere hablar con vosotras. Esperad aquí.

Supongo que lo único que se les ocurrió a aquellas infelices fue relacionar el requerimiento con un castigo por haber causado algún desaguisado en la real ropa.

Cuando llegué a su altura recorrí lentamente el grupo con la vista, fijándome bien en cada una de ellas. El mozo de la mula que las acompañaba se mantenía en un segundo plano, intentando que el animal no se espantara y echara por tierra tajas, cubos, jabones y los colchones limpios que cargaba. Las lavanderas y las mozas estaban aterrorizadas: hipaban, se mordían los labios, bajaban la vista o se retorcían las manos.

Fui recorriendo la fila, convencido de que no solucionaría mis dudas. Al llegar a la última muchacha escuché mi propia exclamación en voz alta:

—¡Oriana!

La joven, lejos de sorprenderse, saludó con una discreta reverencia.

—Mi señor.

Se mantenía serena, con los ojos bajos, un cesto con ropa limpia a los pies y esperando mis órdenes con aparente tranquilidad. Las otras muchachas se habían relajado un poco, ya sabían quién se iba a llevar la bronca, o algo peor.

Muy bien, la había encontrado, la tenía delante, y ahora ¿qué?

Por norma, nunca me acercaba a menos de tres o cuatro varas de un desconocido, y menos aún de un plebeyo. La situación hubiera sido la propia de un señor con su súbdito si el señor hubiera sabido qué mandar y el súbdito hubiera sabido el motivo de la demanda. Ante el estancamiento de la situación, García volvió a demostrar que, en el trato cuerpo a cuerpo, era más hábil que yo.

—¿Cómo te llamas? — preguntó.

—Margarita, señor.

«Qué casualidad, como mi esposa», pensé.

—¿Sin más referencia? — insistió.

—Solamente Margarita, la hija del viejo herrero.

—¿Perteneces a palacio?

García estaba utilizando, a mi entender, un tono demasiado duro habida cuenta de que la muchacha no había hecho nada malo. Ella, sin embargo, mantenía una actitud tranquila y confiada, como si no le resultara extraño el trato con personas de la corte.

—No, mi señor, soy vecina de Almazán y sirvo en palacio de moza de lavandera mientras estén aquí sus altezas.

—Para ser vecina de Almazán hablas de una forma muy rara.

—Perdón, señor, mi madre era francesa y…

—Es igual —cortó autoritario . ¿Tienes padre, marido o hermanos que respondan por ti?

—Ni marido ni hermanos, vivo con mi padre que, antes de enfermar, era herrero en palacio al servicio de los señores de Mendoza.

García se volvió hacia mí, no sabía qué más podía preguntar. Ante mi bloqueo decidió dar por terminado el interrogatorio aparentando que este había tenido alguna utilidad.

—Recordad que a su alteza le gusta pasear por el soto al atardecer, deberéis hacer vuestro trabajo en silencio y con discreción. Idos.

Salieron corriendo como ardillas, todas menos Oriana–Margarita, ya tenía nombre, que recogió tranquilamente su cesta, hizo una pequeña reverencia y se alejó deslizándose levemente sobre la hierba.

—Aclarado el misterio, alteza. Una chica del pueblo a la que más le vale casarse pronto, con un padre enfermo y sin hermanos, quién sabe qué va a ser de ella el día que la corte se marche y se quede sin sustento.

Escuchaba las explicaciones como en la lejanía, en medio de una nube.

—Tiene modales y discreción de dama.

—Está bien educada pero tanto como para parecer una dama… La miráis con buenos ojos. No cabe duda que la chica es agraciada, aunque os puedo asegurar que las he conocido mejores. Aquí mismo, en la corte, hay mujeres de mejor presencia y compostura.

García se calló al darse cuenta de que no le estaba prestando ninguna atención, mi mirada seguía perdida en el punto por donde Oriana–Margarita había desaparecido. Regresé a mi cámara y permanecí hipnotizado, mirando por el ventanal de la galería hacia el río, hasta que vinieron a traerme la cena y a acostarme. No era capaz de pensar en nada, tan solo en aquella muchacha y en la sensación de incontrolada felicidad que me producía.

V. Oriana

El palacio estaba patas arriba por el vacío que había dejado la marcha de don Fernando y por la locura que suponía preparar el séquito de cinco mujeres de la realeza, incluido el ajuar de boda de una de ellas. Aquellos días, hasta la partida de mi madre y hermanas, procuré salir lo menos posible de mi cámara so riesgo de que, en un descuido, me embalaran en uno de los cientos, por no decir miles, de cajas de madera donde se guardaban, escrupulosamente etiquetadas, todas las pertenencias, útiles, mobiliario, joyas, ajuar, ropa personal y de decoración, libros, documentos, ornamentos religiosos y obras de arte de una de las más importantes cortes de Europa.

Leí, leí como un loco. Margarita era Oriana y Oriana era Margarita, y al poco tiempo yo era Amadís y el rey Fernando era Peirón, y García de Alabarrategui era Galeor y fray Diego era Urganda, mi mago protector. Los personajes buenos del libro tenían las caras de mis más allegados, los malos eran hombres horribles a los que una y mil veces derrotaba por el amor de mi dama.

El pobre fray Diego no paraba. Hubiera querido pasar a mi lado el mayor tiempo posible para que tanta lectura no me ablandara el seso. No pudo. Junto con mi camarero mayor era requerido continuamente a presencia de la reina para recibir los últimos consejos, siempre eran los últimos, sobre mi cuidado.

Por fin llegó el día en que me quedé solo.

Deambulé por un palacio que más bien parecía el campo tras la batalla, y que tardaría aún varios días en adaptar sus necesidades a las pocas personas que desde aquel momento viviríamos allí. Ya no haría falta tanta carne, ni tanto pan... ¡ni tantas lavanderas!

Recordé angustiado el comentario de García sobre la subsistencia de Margarita con un padre enfermo y sin marido ni hermanos.

—Calatayud, vuestra esposa, doña Francisca, se encarga del cuidado de mi ropa blanca ¿no es cierto?

—Cierto, mi señor, ¿tenéis alguna queja de su trabajo? —preguntó preocupado.

—No, ninguna en absoluto, quería saber si ella también se encarga de las lavanderas.

—No directamente, aunque le gusta organizar y estar al tanto de la calidad del trabajo que realizan.

—Con la partida de sus altezas no hará falta tanto servicio ¿verdad?

—En ese sentido no debéis preocuparos, las necesidades de vuestra cámara y de los monteros de Espinosa están cubiertas con una lavandera y la moza que la ayuda. Si se viera que es necesario, se contrataría una moza más.

—Estoy convencido de ello, no es ese el motivo de mi comentario. Lo que deseo es que una moza de lavandera llamada Oriana, siga teniendo colocación en esta casa.

—¿Oriana, mi señor?

—Me refiero a Margarita, la hija del viejo herrero de palacio.

Calatayud no entendía, tampoco preguntó, se limitó a lanzarme una curiosa mirada que en aquel momento no comprendí.

Desde que identifiqué a la misteriosa visión del día de mi cumpleaños, mis sueños, por lo que recordaba de ellos, habían sido una feliz recreación del Amadís protagonizada por mí, Margarita y mi entorno. Durante el día no había vuelto a padecer la zozobra de tener que reprimir mis apetitos carnales, y mis noches eran aún más inocentes que mis días.

Me sentía virtuoso, limpio, purificado por un sentimiento que no sabía definir. Era algo parecido a lo que sentía por mis padres, pero más; parecido a lo que sentía por mi maestro, pero distinto; parecido a lo que sentía cuando me recogía en piadosa oración, pero sin dirigirme al cielo. Lo sorprendente de esa exaltación era que procedía del personaje de un libro que se confundía y fundía con una persona real. ¿O sería al revés?

Mi preceptor era mi ancla, mi refugio y mi guía, nadie mejor que él para poner orden en mis emociones.

—Fray Diego, llevo algunas semanas sin tener que avergonzarme del comportamiento de mi cuerpo.

—Dios ha premiado vuestro sacrificio librándoos de la tentación, a pesar de lo cual debéis recordar que esta situación puede ser temporal, no se puede bajar la guardia para no perder la confianza de Nuestro Señor. ¿Puedo preguntar cómo habéis alcanzado este estado de virtud?

—No os lo vais a creer, me parece que ha sido gracias al Amadís. Era lo último que fray Diego esperaba oír.

—Antes de que me digáis que he perdido la razón os diré que en este libro se cuenta la historia de un caballero de corazón puro, que acomete las más increíbles hazañas defendiendo, de forma desinteresada la justicia, la lealtad, la religión y la legitimidad real, siempre con honor y bondad frente a personas malvadas y de malas artes a las que vence. Aún voy por el segundo libro. Ya os contaré más.

—¿No hay rastro de pecado en ese caballero?

—A veces vacila sobre cuál es la mejor manera de solucionar un problema, otras se siente solo pero, con la ayuda de Dios y del mago que le protege, acaba resolviendo cada situación de la manera más honorable posible. Para ello no duda en soportar terribles privaciones o en poner en juego su propia vida si lo considera necesario.

Fray Diego contrajo el gesto. Lo de mezclar a Dios con la magia no le hacía ninguna gracia y daría pie para muchas discusiones, pero le preocupaba mucho más indagar sobre mis derroteros morales.

—¿A qué se debe que tan fantástica historia os haya convertido en un hombre mejor?

—Me imagino que puedo parecerme al caballero Amadís.

Mi maestro se puso serio.

—Me permito recordaros que en 1490, en la vega de Granada, vuestro padre os armó caballero, nunca antes tan gran señor calzó espuelas a tan virtuoso joven. Os menospreciáis considerando que el personaje de una novelucha puede ser más digno que vos en ninguna faceta de la vida.

—Lo sé, querido fray Diego, lo sé. Lo que quiero decir es que la historia del caballero Amadís está llena de aventuras en las que se muestra fuerte, valeroso, implacable con los malvados y defensor de pobres desvalidos.

Mi preceptor se serenó. Siempre había sido tan dócil, tan obediente, tan comedido que, a menudo, se le olvidada que el enardecimiento propio de la juventud corría por mis venas como por las de cualquier otro muchacho. Optó por no satanizar el libro y aprovecharlo para su labor educadora.

—Dejando aparte que estamos hablando de un personaje de ficción, esta forma de, digamos vida, está muy bien siempre que tanto esfuerzo tenga un fundamento y una finalidad honorables.

—Puesto que desconocía su noble origen, la causa primera de sus anhelos fue la de hacerse un nombre. Cuando se entera que es hijo de rey, trata de alcanzar la inmortalidad, que da la fama y el honor, para reverenciar a sus padres y ser merecedor de su amada.

Acababa de meter en mi discurso un personaje nuevo: la amada. Mi preceptor, acertadamente, desvió la conversación hacia aquella inquietante figura.

—¿Su amada?

—Sí —titubeé—, la princesa Oriana, a la que ama en secreto porque no se considera digno de ella. Sin saber que Oriana le corresponde de una forma absolutamente virtuosa y elevada, el caballero Amadís aprovecha sus aventuras para hacerse digno a los ojos de ella, y…

—Perdonad, mi señor —cortó delicadamente fray Diego—, no veo que relación tiene todo este enredo con el tema que nos ocupa, es decir, ¿a qué se debe que la lectura de este libro os haya convertido en un hombre mejor?

Intenté convertir mis emociones en palabras, no me resultó fácil. Dudé unos instantes y por fin encontré la frase que resumía, quizás demasiado, mis anhelos.

—En mis sueños yo soy Amadís, y lucho contra el mal por ser merecedor del favor de Margarita.

Fray Diego arrugó el ceño esforzándose por descifrar el verdadero significado de tan escueta explicación.

—Me alegra que tengáis sueños tan ejemplares con vuestra esposa.

Debí de poner una cara de sorpresa muy llamativa, porque fray Diego respondió a mi gesto con una expresión interrogativa aún más llamativa.

—No es mi esposa, es aquella lavandera de la que os hablé hace tiempo —expliqué cohibido—, también se llama Margarita.

Semejante revelación era demasiado para el buen obispo. Se olvidó por completo del libro de marras y volcó toda su atención en el personaje real que se había colado, a hurtadillas, en mi controlada vida.

—Es decir, que ya tenéis información sobre esa muchacha, ¿habéis hablado con ella?

—Hablar, lo que se dice hablar, no he hablado.

Le conté el episodio del soto, el interrogatorio de García y mi orden para que mantuviera su trabajo tras la partida de los reyes.

—¿No la habéis vuelto a ver?

—No.

—¿Y su recuerdo no os perturba…? Ya me entendéis.

—No, todo lo contrario.

Estaba satisfecho de mí mismo y fray Diego hecho un lío.

—¡Dios escribe derecho en renglones torcidos! —acabó exclamando—. Recordad, sin embargo, que la Margarita a la que debéis tanta devoción es la archiduquesa de Austria. Pensad en ella cuando leáis el libro.

A primeros de agosto, durante una partida de caza, comenté esas mismas experiencias a García de Albarrategui. No tardó ni un suspiro en dar su opinión, orlada por una exagerada sonrisa.

—Su alteza está enamorado.

—¿Qué? — pregunté ignorante.

—El aire huele a jazmín, las rosas son más rojas, desaparece el hambre y el sueño es un mar de felicidad. Su alteza está enamorado —no paraba de reír.

—¿Del personaje de un libro?

—No, de una lavandera a la que habéis convertido en el personaje de un libro. El libro es solo el envoltorio del regalo.

—No os burléis de mí —protesté sin mucha convicción.

—No me burlo, mi señor.

—Entonces, ¿qué os causa tanta gracia?

—El estado de enamoramiento es gracioso en sí mismo, ya que dota al enamorado de unas características que, para el que no lo está, resultan ridículas a la vez que envidiadas.

—¿Os reís de mí y me envidiáis a la vez?

—Con todos los respetos, sí, mi señor.

—Curiosa mezcla —muy a mi pesar se me estaba contagiando su guasa—. Y ¿esta situación es pasajera o voy a seguir siendo, durante mucho tiempo, el centro de vuestras burlas?

—Esta situación dura hasta que el enamorado consigue que la persona amada le corresponda con el mismo interés.

—¿Y cómo se consigue que alguien te ame, de esa manera, quiero decir?

—Si fuera una ciencia se estudiaría en la universidad. Os puedo dar pistas, pero nadie tiene la solución al problema.

A pesar de no entender la causa de tanto regocijo, intenté mantener una conversación seria con García.

—¿Puedo estar enamorado de ella si prácticamente no la conozco?

—Eso es lo más curioso del asunto. Para enamorarse basta simplemente un gesto, una mirada, una palabra, un roce. Si en ese momento Amor lanza sus dardos, no habrá nada ni nadie que impida que esa persona se convierta en el centro de vuestra vida. Por otra parte, el estado de enamoramiento idealiza a la persona amada. Poco importaría que ella fuera contrahecha, lerda o tuerta, a vos os parecería la persona más grácil, sabia y hermosa de la tierra.

—¿Como si se estuviera hechizado?

—Algo así, pero sin magia de por medio.

—¿Me queréis decir que ella no es real?

—Es real, solo que vos la veis más hermosa, más discreta y más distinguida de lo que yo la veo, por ejemplo.

—¿Estoy enloqueciendo como mi abuela? —pregunté realmente asustado.

—No, mi señor, os aseguro que todos los hombres, a lo largo de su vida, sufren esa «locura» una o varias veces, y ¡pobre del que nunca la haya sufrido!

El último comentario de García me pareció profundamente sincero, ayudó a disipar cierto grado de irritación que empezaba a provocarme su socarronería.

—¿Vos también, García?

—Sí, mi señor, yo también —García serenó su discurso—. Se llamaba Elvira y era hija del posadero donde solía parar cuando iba a Salamanca. Me parecía la muchacha más salerosa, alegre y guapa de toda la ciudad. Yo no tenía posibles, me conformaba con verla en la taberna y con hacerme continuamente el encontradizo para hablarle. Vos mejor que nadie sabéis que mi vida ha sido un ir y venir entre Salamanca, vuestro servicio y el de sus altezas, allí donde quiera que estuvieseis. Cuando tuve ahorrado un dinero, y el valor necesario, fui muy decidido a pedir la mano de Elvira. Llegué tarde, se había casado con un bodeguero.

—¿Y qué hicisteis?

—Llorar, alteza, llorar durante días.

Se me pusieron los ojos como platos. Pobre García, su historia era tan triste como la de Amadís pero en versión prosaica.

—¿Y aun así decís que el estado de enamoramiento es la envidia de los que no lo padecen?

—Aun así, mi señor.

Empezaba a oscurecer y era hora de regresar. Estar todo el día fuera de palacio, en pleno verano, me había fatigado.

Ya en mi cámara rumié las palabras de García. Me hacía cierta gracia eso de estar enamorado, aunque no entendiera muy bien qué suponía semejante estado. Se me llenó la cabeza de miles de dudas y preguntas para las que, por supuesto, no tenía respuesta. Impulsado por la desconcertante información que mi compañero de caza me había transmitido, me entretuve imaginando cómo me vería ella.

Las personas que escribían sobre mí decían que era de aspecto delicado a la vez que elegante de cuerpo y agradable de presencia, con muy buenas aptitudes para la música y la poesía. Decían que mi condición afable y llana, mis maneras nobles y porte modesto, me hacían querido y reverenciado por todos. Decían que poseía un intelecto lúcido, ingenioso y perspicaz que servía para adornar un corazón generoso y compasivo.

Cierto era que tenía buen carácter y raramente me enfadaba. Tarea fácil si consideramos que, salvo mis padres y mi maestro, nadie solía contradecirme. Cierto era que me sentía querido; no obstante, nunca llegaba a estar seguro de recibir tanto afecto por ser como era o por ser quien era. Lo de que tenía muy buenas aptitudes para la música y la poesía era relativamente cierto, y a pesar de lo que disfrutaba con ambas disciplinas, mi tan ponderada modestia hacía que fuera muy consciente de mis limitaciones. En cuanto al resto de mis valores, mi preceptor sería el más adecuado para valorar mi inteligencia y mi confesor el más adecuado para valorar mi bondad. Me conformaba con considerarme a mí mismo despierto sin llegar a sabio, y buena persona aunque no santo.

Con lo que no estaba de acuerdo era con las habilidades que me atribuían relacionadas con la destreza o la fortaleza física. Era relativamente ágil, sí, pero no experto ni vigoroso. En las partidas de caza, los cetreros eran los encargados de entrenar a las aves de presa; mi aportación consistía, únicamente, en sujetarlas en el brazo y lanzarlas a su vuelo ejecutor. En la época de nidificación, salía con los perros a la caza de liebres, ciervos, jabalís o cualquier otro animal que ya había sido previamente oteado y cercado por los cazadores. A pesar de no ser el gran cazador que decían, gozaba con ese tipo de actividades que me permitían disfrutar de cierta sensación de libertad y de cierta camaradería con mis acompañantes.

Referente al manejo de las armas, entrenaba con asiduidad y empeño, pero no me sentía capaz de defender mi propia vida, cuanto menos la de otro. Mis padres organizaban en mi honor pantomimas de torneos amañados para que pudiera participar con la seguridad de salir victorioso. En mi bendita inocencia aceptaba el engaño para, por unos momentos, sentirme igual que los demás.

Resumiendo, la imagen que el mundo decía tener de mí era mucho más halagadora que la que yo tenía de mí mismo. Abrigaba la idea de que Margarita viera en mis finas manos un signo de belleza y no de enfermedad, que mi afabilidad supusiera para ella una manifestación de buen carácter y no de falta de él, que interpretara mi amor por la poesía y la música como la inclinación natural de un espíritu cultivado y sensible, y no como el medio de evasión de un joven asustado, que intenta no pensar en los deberes que se le vienen encima.

Haber estado todo el día por el campo, en plena canícula, pasó factura. Aquella noche tuve fiebre. Los monteros de Espinosa, siempre atentos, notaron algo extraño; al no responder a sus requerimientos, entraron en la cámara y me encontraron delirando, llamando a Margarita. Médicos y camareros no se apartaron de mi lado hasta que la fiebre remitió, fray Diego tampoco.

Por fin, al atardecer del siguiente día, cuando los galenos consideraron que el peligro había pasado, me asearon, me dieron algo de comer y me dejaron descansar. En la cámara se quedó el servicio imprescindible y fray Diego, que no se separaba de mi cabecera.

—Alteza —preguntó inclinado sobre mí, en confidencial plática—, si me lo permitís, tengo una duda ¿os referíais a Margarita de Austria o a la otra Margarita?

Bajé los ojos avergonzado. Lo del enamoramiento no le iba a hacer a fray Diego la misma gracia que le había hecho a García. El buen obispo no necesitó más explicaciones.

—Al menos en palacio se piensa que os referíais a vuestra esposa.

No dije nada, no me apetecía hablar. Mi cabeza, confundida y agotada, pugnaba por poner orden sobre un corazón que no me cabía en el pecho de tan irracionalmente alborotado como estaba. Fray Diego se acomodó lo mejor que pudo en un sillón, pegado a mi cama, y me cogió la mano.

—No os preocupéis, mi príncipe, dormid tranquilo, yo velaré vuestro sueño.

Y dormí tranquilo, cogido de su mano como un niño pequeño.

Durante dos días no me dejaron levantarme más que lo estrictamente necesario. Empezaba a recuperarme cuando llegó correo de la reina comunicándome que su madre, mi abuela, había muerto en Arévalo. Se iba a organizar una comitiva fúnebre desde esa villa hasta la cartuja de Miraflores, en Burgos, donde sería enterrada al lado de su marido, el rey Juan.

No me gustaba la idea de alejarme de Almazán, de Margarita. Afortunadamente, no tuve que manifestar mi desagrado; los médicos prohibieron totalmente cualquier viaje, por muy tranquilo que fuera, prohibición que, con respetuosa vehemencia, fue comunicada a la reina.

Obligado como estaba a reducir al mínimo mis ocupaciones, me moría de aburrimiento. En un arranque de osadía, pedí a fray Diego que me leyera un poco del *Amadís* para entretenerme.

—De paso veréis que no hay nada malo en este libro.

Me leyó un capítulo donde se narraba la forma en que el malvado mago Arcalus, mediante encantamientos, logra desarmar a Amadís, y otras aventuras que sucedieron.

—¿Os dais cuenta de lo que os decía?

—Dejando de lado la virtud de la que hace gala el protagonista, las situaciones a las que se tiene que enfrentar son tan fantásticas y absurdas que ninguna persona, con un poco de juicio, pensaría que su lectura podría aportar algo interesante a su vida. Por otra parte, resulta inadmisible que se considere a la magia un cooperante de la divinidad, en todo caso lo sería del infierno. Me reafirmo en mi postura de que es un desatino perder el tiempo con semejantes libros.

—Pero fray Diego, no todo va a ser estudio y trabajo. Soy un alumno aplicado y cumplo fielmente mis obligaciones ¿No os parece que merezco tener algún solaz? —me puse mimoso, sabía que le tenía ganado.

—Os empezáis a parecer a vuestro padre, mi señor —bromeó—, acabáis llevándome a donde queréis.

—¿Entiendo que eso es un cumplido? —pregunté con simpatía.

—Sabéis que sí. Don Fernando es un hábil gobernarte que será admirado por generaciones venideras, y vos, digno heredero de tal padre.

Ese hombre me quería como si fuera su propio hijo o quizás más, nunca lo sabríamos. Su rigor y disciplina estaban envueltos en tanto afecto que era imposible que algo de lo que hiciese me molestara o que nada de lo que dijese me ofendiera.

Gracias a la generosa paciencia de mis cuidadores no tardé mucho en recuperar mis modestas energías, me restringieron las actividades al aire libre en las horas de calor permitiéndome, tan solo, dar un corto paseo al atardecer.

En uno de esos vagabundeos, encaminé mis pasos hacia la pequeña iglesia de San Miguel, frente a palacio. Únicamente había entrado en aquel templo para celebraciones litúrgicas y me apetecía verlo con tranquilidad. No me podía permitir acceder desarmado, por más que se tratara de un lugar bendecido, me acompañaban mi camarero don Luis de Torres y un par de lanceros con las armas escondidas bajo las capas.

Las personas que estaban delante rezaban ignorantes de nuestra presencia, lo que me brindó la ocasión de observarlas con calma. Eran muy escasas las oportunidades que tenía de curiosear a mis súbditos en su estado natural y me gustaba aprovecharlas. Procurando pasar desapercibido caminé lentamente por la nave central, atraído por la claridad que surgía del techo. Sobre el crucero, a través de la original celosía de la cúpula, la luz del sol penetraba proyectándose en todas direcciones, haciendo dudar al peregrino si tan excepcional cubierta era una obra de piedra o el más fino de los encajes.

Extasiado, seguí con la vista el trayecto de uno de aquellos rayos de luz, de uno de aquellos dedos de ángel que, cual señal divina, iluminaba la cabecera de la estrecha nave lateral de la izquierda. En ella, una mujer con la cabeza cubierta, rezaba muy concentrada, fija la mirada en una imagen de madera policromada del arcángel san Miguel. Sin medir mis actos, avancé hasta ponerme a la altura de la mujer piadosa, con la intención de ver más de cerca la talla causante de tanta devoción.

Tuve que apoyarme en el brazo de don Luis para no perder el equilibrio. Aquella devota orante era mi lavandera, mi Margarita, mi Oriana. Su fervorosa actitud me hizo evocar imágenes de santas representadas en momentos de sublimación espiritual. Nos hallábamos los dos en éxtasis, ella mirando al arcángel, yo mirándola a ella. No fui consciente de si respiraba ni de si pisaba el suelo. Todo mi ser estaba en suspenso, cautivo de un arrebato casi místico que fue cruelmente interrumpido por un discreto comentario de don Luis.

— Mi señor, deberíamos irnos, es tarde.

Me moví torpemente sin perderla de vista, haciendo que el objeto de mis desvelos perdiera su concentración y girara la cabeza.

Su mirada, levemente sorprendida, me atravesó como una flecha impregnada, a partes iguales, de pánico y felicidad. Tuve la intención de dirigirme a ella con la actitud y el gesto del que pide limosna, del que suplica, del que reza. Antes de que llegara siquiera a moverme, don Luis se interpuso en mi camino para recordarme, con todos los respetos, que se hacía tarde.

Estaba acostumbrado a obedecer a quien mostrara autoridad, obedecí y salí sumiso de la iglesia. Una vez fuera, empecé a exaltarme. No cabía en mí de gozo por haberla visto, y en aquel estado de sublime contemplación, al tiempo que se desarrollaba, como nube de tormenta, una furia incontrolada hacia mi camarero por haber impedido que me acercara a ella.

Al llegar a la cámara me encontraba invadido por la ira, dominado por la impotencia y herido por lo que había interpretado como una humillación. En presencia de mozos, camareros, reposteros y pajes liberé toda mi rabia.

—¿Cómo te has atrevido? ¿Ahora eres tú el que decide si puedo o no hablar con mis súbditos?

Al pobre don Luis no le llegaba la camisa al cuerpo. Yo mismo tampoco me reconocía, era otra persona la que hablaba por mi boca y no podía hacer nada por impedirlo, incluso le había apeado el tratamiento protocolario tratándole de tú, como a un plebeyo.

—Mi señor, todos os miraban, me pareció que os estabais poniendo en evidencia —se aventuró a decir con un hilo de voz.

No había sido consciente de que, en aquel momento de suprema felicidad, hubiera más gente en el mundo ni de que, como decía García, los enamorados causáramos risa y envidia. Que mi fiel don Luis hubiese velado por mi dignidad me daba igual, sentía una gran frustración y tenía que descargarla con alguien.

—Tu príncipe nunca se pone en evidencia, tú lo has hecho al detenerme. Me apetecía golpearle hasta que cayera al suelo suplicando clemencia, hasta que se desintegrara sobre el pavimento, gracias a Dios me limité a acercarme a su cara con un dedo amenazador.

—Si vuelves a interponerte en mi camino mandaré que te azoten, o mejor, te azotaré yo mismo como a un vulgar esclavo.

Menuda estupidez acababa de decir, al cuarto azote sería mi brazo el que se rendiría exhausto, pero insisto en que no era yo. Cuando le despedí, en su cara se marcaban los surcos brillantes de dos lágrimas. Le odiaba y me odiaba a mí mismo por odiarle.

Después de la tempestad vino la calma, o más bien el desmoronamiento, me sentí tan mal que no quise hablar con nadie. Despaché a todos los prescindibles, cené en privado y me acosté inmediatamente, sofocado aún por tan inusual reacción. Buscando consuelo, rememoré emocionado la imagen de la iglesia justo hasta el momento en que ella me miró. Y con su imagen pude dormirme, convencido de que mi corazón ya tenía dueña y de que la finalidad de mi vida era servirla y honrarla, como Amadís.

La noticia, por principesco escándalo y por novedosa, corrió como la pólvora. A la mañana siguiente fray Diego buscó a don Luis y le interrogó. Al finalizar la misa, cuando nos recluimos en el retrete para la clase diaria, no hizo falta que dijera nada, su severo gesto exigía una aclaración.

—¿Vos también vais a reñirme?

Mi impertinencia se estrelló contra la inmutabilidad de mi preceptor.

—No hay motivo para ello si vuestro enfado estuvo justificado.

—Me ha dejado en ridículo delante de todos.

—Entonces habéis hecho bien en reprenderle.

—Solo quería hablar con ella.

—Estáis en vuestro derecho, es vuestra súbdita.

—Podría ordenar que la trajeran a mi presencia.

—Para eso tenéis los soldados.

—Exacto, mandaré a mis soldados que la busquen y la traigan ante mí, y a ese camarero desleal le enviaré en la próxima expedición a las Indias…

Ya me había llevado donde quería. Según exponía mis deseos, imaginaba horrorizado a mis soldados arrancando por la fuerza a Margarita de la iglesia y arrojándola muerta de miedo a mis pies, y a don Luis, moribundo allende los mares, víctima de enemigos desconocidos o de sabe Dios qué terribles enfermedades.

Los remordimientos que empezaban a aflorar y la firmeza de fray Diego, impertérrito en medio de la habitación, me hicieron dudar.

—¿Pensáis que no estoy siendo justo?

—Sí, mi señor — fray Diego no tenía pelos en la lengua—. Si lo tenéis a bien hablaremos tranquilamente del problema, será mi lección de hoy.

Accedí. A duras penas intentaba mantener mi enfado, no era mi forma de ser y la ira me pesaba. Nos sentamos lentamente uno frente a otro dispuestos, yo a defender mi postura, él a rebatirla sin compasión.

Narré, con todo lujo de detalles, lo sucedido desde mi entrada en la iglesia hasta que me acosté.

—Bien, estos son los hechos, me gustaría conocer las causas.

Fray Diego había agarrado la presa y no pensaba soltarla. Decidí no perderme en rodeos inútiles o dolorosos y liberé mi angustia de la forma más descarnada que se me ocurrió.

—Dice García de Albarrategui que estoy enamorado de la lavandera.

Lejos de extrañarse, mi preceptor mantuvo la atención sin dar ninguna muestra de sorpresa.

—Eso lo explicaría todo.

—¿No os vais a enfadar? —pregunté sorprendido.

Le había expuesto un gravísimo problema de una manera áspera y agresiva esperando una reacción similar, no una respuesta comprensiva en las palabras y compasiva en el gesto.

—No, mi señor, sería inútil. Lo único que puedo hacer es ayudaros a sobrellevar el problema de la misma manera que hizo don Luis en la iglesia, pero poco más. Hay que pasarlo, como el sarampión.

—Quizás vos tengáis algo de culpa. Solo hemos hablado de lujuria y pecado frente a matrimonio y amor conyugal, sobre este «enamoramiento» no hemos conversado ni me habéis dejado leer nada. Me he limitado a espiar conversaciones ajenas, a intentar comprender el texto de las canciones del coro, y a asistir confuso a las representaciones teatrales.

Mi maestro, sin alterarse por la acusación, se armó de paciencia para darme una lección.

—Se ha escrito mucho sobre el tema y se seguirá escribiendo; os puedo asegurar que nadie encontrará una definición de este estado. Todas son válidas aunque no únicas, cada hombre debe sacarla de su propia experiencia.

—Sigo sin entender nada — protesté.

—Veamos si soy capaz. Un hombre enamorado es el que está seducido, atraído, cautivado, embelesado, entusiasmado y trastornado por una mujer. Capaz de ascender a la mayor de las alegrías o hundirse en la mayor de las tristezas solo porque esa mujer le mire o no, le hable o no, le dedique un gesto o no. Capaz de hacer cosas, unas veces prodigiosas y otras mezquinas, que habitualmente no haría, por agradarla o impresionarla.

—Salvo por los comportamientos mezquinos, me estáis describiendo el Amadís —comenté asombrado.

—Quien más y quien menos ha sido un pequeño Amadís alguna vez en su vida.

—Y vos ¿cómo lo sabéis?

—Alteza, yo también fui joven y no nací fraile, os lo aseguro.

Aquella revelación, de tan obvia, me sacudió como una pedrada.

—¿Me queréis decir que también os habéis enamorado?

—Sí, mi señor, fue hace muchos años, antes de hacer mis votos.

Se quedó en silencio unos instantes, embobado con unos recuerdos en los que no me invitó a participar. Esperé a que su atención volviera a la sala para seguir con las muchas preguntas que quería hacer, aunque me daban miedo las respuestas.

—¿Es algo bueno o malo? —la consulta era muy simple, pero por algún sitio había que empezar.

—Digamos que es inevitable. Es inevitable porque no se busca, ni tiene explicación, ni lógica, sencillamente surge. Lo que sí puede ser malo y debe evitarse son sus consecuencias.

—¿Por ejemplo?

—La pérdida del sentido común, la ensoñación, los arrebatos emocionales desproporcionados…

—¿Como el que tuve ayer?

—Si sois capaz de reconocerlo es que vuestro buen juicio funciona.

A estas alturas de la conversación lo que me quedaba de ira se había disipado.

—Tendré que encontrar la manera de disculparme con don Luis.

—No espero menos de vos.

Asumida la culpa e impuesta la penitencia, fray Diego siguió hablando.

—Como todo lo relacionado con la naturaleza humana, el comportamiento de un enamorado depende de su fortaleza moral. Un enamorado que no se deje guiar por la virtud puede mentir, matar, robar, ser desleal con su familia y amigos, romper promesas, incumplir deberes, tomar por la fuerza a la mujer en cuestión, e incluso llegar a cometer suicidio por la dama de sus desvelos.

—¿Y no se da cuenta?

—Claro que se da cuenta, lo peligroso es que, en su enajenación, considera que cualquier acto es justificable si con ello consigue el favor de su amada.

—¿Y si el enamorado es virtuoso?

—En ese caso, la felicidad de que él disfruta se transmite a todos los que le rodean. Respetará la virtud de la doncella tanto de obra como de pensamiento, sacrificará su bienestar por beneficiar a su amada, pero nunca su honor ni su lealtad. Incluso sacrificará su amor renunciando a ella por el bien de la dama o por un deber superior.

—Igual que Amadís —afirmé orgulloso, mi héroe era de los buenos.

Me abrumaba tal cantidad de información. Lo que resultaba más terrible, a mi entender, era lo de renunciar a la amada. Semejante reflexión hizo que, sin darme cuenta, acudiera a mis labios una pregunta comprometedora.

—¿Eso hicisteis vos, renunciar a ella por la Iglesia? Se quedó sorprendido, casi se ruborizó.

—Algo parecido, alteza, tuve que decidir entre aquella muchacha y el monasterio, y ganó Dios.

—A la dama en cuestión le destrozaría vuestra decisión.

—En eso estoy tranquilo, ella nunca se fijó en mí, es más, nunca supo de mis sentimientos.

Rectifiqué. Fuera por desdén o por desconocimiento, lo más terrible era amar sin ser correspondido.

El silencio invadió el cuarto durante unos momentos en los que cada uno se refugió en sus propios pensamientos. Deseoso de seguir entendiendo los sentimientos que me dominaban, retomé el discurso en el punto anterior a la confidencia de fray Diego.

—Es decir, que estar enamorado te puede convertir en un ángel o en un demonio.

—O en las dos cosas al mismo tiempo. En un momento se puede estar haciendo algo lleno de dignidad y al siguiente comportarse de la forma más vil, por eso resulta tan peligroso.

—Quizás no esté enamorado, no me siento tan héroe ni tan villano.

—Decidme pues ¿Qué querríais hacer respecto a ella?

Me quedé dudando, no tenía ni idea, realmente no lo había pensado.

—No sé, hasta ahora solamente la he mirado, tal vez hablarle —titubeé.

—¿Y qué le diríais?

Otro vacío. Ni había cortejado nunca a ninguna mujer ni me parecía que a ella le pudieran interesar las huecas conversaciones galantes. De repente tuve una idea.

—Le preguntaría si necesita algo, no creo que quiera seguir siendo lavandera toda la vida —se me agolpaban las ocurrencias—. Puedo hablar con la reina, mi señora, para que entre a su servicio, podría vivir mucho mejor.

—Eso es bueno, alteza, os preocupáis por su bienestar y deseáis mejorarlo. En medio de tan generosa aspiración ¿habéis calculado la posibilidad de que tenga algún pretendiente o incluso de que esté casada?

Un fuego abrasador me subió por el estómago hasta la cabeza. Apreté los dientes y contesté, conteniendo la respiración, con una voz a medio camino entre el sollozo y la rabia.

—Dijo que no tenía marido.

Fray Diego me dedicó una tenue sonrisa compasiva.

—Lo que estáis sintiendo en estos momentos son celos. En un instante habéis pasado de un sentimiento honorable a otro ruin. ¿Comprendéis ahora lo que os acabo de explicar?

Asentí desolado. Me había hecho a la idea de que los meses de mi estancia en Almazán iban a ser un remanso de paz, casi de aburrimiento pero, tal como pintaban las cosas, empezaba a creer que se iban a complicar mucho más de lo esperado.

—Alteza, creo que estáis enamorado, aunque no sé hasta qué punto; en cualquier caso, si seguís confiando en mí, trataré de que todo lo que ocurra mientras dure esta situación sea un bello recuerdo para el resto de vuestra vida, y no un motivo de arrepentimiento ni de vergüenza.

—Por supuesto que confío en vos, si bien sospecho que las recomendaciones que vais a sugerir no van a gustarme demasiado.

—Sois muy inteligente, alteza, y por eso mismo ya habréis deducido que, desde este momento, tenéis que renunciar a ella.

Descorazonado miré al Amadís que estaba sobre la mesa. La mía iba a ser la epopeya de amor más corta, anodina y estéril de la historia.

VI. El villancico

Me quedaba por solucionar el agravio a don Luis de Torres. Aquel mismo día le convoqué a mi lado, en presencia de todos, y le di un trato preferente entre los camareros jóvenes. Con eso creía haber restablecido su honor.

¡Qué equivocado estaba! Él hubiera preferido mil veces que, en vez de una distinción pública, le hubiera dedicado un sencillo y sincero gesto de personal afecto. Ahora que estoy muerto y he podido entrar en su corazón, me he enterado de que ese joven apuesto, discreto y cabal, me amaba de una forma tan sacrificada, cauta y honorable que nunca nadie, y yo menos que nadie, nos percatamos de lo profundo y desdichado de sus sentimientos. Su única aspiración era poder servirme hasta el final de sus días, sin más pretensiones.

Mi muerte mató su vida.

A pesar del gran futuro que tenía en la corte, ha decidido dejar el mundo e ingresar en la orden de los franciscanos en memoria del día de mi fallecimiento. De esa manera podrá vestir, el resto de su existencia, el hábito con que me amortajaron.

Pero volvamos al final de aquel verano de 1496.

Le había prometido a fray Diego mantenerme distraído con mis ocupaciones, pensar en mi esposa, en mi futura vida y no hacer nada por ver a Margarita ni por saber de ella, más allá de la circunstancia de que seguía trabajando con mi lavandera. Fiel a mi promesa, atendía las sesiones del Consejo, impartía justicia, administraba mi casa, salía de caza, cantaba en el coro, y acudía, de vez en cuando, a alguna de las fiestas populares que se sucedían durante el estío.

En los primeros días de septiembre recibí una carta de la reina informándome de la partida de Juana hacia Flandes. Mi madre contaba que la flota de mi hermana estaba compuesta por dos naves genovesas de carga llamadas carracas, ciento veintiocho carabelas, y alrededor de veinte mil hombres armados, reclutados en las montañas de Cantabria y Vasconia. Toda precaución era poca, teniendo en cuenta que la flota pasaría muy cerca de la costa francesa. También describía, con gran emoción, cómo había pasado dos noches a bordo despidiéndose de su hija a la que, suponía, nunca volvería a ver. Al final, con gran dolor de su corazón, la flota se hizo a la mar el 22 de agosto.

Estos y otros pequeños sucesos, que alteraban la rutina diaria, contribuyeron a animar mi vida y distraer mi alma del recuerdo de Margarita. En realidad, a base de esfuerzo, conseguí circunscribir mis emociones a la lectura del Amadís. Margarita se diluyó en Oriana hasta que casi me olvidé de que se trataba de una persona real; pude amarla, honrarla, defenderla y protegerla sin traicionar mi promesa. Al principio funcionó, incluso conseguí evitarla en sueños.

Un día de septiembre llegó un presente de parte de Juan del Enzina, que ejercía de maestro de capilla en la casa del duque de Alba, en Alba de Tormes. Se trataba de dos libros que me había dedicado: su propia traducción de las *Bucólicas* de Virgilio y un cancionero con obras compuestas por su mano. Juan de Fermoselle, que es como se llama realmente el compositor, sabedor de mi gran afición por el arte de los sonidos, quería que conociese sus poemas y su música con el fin de abrirse un hueco en la corte.

Parte de mi tarea como príncipe consistía en observar las maniobras de mis súbditos por medrar en puestos, honores o capital. Y mi habilidad, al respecto, pasaba por valorar en su justa medida dichas maniobras, otorgando tales prebendas a quien realmente las mereciera, sin dejarme deslumbrar por apariencias ni halagos.

No tenía la intención de prescindir de mi maestro de capilla, por lo que aquella tarde, cuando Juan de Anchieta vino a palacio con los mozos del coro de la cámara para el ensayo vespertino, le entregué el cancionero de Juan del Enzina. Me interesaba saber su opinión sobre si las obras del zamorano eran tan buenas como él mismo proclamaba y si, llegado el día en que Anchieta faltara, merecería estar en la corte. El maestro de capilla se sintió halagado en extremo, más aún cuando le aseguré que por muy buena que fuera la música de aquel libro, su puesto a mi lado no corría ningún peligro. Tras ojearlo unos momentos, comenzamos el ensayo por un villancico que Anchieta consideró interesante.

La pieza en cuestión cumplió largamente la función que se supone debe desempeñar el arte: provocar emociones. A medida que avanzaba el ensayo comencé a sentir una congoja tan opresiva que apenas me salía la voz. Con la disculpa de un inexistente picor de garganta que me impedía cantar, pedí al maestro que continuara con el ensayo en otra parte, comprometiéndome a estudiar por mi cuenta la obra para estar a la par que mis compañeros en la siguiente sesión de trabajo.

Pasé el resto de la tarde en un torbellino, intentando, a duras penas, contener la angustia que me embargaba. Procuré distraerme tocando el claviórgano que me había regalado mi hermanastro, don Alonso de Aragón. Fallido esfuerzo, ni siquiera aquel querido instrumento consiguió entretenerme. Estaba terminando de cenar cuando Anchieta retornó el cancionero a la cámara.

—Mi señor, perdonad que haya tardado tanto en devolveros el libro, cuando finalizó el ensayo no pude por menos que ponerme a examinar con más detalle su contenido.

—Os dije que estaba a vuestra disposición, podéis cogerlo siempre que lo deseéis.

Se despidió reiterando su agradecimiento.

Con el cancionero en mis manos fui incapaz de seguir negando mis emociones. Aun siendo temprano, comuniqué a Calatayud mi deseo de acostarme para que pusiera en marcha, cuanto antes, la maquinaria que ritualizaba mi reposo.

Me metí en la cama con el libro en las manos, mi camarero no necesitó ninguna otra indicación para, por su propia cuenta, arrimar un candelero que me alumbrara. En cuanto me quedé solo no perdí el tiempo, fui directo al villancico que habíamos ensayado y, tras leerlo varias veces con mucha atención, comencé a llorar. Lloré como hacía tiempo que no lloraba, en silencio, despacio, casi regodeándome en mi propia tristeza porque, a fin de cuentas, era lo único que tenía.

Margarita se había liberado de Oriana y había regresado al mundo de los vivos. Era una muchacha con carne, huesos, manos y alma, que en aquel mismo instante estaría durmiendo en alguna humilde casa de la villa. La certeza de Margarita, mezcla de arrobamiento y desolación, me causó una presión angustiosa en el pecho próxima al vértigo. Agotado, me dormí acariciando la colcha, que probablemente ella habría lavado, y repitiendo los versos que se habían grabado a fuego en mi corazón.

Más quiero morir por veros
que vivir sin conoceros.

Es tan firme mi esperanza,
que jamás hace mudanza,
teniendo tal confianza
de ganarme por quereros.

Más quiero morir por veros
que vivir sin conoceros.

Mucho gana el que es perdido
por merecer tan crecido
y es victoria ser vencido
in jamás poder venceros.

Más quiero morir por veros
que vivir sin conoceros.

Aunque sienta gran tormento,
gran tristeza y pensamiento,
yo seré de ello contento,
por ser dichoso de veros.

Más quiero morir por veros
que vivir sin conoceros.

El alba me encontró con los ojos hinchados de llorar y el ánimo desfallecido, provocándose la habitual alerta general a mí alrededor. Fray Diego entró hecho una exhalación, convencido de que el *Amadís* me había perturbado o de que, desoyendo sus consejos, había visto a Margarita. Al dirigirse hacia mí lanzó una mirada de desprecio al volumen que vio sobre la mesa creyendo que se trataba de aquel libro del diablo; mi camarero mayor lo había encontrado abierto sobre la cama y lo había colocado en el mueble. Se sorprendido al darse cuenta de que se trataba del cancionero de Juan del Enzina, miró y remiró extrañado hasta que se concentró en la pieza por la que estaba abierto. Leyó despacio, varias veces, y acabó depositando el libro suavemente, en medio de un profundo suspiro.

Consiguió que los médicos y el resto del servicio abandonaran la cámara asegurándoles que el paso previo para mejorar mi cuerpo era serenar mi alma. Le hicieron caso, de todas las maneras, ellos tampoco sabían qué hacer.

—Estamos luchando contra los elementos ¿verdad, mi señor? —me dijo con una mezcla de tristeza y ternura.

Con el aliento más de un muerto que de un vivo, conseguí coger aire suficiente para articular la única idea clara que tenía en la cabeza.

—Por favor, fray Diego, dejadme verla, dejadme hablar con ella, solo una vez. Podéis estar vos presente o las personas que vos designéis.

Nunca había suplicado de aquella manera, estaba dispuesto a eso y mucho más para conseguir mi objetivo, y él lo sabía.

Apartado hacia una ventana, valoró mi carácter, mi docilidad y obediencia, el respeto que sentía por él y por los reyes; contrapuso estas cualidades a mi ardoroso enamoramiento y la posibilidad de que me atreviera a ejercer el poder que tenía. Con gran aplomo, tras unos momentos que a mí me parecieron siglos, me comunicó su veredicto.

—Está bien, espero no tener que arrepentirme de esta decisión. Doña Francisca, la esposa de vuestro camarero mayor, conoce a la lavandera ¿no es cierto?

Asentí expectante.

—Entonces hablaré con don Juan de Calatayud para que, esta tarde después de la siesta, su mujer traiga a esa muchacha a la galería de palacio. Podréis hablar con ella hasta vísperas, en presencia de don Juan, su mujer y vuestro confesor. No debéis salir de la galería, cuanta menos gente se entere de esta visita mejor para vos y para ella, vuestro honor y el de esa muchacha van a estar en entredicho.

Salté de la cama gritando «¡Gracias!» a los cuatro vientos, le besé la mano, le abracé, lloraba y reía a la vez girando a su alrededor presa de una emoción indescriptible. Era tan feliz que no encontraba palabras para expresarlo. Un cuarto de hora antes había deseado morirme; tras escuchar sus palabras quería vivir mil veces aquel momento.

Fray Diego me cubrió con el gran batín aterciopelado, abrió la puerta y una avalancha de personas invadió la cámara. Habían dejado postrado en la cama a un joven desmadejado, vencido por la melancolía, y muy poco tiempo después se encontraban con un hombre feliz, rebosando salud y dispuesto a comerse el mundo. Me miraban a mí y miraban a fray Diego, mientras abandonaba la cámara, sin dar crédito a lo que veían. Aquel hombre tenía fama de recto y sabio y, por lo visto, también hacía milagros.

El día pasó en un suspiro o se hizo eterno. La valoración del tiempo dependía de que pudiera estar pensando en el encuentro de la tarde o de que me ocupara en otros asuntos. Por fin llegó la siesta. No pude leer, no pude descansar. Apuré los minutos dando vueltas por la cámara y mirando por la ventana. Intentaba imaginar qué cosas le diría o qué me interesaba saber de ella, la emoción era tal que no conseguía concentrarme en nada concreto. Por momentos, tenía la sensación de que el corazón iba a explotarme dentro del pecho.

Don Juan de Calatayud entró en la habitación para acompañarme a la galería.

—Mi señor, es la hora.

Llevaba todo el día esperando oír esas palabras pero, llegada la hora de la verdad, no era capaz de mover los pies del suelo.

—¿Mi señor? —insistió.

A duras penas conseguí caminar lentamente, delante de mi camarero mayor y detrás de mi pánico, para salir al exterior. Al fondo de la galería estaba Margarita, mi Oriana, en medio de la mujer de Calatayud y de mi confesor. Los tres hicieron una profunda reverencia.

—Alzaos.

Mi confesor y doña Francisca, seguidos por mi camarero mayor, se apartaron discretamente al otro extremo de la galería. Margarita estaba frente a mí, serena, con los ojos bajos y en silencio, aguantando elegantemente mi descarada mirada.

No se presentaba envuelta en elaborados ropajes, ricos tejidos, enjoyados escotes, complicados tocados ni elevados escarpines.

Justo por eso aquella muchacha me pareció la mujer más distinguida y hermosa que había visto nunca. Llevaba el pelo castaño recogido en una trenza y cubierto por una pequeña caperuza, y calzaba unas humildes abarcas que habían sido cuidadosamente remendadas. Su atuendo no era más que una sencilla saya de color marrón ajustada en la espalda mediante un acordonado, confeccionada en un tejido de aspecto áspero pero que lucía limpio y bien cuidado. Posiblemente era su mejor vestido.

De repente recordé que ese encuentro tenía un plazo de finalización. Inquieto rebusqué en mi mente la forma de iniciar una charla pero todo lo que se me ocurría me parecían majaderías impropias de mi amada.

«Mi amada», qué bonito sonaba. «Muérete de envidia, Amadís, mi Oriana es más real que la tuya». Aquel pensamiento tan ridículo me proporcionó un tema de conversación.

—Os llamáis Margarita ¿no es cierto?

—Sí, mi señor —contestó sin levantar la vista.

—El día que os vi en el soto os llamé Oriana y aún así me respondisteis.

—Tuve la impresión de que os dirigíais a mí, os pido disculpas si os parecí atrevida.

La inteligencia se unía a la discreción. Empecé a sentir una especie de hormigueo dentro de los huesos y cosquillas en el fondo del alma.

—Tengo otra curiosidad. El día de mi cumpleaños, durante la procesión, no estabais saludando ni lanzando vítores como el resto de los asistentes. ¿Hubo algo que no os agradara?

—Siento haberos parecido una súbdita ingrata, no soy dada al bullicio ni a la algarabía. Os aseguro que estaba muy feliz por vos, y rogaba a Dios para que os concediera una vida llena de bendiciones —su voz adquirió un tono cohibido—. Ruego tengáis a bien perdonar mi torpeza.

Continuaba con la mirada fija en el suelo, seguramente pensaría que la quería castigar por su descaro en el soto o por su aparente desapego en la procesión. ¡Menudo enamorado estaba hecho! La primera vez que podía hablar con ella y lo único que se me ocurría era cuestionar su conducta. Intenté recordar las normas básicas de cortesía para tratar que aquella reunión tan deseada se convirtiera en una conversación agradable.

—¿Os apetece que nos sentemos? —le dije, señalando un banco adosado a la pared.

—Como gustéis, mi señor.

Se dirigió sumisa hacia el banco, esperó a que yo me sentara y, solo después, tomó asiento a una distancia que consideró respetuosa.

—Margarita, en primer lugar necesitaría que me hicieseis un favor —comenté con el tono de voz más dulce que pude emitir.

—Lo que digáis, mi señor, estoy a vuestro servicio…

Seguía con la mirada baja, fija en sus pequeñas manos que se escondían nerviosas la una en la otra.

—Quiero que me hagáis el favor —me regodeé en aquella frase— de mirarme mientras hablamos.

Pareció recobrar algo de calma. Lentamente levantó la cabeza, poco a poco los párpados, hasta que sus enormes ojos del color de la miel se posaron en los míos. Doy gracias al cielo por haber estado sentado, de no haber sido así, hubiera caído fulminado por el rayo de sobrenatural estremecimiento que me atravesó el pecho. En mi mente se arremolinaban los versos que otrora había cantado sin entender.

Más quiero morir por veros que vivir sin conoceros.

Más vale trocar placer por dolores que estar sin amores.

Mi mal por bien es tenido por haberos conocido.

Hermosa, que tienes mi vida cautiva en tus ojos.

Su enigmático significado me estaba siendo desvelado. Ahora entendía cada una de las palabras, de los matices, cada una de las profundas emociones que encerraban.

Aturdido aún por el universo inexplorado que se abría ante mí, noté que mi mano, por su propia cuenta, comenzaba a levantarse tímidamente con intención de tocar la cara de mi amada. La contuve. Tuve miedo de que, si la rozaba, se desvaneciera entre ondas como un reflejo en el agua.

Su gesto se iba serenando y mi corazón emborrachando de felicidad. García estaba radicalmente equivocado, Margarita era la mujer más fascinante que jamás había existido, y ninguna dama de la corte podía hacerle sombra. El tiempo se detuvo con mis ojos cautivos en los suyos. Sabedor de que mi suprema felicidad estaba de antemano condenada al fracaso, me deleité en saborear cada instante con la segura certeza de que ese instante iba a ser el último.

Las campanadas de San Miguel quebraron mi embeleso, en breve tocarían a vísperas y se acabaría la visita. Empujado por ansias desconocidas, sentí la imperiosa necesidad de saberlo todo sobre ella. Me vino a la cabeza que su gracioso acento francés podía ser una manera de continuar con la conversación.

—Me gustaría que me contarais la razón por la que una vecina de Almazán habla con ese gracioso acento francés. Tenéis que reconocer que no es algo muy corriente.

—No quisiera aburriros con mi sencilla vida…

—No creo que vuestra vida sea sencilla ni aburrida, por favor.

Mi amabilidad ablandó un poco más su natural reparo.

—Mis padres eran franceses —comenzó a hablar con cierta tranquilidad, animada por mi evidente interés—. Recorrían el sur de Francia, Navarra y el norte de Aragón con una compañía de cómicos. En medio de estas andanzas vine al mundo, creo que en territorio aragonés. Cuando tenía unos nueve años, los cómicos vinieron a Almazán para hacer el verano por esta parte de Castilla pero, nada más llegar, mi padre enfermó. El resto de la compañía tuvo que continuar viaje para seguir ganándose el sustento y poder comer durante el invierno; el caso es que nos quedamos solos viviendo en un pequeño carromato a las afueras de la villa. El herrero se apiadó de nuestra desgracia y nos cobijó, a mis padres y a mí, en su casa. A los pocos días mi padre murió.

Guardó un momento de silencio, quizás recordando a su padre.

—Supongo que la soledad del herrero y el desconsuelo de mi madre hicieron el resto. Pasado el luto se casaron y el herrero me adoptó.

La contemplaba ensimismado. Dejé de ver a una joven serenamente hermosa y pasé a admirar a una mujer fuerte y segura, superviviente de situaciones inimaginables para alguien con una vida tan regalada y afortunada como la mía. Ahora me tocaba a mí mover ficha. Amadís y mi honor de caballero reclamaban una acción que protegiera al desamparado.

—En el soto dijisteis que vuestro padre estaba enfermo, quiero decir, el herrero.

—No, padre está bien. Le doy ese nombre porque legalmente lo es y porque como tal se ha portado siempre conmigo, incluso después de morir mi madre. Mi propio padre no lo hubiera hecho mejor.

Sentí que conocía a aquella mujer desde siempre, que formaba parte de mi vida y de mí mismo. Me lancé a hablar ebrio de felicidad, de nervios y de absoluta ignorancia.

—Me alegro mucho por vos. Enviaré a mis médicos a que le visiten, tal vez puedan hacer algo. También hablaré con los señores de Mendoza para que os mantengan en palacio, no de lavandera, tenéis modales de sobra para poder estar al servicio personal de la señora. Pensándolo mejor, preferiría que entrarais a mi servicio, a las órdenes de doña Francisca. El único inconveniente es que tendríais que viajar y a lo mejor no queréis dejar Almazán, por vuestro padre o por… —me aterrorizaba la posible respuesta pero tenía que preguntarlo—, o porque vayáis a casaros…

—No, mi señor —sonrió— de momento no tengo previsto casarme, en cuanto a…

No la dejé terminar, aquel aspecto de su vida era el que más me interesaba.

—¿No tenéis prometido ni pretendiente?

—No tengo prometido, en cuanto a pretendientes…, mi padre ha dejado que yo decida y, hasta la fecha, no me he sentido atraída por ninguno de ellos.

Se mostró un poco avergonzada. Por mucho que fuera su señor, o quizás por eso, me estaba metiendo en asuntos de su vida personal, pero no podía ni quería evitarlo.

—Seguro que tenéis a la mitad de la villa pendiente de vos ¿Ninguno de los muchachos que os pretenden es de vuestro agrado?

—No creáis, mi señor. La única dote que mi padre puede ofrecer soy yo misma y, para la mayoría, eso no es suficiente. La gente dice que tengo la cabeza llena de pájaros por buscar un enamorado en lugar de un marido, y a mi padre le recriminan que no me obligue a contraer matrimonio con quien él decida. Si su salud empeora no tendré más remedio que casarme con el primero que pida mi mano.

Se me revolvió el estómago al pensar que los vecinos de Almazán no vieran en Margarita más que un negocio. Me daban ganas de arrasar la ciudad para castigarles por despreciar de forma tan miserable a mi amada, pero en el fondo respiraba complacido al saber que no habitaba nadie en su corazón. Ese lugar lo quería para mí y, cual presumido pavo real, le mostré mi poderío para impresionarla.

—No se hable más, mañana enviaré a mis médicos. Y en cuanto a vos, no podéis casaros con el primer mequetrefe que os lo pida, pensad en cómo queréis que sea vuestra vida a partir de ahora y lo haré posible.

Me miraba confundida, con los ojos muy abiertos. Yo esperaba que se deshiciera en agradecimientos pero no era su forma de ser, ya me lo había dicho. Meditó un momento sus palabras antes de responder con una firmeza que castigó mi vanidad.

—Alteza, sois el hombre más generoso de la tierra y nunca, ni viviendo cien años, podría agradecer lo que estáis haciendo por nosotros. Aceptaremos muy gustosos la ayuda que vuestros médicos nos puedan ofrecer; en cuanto a mí, soy lavandera y eso lo hago bien. Estaría encantada de servir a la señora de Mendoza o a doña Francisca, solo si ellas consideran que mis cualidades lo merecen. No es por menospreciar vuestro amable ofrecimiento, es por no menospreciarme a mí misma y por no comprometer vuestra confianza.

En cualquier otra persona semejante respuesta se hubiera podido calificar de desprecio y soberbia, en ella me pareció dignidad y prudencia. Estaba mirándola encandilado cuando las campanas llamaron a vísperas. Sin necesidad de volver la cabeza sentí a mis tres carabinas acercándose hacia nosotros.

—Mi señor, es la hora.

Las palabras de mi camarero me pesaron como una losa de granito. Calatayud ofreció su mano a Margarita que se levantó e hizo una respetuosa reverencia mientras me decía:

—No pasará un solo día de mi vida sin que dé gracias a Dios por el honor que me habéis hecho.

Iba a contestar que el honor me lo había hecho ella a mí pero la mirada de los vigilantes de mi dignidad me lo impidió.

—Dios os guarde, Margarita — me limité a decir.
Y se fue, dedicándome una mirada que me fundió por dentro.

VII. La pelea

A partir de aquel día viví sin vivir en mí.

La felicidad que me invadía iluminaba mi rostro y mis actos, provocando alguna que otra sonrisilla entre mis allegados. En todos menos en fray Diego, él se mantenía templado, incluso se podría pensar que taciturno.

—Fray Diego, estoy recibiendo quejas de la ciudad de Salamanca sobre la universidad y de la universidad sobre la ciudad. Por lo que he leído, deduzco que ambas partes tienen razón y ambas yerran.

—Es el pan nuestro de cada día.

—Será, pero me disgustan semejantes disputas. Creo que debería escribirles recordando a cada uno sus obligaciones y sus derechos, aunque aprecio que estos últimos se los conocen muy bien. Vos, que estáis al tanto de ambas realidades, podríais ayudarme.

—A la ciudad siempre le han molestado los privilegios y prestigio de la universidad. Por su parte, los docentes y clérigos tienden a desentenderse de las necesidades, incluso en épocas de hambruna, de la población no estudiantil. Se comportan como dos mundos confinados dentro de una muralla pero que ni se tocan ni se mezclan. Es una pena.

—Algo así había deducido de sus quejas. Les mandaré una carta instándoles a colaborar en pro de la prosperidad de las ciudad, universidad incluida —cerré la carpeta con decisión y me le quedé mirando—. Y ahora ¿me vais a decir lo que os preocupa? ¿No os alegra que sea feliz?

—Sí, mi señor, pero todo lo que sube tiene que bajar. Esta felicidad que ahora os invade se convertirá en tristeza el día en que os deis cuenta de que semejante estado se basa en un imposible, vos nunca seréis suyo ni ella vuestra.

—Lo sé perfectamente —las agoreras palabras de fray Diego no consiguieron desanimarme—. Rememoro hasta la extenuación las palabras que crucé con ella, sus gestos, su respiración, su mirada. Su recuerdo hace que me levante feliz por las mañanas y que duerma igual que un niño por las noches. Y cuando llegue el día en que la testaruda realidad se manifieste de manera implacable este mismo recuerdo me dará fuerza para afrontar mi destino allí donde esté.

A pesar de mi caballeresco razonamiento, fray Diego seguía pensando que, cuando se manifestara la testaruda realidad, mi reacción no iba a ser tan conformista como yo pensaba. En voz alta aprobó mi preocupación por el bienestar de Margarita, para sus adentros se propuso vigilar la evolución de mi euforia.

—¿Tenéis noticia del estado de su padre?

—Los médicos que le visitaron no creen que se recupere. Les han dejado algunos remedios para que se encuentre lo mejor posible hasta que llegue el fatal desenlace, ellos no pueden comprarlos.

—También le ibais a procurar otro empleo. ¿Sabéis algo?

—Doña Francisca Juárez la tiene a prueba para ver en que tarea puede ser más útil. Ya veremos si la una y la otra se sienten satisfechas. Nunca se me hubiera ocurrido pensar que un plebeyo no aceptara de inmediato un empleo ventajoso. ¿Dignidad o soberbia? ¡Quién puede ver en el corazón de los hombres!

—Dignidad, fray Diego, dignidad —respondí henchido de orgullo—. Si la conocierais os daríais cuenta de que lo que se ve es lo que hay. Prefiere permanecer de moza de lavandera a ocupar un puesto que no se merece, quedando mal ella y manchando con ello mi nombre. ¿Habíais visto alguna vez tanta discreción?

Mi preceptor sonrió tristemente y continuó con la clase. Tenía bastante claro que, en mi situación, era tontería hacerme razonar.

Una conversación parecida tuvo lugar días más tarde, durante una partida de caza, con García de Albarrategui. Parecida de tema, no de forma. Su frescura, que a veces llegaba a desvergüenza, me proporcionaba un punto de vista diferente desde el que sopesar los asuntos tratados.

—Podría haber pedido lo que quisiera…

—Eso le ofrecí.

—¿Y no lo hizo?

—Incluso a riesgo de enojarme.

—Hubiera podido conseguir un marido ventajoso.

—Ni mencionó la cuestión, solo dijo que ninguno de los hombres que la han pretendido la atrae.

—O sea, que es exigente.

—No en asuntos de fortuna, lo que anhela es alguien que la enamore.

—Se trata de un juego peligroso.

—¿Un juego?

—Puede que notara vuestro interés y se ha mostrado indiferente para aumentarlo.

—¿Qué queréis decir?

—Que aparenta ser púdica.

Por momentos su sonrisa se volvía más sarcástica, mi voz más seria.

—Será porque lo es.

—Vamos, mi señor —me dio un ligero codazo de complicidad—, es una sirvienta de palacio, podríais tomarla cuando quisierais a cambio de unas monedas para su padre. Está jugando sus cartas, sabe de sobra que mientras más os haga desearla más aumentará vuestro interés y más mercedes conseguirá de vos.

La sangre se me agolpó en la cabeza. Estaba insultando a mi amada, la comparaba con una vulgar ramera y rebajaba mi estado de enamoramiento al nivel de las debilidades de un rufián lascivo. Me abalancé sobre él gritando un «¡No!» lleno de rabia. No pensé en mi dignidad ni en mi enfermizo cuerpo, mi único empeño era castigarle para que se tragara sus palabras. Torpe Amadís de arrabal defendiendo el honor de su tabernera.

Rodamos por el suelo como chavales. Yo le golpeaba y él se resguardaba, no me devolvió un solo golpe, tan solo se cubría la cara con los brazos y se enroscaba para protegerse. En mi obcecación solté puñetazos y patadas sin ton ni son, haciéndome yo mismo más daño del que, seguramente, le hacía a él. La guardia, que en principio pensó que se trataba de un juego, acudió alertada por los gritos de

García. Mi compañero de caza se había asustado al ver que, tras media docena de golpes, me dejaba caer a su lado extenuado, resoplando cual caballo después de una carrera, y con la mirada perdida. Él apenas tenía un arañazo y alguna pequeña magulladura.

Mis salidas de palacio, incluso para dar un simple paseo, iban acompañadas por todo tipo de pertrechos destinados a que, estuviera donde estuviera, pudiera disponer de las mismas atenciones y servicios que en mis habitaciones privadas. Dos mulas, con sus correspondientes mozos, cargaban con maletas que contenían comida, bebida, ropa de recambio y aseo para mí, y aparejos de repuesto para mi caballo. Transportaban también una estructura desmontable con la que disponer, en cualquier sitio y en muy poco tiempo, un excusado donde aliviarme. Semejante despliegue de medios fue ideado para atender a mi comodidad y para que, fueran cual fuesen las circunstancias, mi aspecto se correspondiese con mi rango.

Gracias a tan vasto equipaje pudieron darme agua, cubrir mi titilante cuerpo con una manta, limpiarme manos y cara, e improvisar una angarilla con la estructura del excusado portátil. De aquella guisa llegué a palacio.

La comidilla inicial de que había sufrido un accidente de caza se esfumó cuando vieron al capitán de la guardia encerrando a García en un calabozo del sótano.

El sofocón de la pelea me provocó fiebre y el esfuerzo, un agotamiento que me retuvo en cama un par de días. ¡Dios mío, cómo odiaba aquella cama! Fray Diego permaneció todo el tiempo a mi lado. No preguntó, no comentó, esperó pacientemente a que me recuperara y tuviera ganas de hablar. La ocasión surgió el primer día en que me dejaron levantarme, uno de los alcaldes del Consejo quiso saber qué se debía hacer con García.

—Alteza, lleva encerrado en un calabozo desde que os atacó. Querría saber si hay alguna orden al respecto.

—¿Desde que me atacó? Fui yo el que le atacó a él —aclaré con orgullo—. Todavía no lo he decidido. Ya os avisaré.

Fray Diego asistió al diálogo sin intervenir hasta que nos recluimos a solas en el retrete.

—¿Habéis atacado a García? —preguntó incrédulo.

—Insultó a Margarita y me insultó a mí.

Le conté las insinuaciones maliciosas de García y la ira que me causaron, y que todavía me causaban. Mi preceptor, recurriendo a su habilidad para serenarme, cambió de tercio.

—Esto me recuerda cuando casi quemáis en la hoguera a uno de vuestros pajes por ser judaizante.

—Fue hace muchos años, no debía de levantar más de unos palmos del suelo.

—Erais un niño que jugaba a celebrar un auto de fe, declarasteis culpable a uno de vuestros pajes, le desnudasteis, preparasteis una hoguera e intentasteis quemarle.

—Afortunadamente alguien avisó a mi madre que se presentó a medio vestir, a tiempo para quitarme la tea de la mano y estamparme en la cara una bofetada que no olvidaré en mi vida —contesté apesadumbrado.

—Alteza, ya no sois un niño, y mi señora la reina no va a propinaros otra bofetada. Ahora sois vos quien debéis valorar y responder por vuestros actos.

Me había comportado como un imbécil, y como tal busqué una excusa que justificara mis actos.

—Me insultó.

—García nunca ha sido muy comedido en sus maneras, pero os es leal e intenta protegeros.

—¿Os ponéis de su parte?

—No, mi señor, pretendo que razonéis. Margarita es una joven soltera y pobre que, en poco tiempo, se va a quedar sola en el mundo; el matrimonio o el convento son las únicas salidas honorables que tiene. En su situación, y sin dote, no puede aspirar más que a casarse con alguien igual de pobre que ella o, en el caso de entrar en un convento, a ocupar los últimos puestos en la comunidad —paró para tomar aire y para que me diera tiempo a asimilar lo que me estaba intentando explicar—. No se la puede culpar si aspira a que su vida, y la de los hijos que pueda engendrar, sea más cómoda que la que ha tenido hasta ahora. Las mujeres conocen la manera de utilizar sus encantos para conseguir de los hombres cosas que de otra manera les resultarían imposibles.

—¿Como qué?

—Como una buena boda, la gran oportunidad de que su existencia mejore notablemente.

—No creo que Margarita piense que puede convertirse en mi esposa — bromeé.

Al decirlo en voz alta no me pareció una idea tan descabellada. ¿Por qué no me iba a casar con ella si no pasaba un solo instante sin que su recuerdo iluminara mi vida? Mientras la conversación seguía su curso, aquel pensamiento se quedó agazapado en el fondo de mi mente a la espera de que me atreviera a enfrentarme a él.

—Por supuesto que no —respondió fray Diego—, pero se ha tenido que dar cuenta de la solicitud que le dedicáis. Puede pensar que pretendéis favores sexuales y que, en pago a sus servicios, le vais a proporcionar un marido que esté por encima de sus posibilidades.

—¿En base a qué iba a pensar que yo le pediría tal cosa? —pregunté ofendido.

—El interés de un hombre de cierto rango por una muchacha del servicio suele tener un único objetivo.

—¿Lo estaréis diciendo en serio? —No sabía qué era mayor, mi enfado o mi asombro.

—Es la lamentable realidad, mi señor.

Me había puesto en pie y daba vueltas por la habitación poseído por la furia de la injusticia.

—Me conocéis mejor que yo mismo y sabéis que nunca os he ocultado nada. ¿De verdad creéis que mis atenciones para con Margarita obedecen a tan depravados instintos?

—Mi señor, sé que vuestras motivaciones son las más puras, altas y nobles que ningún ser humano pueda tener, aparte de los santos, pero no podemos olvidar que hay dos personas en esta empresa…

Tardé un poco en darme cuenta de adónde quería ir a parar.

—Ahora va a resultar que Margarita es una especie de bruja malvada o una enviada del diablo que ha maquinado esta situación para doblegar mi virtud y mi voluntad, conseguir que la deshonre y, en desagravio, recibir la compensación de una buena boda. Estáis loco.

Fray Diego mantuvo la calma y aguardó pacientemente a que me serenara un poco.

—Solo quiero advertiros de que esas cosas pasan, más de lo que os imagináis, y no solo en la corte, ocurre en todos los niveles de la sociedad.

¿Y si mi preceptor tenía razón? Mi esposa se podía haber casado con cualquiera de los nobles de su país; en lugar de eso, iba a atravesar media Europa para casarse conmigo, sin conocerme, porque yo era un príncipe heredero. Mis hermanas estaban en similares circunstancias. Margarita solo se tenía a sí misma para intentar conseguir un marido mejor que los candidatos que había tenido hasta aquel momento. Si su supuesto modo de actuar era censurable, el de mi esposa y hermanas merecía la misma crítica.

Tomé asiento de nuevo, revestido por un valor desconocido, y comuniqué a fray Diego mi heterodoxo razonamiento.

—Mi señor, las situaciones no son, ni de lejos, comparables. En vuestro caso se trata de acuerdos políticos para el bien de vuestros reinos y de vuestros súbditos.

—Y en el de Margarita se trata de acuerdos humanos para conseguir un techo mejor bajo el que cobijarse y una comida mejor con que alimentarse. A otra escala es lo mismo, cama a cambio de algún tipo de ventaja.

Me le quedé mirando altivo, desafiante, preparado para una inusual disputa.

Fray Diego calculó que un enfrentamiento directo no iba a llevarle a ninguna parte, muy al contrario, podía alejarle de mí con el consiguiente peligro de que cometiera alguna locura. A pesar de que nuestro trato estaba basado en la mutua confianza y cordialidad, el buen obispo no olvidaba que yo era su príncipe y él mi súbdito. Su conocimiento de la realidad humana, en particular de la mía, le hizo imaginar una serie de situaciones posibles, que aún no habían pasado por mi cabeza pero sí por la suya, resolviendo, rápidamente, que la mejor manera de mantenerme bajo control era apelando a mi cariño por su persona.

—Alteza, imploro vuestro perdón. Todo lo que he dicho ha sido fruto de mi preocupación por vuestra felicidad y vuestro honor.

Tal y como había previsto su actitud deshinchó mi arrogancia, volví a convertirme en el alumno sumiso y cariñoso que era.

—Fray Diego, no tengo nada que perdonar, solamente quiero que sepáis que ni Margarita ha intentado seducirme, ni tengo hacia ella ningún deseo reprobable. Muy al contrario, cuando la tentación aflora en mis entrañas, su solo recuerdo basta para sosegarme y reconfortar mi ánimo. Reconoced que estamos siendo juzgados y condenados sin pruebas ni motivos.

—Culpad de ello a mi celo por serviros, confío en seguir siendo merecedor de vuestra confianza.

Él sabía que mis palabras eran ciertas, yo que su cariño también. La sensación de haber vuelto a salvar el honor de mi dama elevó mi ánimo hasta la bóveda celeste.

VIII. La profanación

El otoño avanzaba implacable. El soto se había vuelto dorado y el frío viento de las mañanas se entretenía jugando con las hojas que empezaban a cubrir el suelo.

Había transcurrido casi una semana de encierro cuando hice soltar a García sin cargos, manteniéndole en sus tareas. Iba a comenzar la época de caza y él era el mejor compañero que podía tener. Admití sus disculpas y su agradecimiento por mi indulgencia, no sin antes ponerle una condición para redimirse.

—Parece ser que en palacio las calzas de algunos de mis hombres tienen tendencia a aflojarse en presencia de las mujeres. En desagravio por haber dudado de la virtud de Margarita y de sus intenciones, os encargo su protección. Si alguien se atreviese a tocarle un solo cabello o a pronunciar en su presencia palabras que pudieran ofender sus oídos, responderéis de ello con vuestra vida.

El sesgo dramático de la frase era convincente si bien, en principio, no tenía ninguna intención de acabar con la vida de García, apreciaba demasiado a aquel bribón.

Margarita había conseguido la aprobación de doña Francisca y, al parecer, ella también había aprobado a la esposa de mi camarero mayor. Se ocuparía de ayudarla en la confección de la ropa de doña Francisca, de don Juan de Calatayud y, si se aplicaba lo suficiente y su discreción lo aconsejaba, la permitiría ayudarla con mi ropa blanca y con mis sábanas. Tan, para mí, valiosa información, la obtuve a través de mi camarero mayor, a ella no la había vuelto a ver.

A diario seguía buscando tiempo para dedicarle algún rato al *Amadís;* su lectura y el recuerdo de Margarita alegraban mi rutinaria vida.

Un día, a finales de octubre, salí con mi gente de caza. Al pasar por delante de San Miguel tropezamos con un cortejo fúnebre que atravesaba la plaza en dirección a la puerta de la villa. La algarabía cotidiana de la plaza enmudeció con el llanto de las campanas de las iglesias batiendo a duelo para ahuyentar al demonio. Sobre una carretilla arrastrada por unos hombres reposaba un cuerpo amortajado, y detrás, un grupo de mujeres arropaban a la que parecía ser la allegada del difunto. La sostenían por ambos lados, acompasando su cansina marcha a la de la carretilla. El cortejo fúnebre iba a apartarse para franquearnos el paso cuando la mujer flaqueó, quizás un vahído, quizás un tropiezo. Al enderezarla, el mantón que le cubría la cabeza cayó al suelo. Tardé menos de un amén en saltar del caballo y correr a su lado. Con un brazo la sujeté por la cintura y le ofrecí el otro para que se apoyara. Su profunda tristeza se me instaló en el alma y la asumí como propia.

—¿Es vuestro padre? —pregunté apesadumbrado.

—Sí, alteza, murió ayer.

Al verme, no mostró sorpresa ni reverencia, aceptando mi presencia y mi comportamiento como la cosa más natural del mundo. Yo también lo sentía de la misma manera por lo que, haciendo gala dicha naturalidad, caminé a su lado detrás del fallecido desempeñando el papel de un hermano.

Quienes no sabían muy bien qué papel desempeñaban eran los que nos roeaban. Las mujeres que la amparaban se habían apartado sobresaltadas por mi violenta aparición, el resto de asistentes tornaron sus lamentos en comentarios diversos y sus lágrimas en exclamaciones, mis compañeros de cacería y guardias se habían lanzado despavoridos detrás de mí, apartando de mala manera a los presentes para formar un círculo a nuestro alrededor, y al sacerdote que presidía el cortejo casi se le cae el incensario al verme, tuve que dirigir la mirada hacia el difunto a fin de que recordara cuál era el asunto que nos ocupaba.

Para cuando salimos de la muralla, la noticia de que el príncipe estaba acompañando a la hija del viejo herrero en el entierro de su padre había recorrido toda la villa. A ambos lados del camino se formó una barrera humana que no daba crédito a lo que veía. Se oyeron varios «vivas» de algunos despistados que fueron silenciados por el resto de los asistentes; ninguno de mis acompañantes intentó detenerme, tenían demasiado fresca en la memoria la bronca que le había caído al bueno de don Luis de Torres por haberlo hecho unos meses atrás. Durante el recorrido, Margarita, dentro de su aspecto de hija dolorosa, mantuvo una compostura envidiable, caminando a mi izquierda como si ese fuera su sitio por derecho. A su lado me sentía héroe, Amadís acompañando a mi propia Oriana, defendiéndola, amparándola, demostrando a todo el orbe que aquella mujer estaba bajo mi protección.

Después de un breve responso y de dar tierra al difunto en un campo donde, sin sepultura ni lápida, se inhumaba a los que no tenían posibles, el gentío debería haberse dispersado, pero tenían circo para rato y no se lo querían perder. Margarita, ajena a la expectación que despertaba, se giró para darme las gracias.

—Siento no haberme enterado antes, me gustaría haber costeado unas misas por su alma.

—Ya me habéis ayudado demasiado. Gracias a vuestra generosidad tengo un trabajo que me permitirá pagarle la misa de cabo de año.

Era una oferta miserable para mis posibles, aún así no insistí. Me causaba admiración y envidia el control que aquella joven ejercía sobre su propia vida.

—¿Qué haréis ahora? —pregunté.

—Ofrecer unas viandas a los más allegados y guardar luto.

—Me refiero a que os habéis quedado sola…

—Unos primos de mi padre me acogerán en su casa, tienen hospedados a dos de vuestros oficiales y a sus criados, les vendrá muy bien mi ayuda.

Señaló hacia un hombre y una mujer, ya maduros, que se mantenían a cierta distancia. Su aspecto y actitud me causaron repugnancia.

—¿No os podéis quedar en vuestra casa?

—No es mía, es de los señores de Mendoza. Nos permitían ocuparla mientras viviera mi padre en reconocimiento a sus servicios, ahora tengo que dejarla. Además no estaría bien visto que, siendo soltera, viviera sola.

La idea de que mi amada habitara bajo el mismo techo que aquellos indeseables unida a la posibilidad de que alguno de mis servidores se atreviera a tocarla me encendió la sangre.

—No permitiré que vayáis con esos individuos, viviréis en palacio.

—Mi señor… —miró de reojo a sus parientes y pareció sentirse aliviada—. No sé cómo os lo podré pagar.

—No tenéis que hacerlo.

Ordené a algunos de mis hombres que la acompañaran a recoger sus pertenencias y la llevaran a palacio bajo la tutela de doña Francisca Juárez. Acto seguido retomamos la idea inicial de disfrutar de una jornada de caza.

Sobre mi caballo iba feliz, caballero sin par, protector de doncellas desvalidas y azote de rufianes. García no decía nada, no se atrevía. Pese a todo quería saber su opinión, me sentía tan bien que pensaba que nada de lo que pudiera decir mi desvergonzado amigo podría herirme.

Aprovechando un momento de descanso durante la cacería, le llamé aparte y nos sentamos sobre unos troncos cortados, mirando al horizonte.

—¿Seguís pensando que Margarita intenta aprovecharse de mí, o creéis que provocó la muerte de su padre para que el entierro coincidiera con mi salida de palacio y poder suscitar mi compasión?

—No, mi señor, sería una maquinación imposible —respondió cohibido.

—Me dijisteis que vos también estuvisteis enamorado, ¿tan difícil os resulta entender mis sentimientos?

—¿Puedo hablar con franqueza?

—Por supuesto, García, aquel día fui demasiado duro con vos, necesito vuestra ayuda en este trance.

García se dispuso a hablar. Se le notaba que estaba buscando las palabras adecuadas, intentando no faltar a la verdad sin ofenderme.

—Pues entonces os diré que en vuestro caso no es lo mismo. Sois el príncipe heredero de Aragón y Castilla y, por si esto fuera poco, estáis oficialmente casado. Vuestro comportamiento de hoy os pone en evidencia a vos, y sobre todo a ella; pocos habrá que no den por supuesto que tenéis una relación carnal con esa mujer. A vos no os lo tendrán en cuenta por ser un caballero y por ser quien sois, pero a ella…

—A ella, ¿qué?

—Pues que algunas, en privado, la envidiarán porque querrían ocupar su puesto, mientras que todos, en público, la despreciarán por su impudicia. En ambos casos su honor está en entredicho.

Parecía ser que, a esas alturas, hiciera lo que hiciera, la fama de Margarita ya no tenía remedio.

—¿Qué puedo hacer?

—¿Sinceramente?

—Sí, García, no voy a castigaros.

—Sinceramente pienso que, o sois un auténtico santo, o más temprano que tarde acabareis cayendo en sus brazos, ya que esta es la consecuencia natural de los anhelos que padecéis.

Le miré apesadumbrado.

—No soy un santo, os lo aseguro.

—Pues entonces no lo entiendo, mi señor, estáis enamorado de ella y, por lo que parece, a ella le agradáis.

Yo tampoco entendía las razones si bien, en el fondo de mi alma, sabía que mi actitud era la correcta. La doctrina de la santa Iglesia y mi férrea educación seguro que tenían mucho peso en esta postura, pero había algo más.

—García, me hablasteis de vuestra enamorada, aquella con la que no conseguisteis casaros. Decidme ¿llegasteis a yacer con ella?

—No, mi señor, daba la boda por segura… —titubeó— la respetaba…

—¿Y tanto os asombra que yo también respete a Margarita?

—No dudo ni por un momento de vuestro respeto hacia esa mujer, el problema es que nunca os podréis casar con ella, solo convirtiéndola en vuestra amante podréis hacer realidad vuestros sueños.

Tenía mucho interés en mantener aquella conversación con García, por eso tuve que hacer un gran esfuerzo en no interpretar su consejo como un insulto.

—Nunca ¿me oís? Nunca.

—Vuestra virtud es admirable, mi señor, espero que la princesa llegue pronto a vuestro lado y sus atenciones calmen vuestro ardor.

—Por mi ardor no os preocupéis, es cosa de Dios y mía, lo que necesito saber es qué puedo hacer para restablecer su honra.

Descartada la opción del concubinato, García optó por proponerme otra de las soluciones habituales entre los señores para resolver conflictos de faldas.

—La única salida que se me ocurre es casarla con alguien de vuestra confianza, que os deba favores y no le importe ser un marido cornudo.

—Cornudo ¿por qué? No hemos hecho nada de lo que nos tengamos que avergonzar.

—Eso lo sabéis vos y ella, tened en cuenta que el resto de la ciudadanía ya la ha juzgado.

Verdaderamente fue muy atrevido, por menos se había ganado una semana de calabozo y yo una enfermedad.

—¿Seríais vos ese marido? —pregunté más triste que irónico.

—Sería un honor, alteza —respondió con una firmeza increíble.

Le miré sorprendido, resultaba todo tan absurdo para mi entendimiento que ni siquiera pude irritarme. ¿El mundo entero se había vuelto loco?

Aquella noche busqué el sueño rememorando las escenas del día: la salida de palacio, el gentío, el difunto, la visión de Margarita, mi salto del caballo, su cintura… Al llegar a ese punto, mi brazo y mi mano se colocaron como si aún estuvieran rodeando su talle. Me figuré que el camisón que vestía aquella noche bien lo podía haber cosido ella, y me dormí buscando en aquella prenda el rastro de sus manos sutiles, de su olor, de su mirada, reviviendo el recuerdo de su cuerpo cerca del mío.

Por desgracia los sueños vinieron a trastocar la paz con la que me había quedado dormido. Una y otra vez, o una vez sola que me pareció eterna, mi brazo rodeaba su cintura atrayéndola fuertemente hacia mi cuerpo, hacia mi boca. Margarita me rechazaba asustada y trataba de huir, acompañando sus inútiles esfuerzos por zafarse con lastimosas súplicas. Notaba mis dedos hundiéndose en sus brazos y en su espalda hasta que conseguía que su cuerpo se pegara al mío, se fundiera con el mío. Ella entraba en mí y yo en ella, al igual que se mezclan dos nubes de humo, formando un único y supremo ser forjado de la misma materia que las estrellas.

A continuación la satisfacción en estado puro, la paz infinita, la nada.

Desperté relajado, creo que incluso sonriendo, hasta que noté en la entrepierna una viscosidad delatora. Salté rápidamente de la cama y observé con espanto las acusadoras manchas. Cuando mi camarero entrara a quitarme el camisón y los mozos hicieran la cama, se darían cuenta. No me aterraba la prueba de mi impudicia por sí misma, ya había pasado otras veces, y mis servidores no encontraban en aquel tipo de faltas ningún menoscabo de mi carácter, más bien todo lo contrario. Lo que me aterraba era que aquella profanación de mi cuerpo, y de mi alma, se hubiera producido contra mi amada Margarita. Me di tanto asco que sentí arcadas.

Intentando averiguar la causa de semejante perversión relacioné el sueño con la sugerencia de García de Albarrategui de rendirme en los brazos de Margarita. Le odié por haber metido en mi alma semejante idea y me odié por haberla llevado a cabo amparado en la inconsciencia del reposo.

En medio de esta autohumillación entró don Juan de Calatayud. Me encontró en el retrete, desnudo, con el camisón arrebujado en el suelo, frotándome con un paño y llorando. Conociéndome como me conocía, rápidamente se hizo cargo de la situación, me cubrió con una gran toalla e intentó consolarme.

—Alteza, no seáis tan duro con vos mismo, es la naturaleza de los hombres.

—No quiero que nadie lo vea —supliqué.

Acabó de limpiarme, me puso calzón, calzas y camisa, y volvimos a la cámara.

Calatayud anduvo rápido de reflejos. Dejó sobre las sábanas mi ropa de noche, paños y toallas y, sin mediar palabra ni prevenirme, agarró una jarra llena de agua y la derramó entera por encima de la cama.

Mi sorpresa y el barullo que se preparó a continuación fueron totalmente reales. Mostrando unas dotes admirables para el teatro, se dirigió a la puerta simulando un terrible disgusto por el accidente que acababa de provocar. Su actuación fue tan elocuente que ninguno de los mozos y camareros que entraron en tropel puso en duda que don Juan de Calatayud hubiera tropezado cuando iba a servirme. Se disculpó mil veces por semejante torpeza, que achacó a sus años, mientras con experta celeridad organizaba a los mozos de cámara para que mudaran la cama y los colchones.

Me sentí aliviado y agradecido por su ingenio.

— Calatayud, no os preocupéis, no ha tenido importancia — disimulé—. Ahora quisiera que avisarais a fray García, me gustaría verle antes de la misa.

Haciendo de tripas corazón relaté detalladamente a mi confesor la causa de mi desventura. Mi sentimiento de culpa era tan profundo y mi arrepentimiento tan sincero que el buen hombre, en lugar de reprenderme, me tuvo que confortar.

Fray Diego, que había acudido a la cámara para la celebración de la misa, tuvo que esperar a que acabáramos. Conocedor de lo que había pasado el día anterior en el entierro del padre de Margarita calculó, en buena lógica, que esa muchacha estaba de por medio entre Dios y yo.

Al recluirnos en el retrete para la clase diaria no dudó en sacar el tema.

—Tengo entendido que ayer enterrasteis al padre de Margarita. Comprendí su indirecta.

—¿Vos tampoco lo aprobáis?

—Creo que no ha sido prudente.

Vacío de emociones y harto de monsergas decidí dejar de utilizar eufemismos y hablar claro, al menos tan claro como yo lo tenía.

—Fray Diego, amo a Margarita— mi voz era plana, carente de entusiasmo—. Sé que es una empresa imposible y, a pesar de mi desgracia, este amor me llena de felicidad. Estoy rodeado de agoreros que me quieren privar de este dichoso sufrimiento, que censuran los más inocentes actos, que ponen en entredicho la honestidad de mi amada, y que me recomiendan bajezas que turban mis sueños.

Al decir todo esto en voz alta, con una convicción y un aplomo dignos de un héroe, recordé a Amadís, y pensé complacido que, si existiera, estaría orgulloso de mí.

—Alteza, veo con agrado que vuestros sentimientos no os han nublado la razón. Deseo ayudaros, y por eso me voy a permitir seguir razonando sobre este problema —hizo una pequeña pausa—. Por lo que sé, ella nunca se os ha insinuado ni os ha solicitado ninguna merced, entonces puede que la pregunta no sea qué espera ella de vos, sino qué esperáis vos de ella.

—Nada —mi respuesta era simplemente obvia.

—Nada, no. Queréis verla, queréis hablar con ella, queréis mejorar su vida…

—¿Y eso es malo? —pregunté extrañado.

—No, en absoluto, pero no es nada. Pensad, por favor, si esperáis algo más.

La idea de poder pasear, de poder hablar libremente con ella me parecía la delicia suprema, ¡qué más quería ese hombre que deseara! De repente, la infame pesadilla acudió a mi mente. Me ruboricé y él lo notó. Urgía una rápida aclaración, de forma que le referí la conversación con García de Albarrategui y mi horrible sueño.

No entendía que fray Diego no pudiera ser también mi confesor, casi siempre le acababa contando lo mismo que a fray García de Padilla. Él lo prefería de esa manera y yo respetaba sus deseos.

—Os puedo jurar por lo más sagrado que nunca tocaré a Margarita—; estaba enardecido, envuelto en la armadura plateada de Amadís—. Aun sabiendo que no puede ser mi esposa, tanto mi honor de caballero como el amor que la profeso me impiden aprovecharme de mi condición para cometer semejante vileza.

Fray Diego no se dejó impresionar por palabras tan grandilocuentes y continuó con su proceso de razonamiento.

—Sois joven, estáis enamorado, no habéis conocido mujer y la lujuria os asalta en sueños ¿cuánto tiempo creéis que vuestro cuerpo despierto soportará vuestra continencia?

Utilizando palabras más elaboradas, era lo mismo que me había preguntado García de Albarrategui, y su propuesta de abandonarme en brazos de Margarita la causante del terrible sueño.

—Mi señor, os conozco lo suficiente para saber que mantendréis vuestra virtud contra viento y marea, lo que me preocupa es que tan ímprobo esfuerzo quebrante vuestra salud o vuestra razón. Todo sería más fácil para vos si esa muchacha se alejara de Almazán hasta vuestra partida.

—No podéis pedirme que haga eso —exclamé—, ella no tiene la culpa de mis pecados, os acabo de jurar que nunca la tocaré ¡Debéis creerme!

—Os creo, alteza, os creo, pero reconoced que esta no es forma de vivir.

Él me creía, era yo el que empezaba a dudar de mi mismo.

—Tiene que haber otra solución —murmuré descorazonado.

Sobre mi mesa tenía varios correos. En uno, mi padre me informaba de que, desde finales de octubre, se encontraba en Burgos con la reina y las infantas. En otro, mi madre me contaba las peripecias del viaje de Juana a Flandes. Al parecer, la dureza de la mar les hizo perder una carraca genovesa con la mayor parte del ajuar de la infanta y una carabela con todos sus hombres. La última carta, que contribuyó a aumentar mi tristeza, era para anunciarme que, el pasado 21 de octubre, mi hermana Juana se había casado en Cambrai con mi cuñado Felipe de Austria. Sentí una envidia enorme. Yo nunca podría enviar un correo anunciando mi boda con Margarita, es decir con Oriana–Margarita.

IX. Bruto

No estaba dispuesto a quebrantar mi honor de caballero cometiendo los actos que mucha gente ya daba por hechos, ni me resignaba a perderla, y menos en brazos de otro, como había propuesto García de Alabarrategui. Sentía que mi fortaleza moral estaba intacta, que aún había tiempo para tomar una decisión. Sin ninguna ocurrencia mejor, requerí a mi compañero de caza para que se enterara de la rutina diaria de Margarita.

Días más tarde me informó de que Margarita pasaba la jornada cerca de doña Francisca y de la costurera, atendiendo sus labores, y que después de comer, cuando la gente se retiraba a descansar, solía acudir a San Miguel para rezar y de paso charlar un poco con sus conocidas de la villa. Los días de mercado acompañaba a la costurera para hacer la compra de tejidos, cintas, hilos, puntillas y las mercaderías que necesitaran para su trabajo.

Solicité esa información para satisfacer mi curiosidad, sin pensar en utilizarla con otros fines. Y así fue durante bastantes días, hasta que una falsa seguridad en mí mismo me convenció de que no había nada de malo en apostarme tras una ventana para observarla unos instantes. Con aparente desinterés busqué, en el ala este de palacio, una ventana de la primera planta que diera hacia la plaza, me conformaba con eso.

A pesar de estar aún en otoño, el frío del invierno empezaba a mostrar su crudeza por aquellos pagos. Desafiando el calendario, la primera hora de la tarde, bajo la amarillenta luz del sol, era un paréntesis de agradable y cálido reposo que ayudaba a encarar la cada vez más larga noche.

Entreabriendo una pizca la ventana, pude verla salir de palacio y dirigirse hacia la iglesia. El poco tiempo que estuvo dentro me pareció una eternidad. Al salir, se detuvo a charlar con unas mujeres que se protegían del aire del norte contra la pared soleada de San Miguel. Hablaba, gesticulaba y por momentos se reía a carcajadas, nunca la había visto reírse, me parecía aún más hermosa. Hubiera dado todo lo que tenía por haber formado parte de aquel alegre corro, pero eso nunca podría ser, mi presencia restaría naturalidad al cuadro que ahora presenciaba. Su felicidad compensó mi tristeza.

Al toque de las campanas de la iglesia, obedeciendo una orden superior, el grupo se disgregó, cada una se fue por su lado y Margarita entró en palacio. Entonces fui consciente de una rotunda evidencia: mi amada vivía bajo mi mismo techo. Sentí un gran desasosiego al pensar lo fácil que lo tenía para acercarme a ella cuando quisiera, y lo fácil que lo tenía para romper todas las promesas que había hecho a fray Diego y a mí mismo. Me hice una nueva promesa: no bajar a la planta baja de palacio salvo para entrar o salir del edificio. Aquella pomposa fortaleza me ayudó a volver a la cámara para ensayar con el coro y a sobrevivir algunas semanas más. El único lujo que me permitía al respecto era observarla desde la ventana cuando acudía a San Miguel.

Un día no salió. Esperé pacientemente hasta que el habitual grupo de mujeres se disgregó y las sombras del temprano atardecer comenzaron a invadir la plaza. Preocupado, me asomé al corredor del patio interior por si la veía, intenté no agobiarme contándome mil y un motivos comunes que explicaran tan, para mí, extraordinaria circunstancia.

Aquella noche, hasta que me venció el sueño, recé por ella para que no le hubiera pasado nada, y recé por mí para resistir las ganas que tenía de ir en su busca. A la hora de la siesta del día siguiente me instalé en mi puesto de vigía antes de lo habitual, invadido por una corrosiva angustia que ralentizó dramáticamente el tiempo. Cuando comprobé que las mujeres con las que solía charlar en la plaza se marchaban y ella no aparecía, no pude más. Sabía que compartía cuarto en la planta baja con la costurera y una de las sirvientas de doña Francisca. Lo poco que me quedaba de juicio me indicó que bajara acompañado por alguien que hiciera las preguntas. Agarré a García de Albarrategui, que casualmente iba en mi busca, y me lancé escaleras abajo, hacia el patio, como alma que lleva el diablo.

García iba delante guiándome a través del patio y por un laberinto de cuartos, puertas y pasillos que, evidentemente, conocía muy bien. Preguntando a unos y a otros llegamos a un cuartucho en la zona de las cuadras. Margarita estaba sentada en un rincón sobre un montón de paja, al lado de una perra recién parida a la que asediaban, hambrientos, un buen número de crías ciegas y chillonas que peleaban entre sí por pillar teta.

Al vernos se puso en pie.

—Mi señor ¿os puedo servir en algo? —dijo a modo de saludo.

Hubiera debido contestar: «En nada, simplemente estaba muy preocupado porque llevo dos días sin veros desde el ventanal por el que os espío», pero ya había hecho bastante el ridículo.

Margarita tenía en brazos a uno de los cachorros al que trataba de alimentar con la punta de un paño mojado en leche.

—Un perro, necesitaría un perro para ir de caza —dije, por decir algo.

—Alteza, estos perritos son todos vuestros, disponed de cuantos deseéis —contestó extrañada.

Su seguridad me tranquilizó.

—¿Acaban de nacer? —pregunta obvia en sí misma, pero había que intentar superar la torpeza inicial.

—Nacieron anteayer, han sido muchos y la pobre perra no puede con todos. Doña Francisca me da permiso para que venga un par de veces al día a cuidarlos.

Aclarado el misterio no podía ni quería marcharme sin más.

—¿Y ese que tenéis en la mano?

—Este es el más grande. No se cansa de comer y no deja que los demás se acerquen. A ratos le separo y le doy algo de leche para que los demás puedan mamar en paz. Es un bruto.

Se la veía feliz, con aquel gusarapo acurrucado en la palma de la mano que se entretenía en mordisquearle insistentemente los dedos. La corrosiva angustia de las últimas horas había desaparecido por completo.

—¿Puedo? — y extendí las manos hasta rozar las suyas.

—Cuidado, mi señor, aunque no tiene dientes aprieta con ganas —bromeó mientras pasaba el cachorro a mi mano.

—¿Tiene nombre? —pregunté, acariciándole la cabeza.

—No, mi señor, si os agrada se lo debéis poner vos.

—Bien, entonces se llamará Bruto, como habéis dicho.

—Era un comentario sobre su carácter, bruto no es un nombre —protestó tímidamente.

—Sí que lo es, Margarita, en Roma hubo un noble que se llamaba así.

Me miró con los ojos muy abiertos, no sé si admirando mi saber o dudando de mi cordura.

—Quiero que criéis este perro para mí —le dije con una gran sonrisa al devolvérselo.

—Por supuesto, alteza.

—Y, si os parece bien, bajaré de vez en cuando a ver cómo va.

—Mi señor, podéis bajar siempre que queráis, ésta es vuestra casa —contestó bastante asombrada por el comentario.

—Bien, entonces ¿estaréis por aquí mañana sobre estas horas?

—Aquí estaré, mi señor.

Miré a García entusiasmado, tenía una cita. Volví la cabeza hacia Margarita como despedida, ella respondió con una sencilla reverencia, y salí enardecido hacia mi cámara. La agonía del día anterior se volvió júbilo. Ese perro iba a ser mi lazo de unión con Margarita, durante dos o tres meses tendría la disculpa ideal para verla. No quería pensar en lo que pasaría después.

El crudo invierno soriano no defraudó. Días había en que el sol parecía estar congelado en el cielo, emitiendo una luz blanca, fría y distante. Otros, en cambio su brillo era esplendorosamente dorado, pero el calor que debería estar emanando se veía arrastrado por un viento seco y helado que hería la piel, cristalizaba los ojos y entumecía la respiración.

Afortunadamente, las cuadras estaban calientes; en aquel lugar pasaba un rato todas las tardes viendo crecer a mi perro y hablando con Margarita. Unas veces me acompañaba García, otras don Luis. Ellos y los pajes de mi compañía se quedaban en un discreto segundo plano entreteniéndose con los otros cachorros, con los caballos, o dando conversación a acemileros, caballerizos, soldados, guarnicioneros, cordoneros y a cualquiera de los que habitualmente desempeñaban su oficio o se refugiaban en aquel espacio. Tan variopinta concurrencia permanecía a una prudencial distancia, mirando de reojo por si algo en nuestro comportamiento pudiera ser motivo de pícaro comentario entre el servicio. Transcurridos los primeros días comprobaron que no iban a tener carnada a la que hincar el diente de la maledicencia y decidieron ahorrarse el esfuerzo de espiarme.

Margarita también acabó perdiendo el natural reparo que podía causarle mi presencia y empezamos a hablar como dos hermanos, como dos compañeros de caza. Nos sentábamos juntos sobre la paja jugando con los cachorros, riéndonos con sus monerías o preocupándonos cuando alguno no se encontraba bien. Cada vez con más frecuencia se iban introduciendo en la conversación referencias a sucesos puntuales del día, emociones, opiniones… Ella me contaba cosas de su familia, de su infancia, de sus gustos sobre tal o cual cosa. Yo comentaba incidencias banales que mi lavandera escuchaba con la misma atención que si le estuviera consultando los más altos asuntos de Estado.

Aquellos momentos idílicos con Margarita y Bruto suponían un gran descanso dentro de mi organizada y ocupada agenda diaria. Estando con ella no me acordaba del gobierno de mi señorío, de mi boda, de los continuos intentos de los nobles castellanos por recuperar sus privilegios, de la siempre hostigadora Francia, o de los aragoneses amenazando con no reconocer mis derechos dinásticos. No me acordaba de Séneca, de mis padres, ni de mi reprimida virilidad. El denso ambiente de las cuadras se transmutaba en un soplo de aire fresco capaz de hacerme sentir libre dentro de mi soberana esclavitud.

Ayudaba mucho el que nunca apreciara en Margarita ningún gesto ni comportamiento que no hubiera visto en mis hermanas, en el marco de nuestro trato fraternal. Nada que ver con palabras o actitudes de equívoco significado que había observado en las damas de la corte. En cuanto a mí, haciendo gala de la férrea disciplina carnal en la que había sido educado, convertí aquel trato cotidiano con Margarita en una bendición de la que solo me sería permitido disfrutar si mantenía mis sentimientos hacia ella en el ámbito de lo pudoroso, de la devoción, de lo caballeresco. Si en alguna ocasión nuestras manos se rozaban, interpretaba que, el hormigueo de placer que recorría mi cuerpo a la velocidad del rayo, era un regalo del cielo por haberse tratado de una situación fortuita, no provocada. Si alguna vez mi cabeza se acercaba a la suya, contenía la respiración, como cuando devotamente me inclinaba ante una imagen sagrada. Dios y Amadís eran mis jueces y mis testigos, y no tenía intención de defraudar a ninguno de los dos.

Con todo detalle contaba esas experiencias a mi confesor y a fray Diego. Ellos hubieran preferido que mi modelo de vida hubiera sido cualquiera de los santos que adornan el paraíso en lugar de un personaje de novela; así y todo, daban gracias al cielo por cada día que pasaba sin tener que lamentar ninguna de las catástrofes previstas.

A finales de enero, Bruto ya era lo suficientemente mayor para poder dar paseos al aire libre. Me seguía con una docilidad impropia de su nombre, parecía que su único campo de visión era el rastro de mis pies.

Bruto era un perro a manchas blancas y negras, mezcla de alano y lebrel, no muy grande pero fuerte, de cabeza graciosa aunque algo desproporcionada para su tamaño. No se trataba de un animal elegante ni bonito, pero a mí me había servido para poder relacionarme con Margarita y eso le convertía en el cánido más hermoso de la tierra. Suplía su falta de planta con una inteligencia fuera de lo común. Le enseñé el nombre de Margarita y el de alguna de las personas que me acompañaban, y el buen perro se los aprendió. Le decía: «Bruto, tráeme a Margarita», o a cualquiera de los otros, y él trotaba alegremente hasta la persona citada, le cogía la mano con la boca y tiraba de ella hacia mí sin hacerle el menor daño.

Margarita nos miraba corretear por el soto con una sonrisa que en nada hacía presagiar el fin de ese dichoso periodo. Bruto ya no necesitaba sus cuidados, pasaba bastante más tiempo a mi lado en la cámara que en las cuadras y, para mi desgracia, el momento de mi boda se acercaba. Con ella nunca había hablado de mi matrimonio, solamente de refilón había utilizado las palabras «cuando me vaya», sin percibir en Margarita ninguna intención de pedir explicaciones ni gesto de reproche. Prefería no pensar en el momento de mi partida, cuando raramente lo hacía intentaba liberar la angustia que me oprimía el pecho imaginando cosas.

Imaginaba que, en mi camino a Santander, sufriría algún tipo de accidente que mutilaría o desfiguraría mi cuerpo, hasta el punto de que la archiduquesa al verme, levantaría su aristocrática nariz y daría media vuelta, negándose a pasar el resto de su vida con un tullido. Imaginaba que, atravesando la estepa soriana camino de Burgos, un grupo de forajidos atacaba mi comitiva, me secuestraban y vendían a algún príncipe infiel. El largo proceso de regateo y pago del rescate desanimaría a la archiduquesa que, harta de esperar, se casaría con otro. Imaginaba que, durante el viaje de la archiduquesa hacia España, una terrible tormenta hacía naufragar el barco en que viajaba, acabando con su vida. Al llegar a este punto un escalofrío de horror recorría mi espalda y sacudía mi conciencia. Arrepentido, pedía perdón a Dios por haber siquiera imaginado la muerte de mi esposa mientras, en el fondo de mi alma, le animaba a que llevara a cabo cualquiera de las otras dos opciones.

Un día, antes de comenzar la clase con fray Diego, llegó correo del rey anunciando que la flota que traía a Margarita de Austria a España ya había zarpado de Flandes. A renglón seguido me urgía a viajar a Burgos para, juntos desde allí, ir a recibirla a Laredo. Atendí al emisario en mi cámara, manteniendo el tipo lo mejor que supe, pero cuando me quedé a solas con mi preceptor estuve a punto de perder el conocimiento. Fray Diego no se asustó; acostumbrado como estaba a mi debilidad ,se limitó a darme agua, aflojarme las cintas del jubón y esperar a que me tranquilizara.

Lloré, lloré amargamente apoyado sobre la mesa, estrujando la carta con la mano. Bruto, que veía en mi corazón, se tendió a mi lado y recostó su cabeza sobre mis pies.

—Mi príncipe, sabíais que este día tenía que llegar —comentó dulcemente mi maestro.

—¿Qué va a ser de mí? ¿Qué va a ser de ella? —dije esperando una respuesta que aliviara la profunda desesperación que me invadía.

Fray Diego se sentó a mi lado y arropó mis manos con las suyas.

—Alteza, llegados a este punto, he de pediros que me perdonéis.

No entendía a qué venía ese comentario, pero semejante manifestación consiguió que, por un momento, le prestara toda mi atención y olvidara mi angustia.

—Sabéis del amor que os profeso, circunstancia que no ha impedido que durante estos meses haya temido por la cordura de vuestra conducta. Ahora no me queda más remedio que pediros perdón por mi recelo, vuestro comportamiento ha sido digno de vuestra condición y virtud.

Alimentadas por las palabras de mi maestro, mis lágrimas se tornaron en un arrebato cargado de dignidad y dramatismo.

—Hemos superado las pruebas que la maledicencia nos había achacado, hemos demostrado nuestra honestidad más allá de toda duda, somos tan honorables como Amadís y Oriana. ¿No creéis?

—Sin duda, aunque me esté mal el decirlo —admitió fray Diego, sorprendido por mi repentino cambio de humor.

—¡Pero ellos, al final, se casan! —exclamé fuera de mí.

—¿Qué queréis decir? —fray Diego se alarmó.

Me puse en pie y adopté la actitud de un rey dando una orden.

—Quiero casarme con Margarita, *la Lavandera*.

El pobre obispo no fue capaz de levantarse del sillón. En un primer momento me miró con los ojos desorbitados, pero rápidamente, por algo era tan sabio, se hizo cargo de la situación armándose de paciencia para reconducirme al terreno de la lógica y la realidad.

—Mi señor, los sacrificios que se os han pedido estos años, y sobre todo estos últimos meses, hubieran hecho desfallecer al carácter más templado y al más virtuoso de los hombres. Si habéis llegado hasta aquí, no lo estropeéis ahora. En poco más de un mes habréis consumado vuestro matrimonio y os aseguro que en ese momento, vuestro cuerpo y vuestra alma se verán recompensados con la paz que ahora les falta.

—En poco más de un mes será Cuaresma y no se pueden celebrar ni consumar matrimonios —polemicé cargado de rabia.

—Hace casi un año que vuestro padre, el rey, mi señor, tiene en su poder una bula de su santidad Alejandro VI autorizando la celebración de vuestra boda en el momento que sea menester, y a consumarla aunque sea Cuaresma.

—¿Es cierto eso? Mi padre siempre va un paso por delante de mí. Un paso no, una legua entera.

—Era necesario seguir los procedimientos y tener previstas todas las contingencias para evitar malos entendidos. Vuestra boda no puede ser como la del común de los mortales porque vos estáis muy por encima de cualquier otro cristiano. Acontecimientos que en otra persona serían un mero trámite, en vuestro caso se convierte en una cuestión de Estado, con consecuencias para vos, para vuestros reinos y para vuestros herederos.

—Yo no he pedido esa responsabilidad —protesté.

—Pero la tenéis por expreso deseo de Dios Nuestro Señor —sentenció fray Diego.

Me sumí en un silencio tenso, como de nubes que anuncian tormenta. Mi maestro continuó refiriendo la secuencia de acontecimientos que me habían conducido a aquella situación.

—Permitidme que os recuerde que durante el año de 1495 firmasteis el consentimiento y aceptación del matrimonio, firmasteis las capitulaciones donde se dejan muy claras las condiciones, a nivel de posesiones y herencias, de vuestro enlace, y autorizasteis al procurador Francisco de Rojas para que os representara en el matrimonio por poderes que se celebró en noviembre en Malinas y que vos ratificasteis, libremente, alrededor de Navidad.

—¿Libremente? Firmé las capitulaciones que mis padres dispusieron, y tampoco elegí a la mujer con la que me casé, o me casaron, sería más propio decir. ¿Y aún tengo que considerarme afortunado? Llevan intentando casarme desde que tenía ¿cuántos? ¿año y medio? —solté una carcajada helada y cortante —. ¡Menudo casamiento hubiera hecho con mi prima, la Beltraneja! Y al poco tiempo con la princesa de Navarra, y más tarde con la de Nápoles…

¿Qué pasaría si no voy a Burgos? A fray Diego le faltó el aire.

—Estaríais igualmente casado.

La opinión general me definía como un alma ingenua y dócil, nunca había dado ningún problema, aparte de mi salud; nunca había protestado o exigido, nunca me había revelado. Quizás por eso fui el primer sorprendido con mi reacción, por primera vez en mi vida era consciente del poder que tenía y me estaba atreviendo a ejercerlo.

—Fray Diego, me habéis enseñado bien, no burléis mi inteligencia. Sabéis perfectamente que, a pesar de que la boda sea legal, no tendrá plenos efectos eclesiásticos hasta que no se celebre la ceremonia *inter praesentes,* es decir, hasta que la archiduquesa y yo no unamos nuestras manos delante de una autoridad religiosa.

—Sería una gran afrenta para ella, desde vuestra boda por poderes utiliza el título de princesa de Asturias como futura reina de Castilla.

—Es archiduquesa por nacimiento, no perdería mucho.

Fray Diego se compadecía de mí sin ceder a sus emociones ni a las mías; representando el papel que Dios le había encomendado a mi lado, mantuvo con firmeza sus razonamientos.

—Si rechazáis a Margarita de Austria, mi señor don Fernando perdería la adhesión de vuestro suegro Maximiliano, emperador del Sacro Imperio, y del santo padre, lo que llevaría al rey de Francia a intentar de nuevo, con probabilidades de éxito dadas las circunstancias, la recuperación de territorios que ahora están bajo la corona de Aragón y por los que lleva litigando tantos años, además de intentar inclinar al reino de Navarra a su favor. La incertidumbre que se crearía respecto a la sucesión echaría por tierra los esfuerzos de vuestra madre por la unificación de sus tierras, dando alas a la nobleza para intentar debilitar a la Corona, y los de vuestro padre porque Aragón os reconozca como su heredero. Guerras, ruina, hambre y muerte. Siento tener que ser tan crudo, mi señor.

Me sentía fuerte en mi primer episodio de auténtica rebeldía y no pensaba ceder al chantaje emocional.

—Ya estamos llegando al meollo del asunto ¿verdad? La herencia, los reinos, los pactos… Lo cierto es que esta boda no se celebra entre Margarita y Juan, se celebra entre Maximiliano de Austria y Fernando de Aragón. ¡Pues que se casen ellos!

X. La mancebía

Salí del retrete como si cabalgara sobre toda la furia del infierno, pedí a gritos mi caballo y bajé por la escalera real al patio más deprisa que el portador de mi orden.

No esperé a que el habitual cortejo de acompañantes se formara. A lomos de mi hermoso caballo emboqué el zaguán hacia la plaza cual jinete del Apocalipsis, arrasando todo lo que encontraba a mi paso. A duras penas los mozos de espuelas consiguieron alcanzarme antes de que atravesara la puerta de la villa en dirección al soto. Mi intento de huida fue un rotundo fracaso: para cuando llegué al río ya estaba rodeado por el séquito ordinario de mis salidas de palacio.

Pasó poco tiempo antes de que me cansara de galopar, salté del caballo y me senté en un tronco caído junto a la orilla del Duero. Con un contundente gesto del brazo indiqué a mis perplejos acompañantes que no se acercaran, quería estar solo. Los chopos, sauces y fresnos que me rodeaban no eran más que austeros trazos marrones perdiéndose en la infinitud del cielo. Por la inclinación del sol de invierno, su reflejo, sobre aquel recodo de agua remansada, dibujaba una maraña de líneas que semejaban el doble enrejado de una clausura. Fue una señal del destino, no había escapatoria. Hasta los campos de Castilla, en su inmensidad, se confabulaban para convertirse en mi cárcel. Odiaba el mundo, odiaba mi destino, mi pasado y mi presente. Mis músculos, en crispada tensión y mi respiración convertida en resoplidos, se rebelaban también ante la fatalidad que se me venía encima. A pesar de tanta furia acumulada, poco a poco me fui serenando, no porque hubiera encontrado alguna solución a mi desasosiego, más bien por el cansancio que me estaba produciendo no encontrarla.

115

Al cabo de un buen rato, carente de ideas concretas pero cargado de instinto de supervivencia, volví a palacio dispuesto a ejercer el poder que tenía sobre mi señorío y el que quería tener sobre mi vida. Lo primero sería fácil, lo segundo no tanto. Acudí a la reunión del Consejo con la infantil convicción de que, mientras estuviera ocupado, no me acordaría de la carta de mi padre, y si no me acordaba era como si no existiera.

Aquel día se planteó en el Consejo un tema al que, en principio, no di ninguna importancia, pero que al cabo de unos días se revelaría trascendental para mi vida y para la de Margarita. El secretario leyó una carta del Ayuntamiento de Salamanca en la que el consistorio reiteraba sus quejas sobre la disoluta vida de los estudiantes de Salamanca, y sobre la gran cantidad de problemas que llevaba parejos tal comportamiento. Nadie parecía querer opinar sobre un tema tan escabroso, se limitaban a lanzarme furtivas miradas, intentando averiguar el impacto que, semejante información, estaba provocando en mis castos oídos.

La expresión, o mejor dicho, la inexpresión de mi cara demandaba una explicación exhaustiva del asunto, lo que llevó a uno de los miembros del Consejo a coger el toro por los cuernos.

—Alteza, consejeros…, de todos es sabido que Salamanca es el mayor burdel de Castilla.

Su forma de enfocar la discusión no fue muy diplomática pero resultó directa y eficaz. Al menos evitó la utilización mareante de eufemismos que nos habrían desviado por circunloquios tibios e inútiles, y para los que, mi estado de ánimo, no hubiera tenido paciencia.

—Los estudiantes son jóvenes ardorosos, alejados del control paterno y, las más de las veces, con la bolsa bien repleta. Acuden a Salamanca desde todos los puntos de España y de Europa, movidos por el afán de cultura y de nuevas experiencias, entre las que se incluyen las relacionadas con su virilidad. La demanda de servicios carnales atrae a gran cantidad de prostitutas, alcahuetas, pícaros y gentes de mal vivir, que medran como pueden por sus calles, provocando desórdenes y ofendiendo la moral de las gentes de bien. Otra cuestión a tener en cuenta, no menos importante, es el gran caudal de dinero movido por este negocio y que escapa totalmente al control de la hacienda del reino.

Un silencio expectante invadió la sala. Que los estudiantes requirieran los servicios de prostitutas era una cosa sobre la que se podía seguir haciendo la vista gorda, como siempre se había hecho, pero que se estuvieran dejando escapar los beneficios que suponía tan censurable circulación de dinero, era un asunto que merecía la pena ser tenido en cuenta.

El consejero continuó.

—Propongo la creación en Salamanca de una casa de mancebía dependiente del señorío de vuestra alteza y regentada por quien vos dispongáis. Con semejante institución se evitarían, en gran medida, los desmanes de los que se queja el ayuntamiento al regularizar las actividades que, hasta este momento, están en manos de rufianes sin escrúpulos. Sin olvidar los pingues beneficios que proporcionaría esta casa a las arcas de vuestra alteza y a aquel que la gestionara.

Se inició un acalorado debate entre los consejeros defensores de la casa de mancebía y los detractores.

—La lujuria es un pecado capital.

—Cierto, y sin embargo existe.

—Las prostitutas corrompen a nuestros jóvenes.

—Nadie les manda ir a buscarlas.

—El maestrescuela tiene la obligación de controlar y sancionar las actividades irregulares de los estudiantes.

—Por lo que sabemos esas «actividades» son bastante regulares.

—La culpa es de las mujeres de malas artes que sirven de alcahuetas, si se dictaran leyes contra ellas se acabaría el problema.

—Mujeres y hombres, que de todo hay en este oficio.

—Lo llamáis oficio como si de una profesión se tratara.

—La más antigua, se ofrecen unos servicios y se cobra por ellos.

—Ofende la moral y las buenas costumbres.

—Comer caliente y dormir bajo techo es la mejor de las costumbres. La mayoría de esas mujeres lo hacen por necesidad.

—Por falta de vergüenza.

—La misma falta de vergüenza que tienen sus clientes.

Tuve que levantar la mano para reclamar silencio y que los ánimos se calmaran, aquella pelea de gallos me estaba levantando dolor de cabeza.

—¿Hay algún método eficaz para evitar que los miles de estudiantes de Salamanca busquen prostitutas, o para evitar que las prostitutas acudan donde hay estudiantes? —pregunté, por ir aclarando algo.

Se produjo un silencio sepulcral, repleto de gestos de impotencia y negación. Al fin tomó la palabra el consejero que había presentado la propuesta.

—Me temo que no, mi señor, lo único que podemos hacer es procurar que esas pobres descarriadas no sean explotadas por desaprensivos, no estén en lugares infectos y disfruten del amparo civil de vuestra alteza y del espiritual de la santa madre Iglesia. Semejante mejora en su entorno, digamos laboral, redundaría en beneficio de la ciudad al garantizar, de alguna manera, que la afluencia de los estudiantes al establecimiento se realizaría en unas condiciones salubres, ordenadas y seguras.

—¿Me estáis proponiendo que me convierta en una especie de alcahueta? —comenté irónico.

—Nada más lejos de mi intención, alteza, propongo que el señorío normalice y dignifique una situación que se está produciendo, nos guste o no. Opino que la regularización acabaría con los altercados, estafas y desórdenes entre los estudiantes. Y por último, el dinero que mueve este negocio llenaría las arcas de la Corona en vez de las bolsas de desaprensivos, dinero que redundaría en mejorar las condiciones de vida de vuestros súbditos.

Otro de los consejeros, partidario de aquella empresa, intervino.

—En Valencia, y otras ciudades, ya existen casas de mancebía tuteladas por la Corona.

Según me lo pintaban, todo eran ventajas, pero no acababa de sentirme cómodo autorizando tan inaudito negocio. Durante unos momentos valoré los pros y los contras, tal como me habían enseñado a hacer, y llegué a la conclusión de que, siendo inevitable el mal, aquella propuesta era el mal menor. Por otra parte, si mi padre lo había consentido en su reino, sería que estaba bien.

El recuerdo de mi padre me trajo a la memoria su carta reclamándome en Burgos. No le había contestado, no tenía intención de hacerlo.

Abrumado por una situación que era incapaz de solucionar, di por buena la idea de construir una casa de mancebía en Salamanca, dejando el análisis de los detalles y su creación oficial para más adelante. Di por finalizada la sesión del Consejo, salí volando hacia mi cámara y me encerré en el retrete. Comencé a dar vueltas al cuarto imaginando que cada rodeo a la mesa servía para alejarme de Burgos. «No quiero ir» era la única idea clara que bullía en mi mente, el resto era una nube negra de terror a lo desconocido, de angustia por lo que no quería perder.

Dominado por una negación de la realidad que paralizaba mi raciocinio, entré en una especie de melancolía, virtud a la cual abandoné mis ocupaciones, dejé de comer y me sumí en un estado más próximo al sueño que a la vigilia. En los arrebatos de euforia pedía que me trajeran mis mejores galas porque tenía que enamorar a la más hermosa de las mujeres. Llegué, incluso, a preparar yo mismo unas cajas para huir con Oriana–Margarita a las tierras que Colón acababa de descubrir. Tanto don Luis como Calatayud, mis más próximos camareros, se afanaban en minorar el efecto que mi desvarío pudiera producir en el resto de la corte, haciendo pasar mis locuras por delirios de mi estado febril. Lo que resultaba más difícil de justificar era cuando, en momentos de profundo decaimiento, hablaba de que sería mejor estar muerto que vivir de aquella manera. Nunca había deseado la muerte y sin embargo, dadas las circunstancias, no me parecía tan mala solución, realmente era la única. Semejante pensamiento me estremeció. El suicidio no formaba parte de mis opciones ante la fatalidad, pero una muerte próxima, ya fuera por mano ajena, por accidente o por enfermedad, me resultaba atrayente y un gran alivio. En los siguientes días, para desesperación de mis médicos, mi salud se deterioró a todas luces. Ninguno de mis allegados conseguía sacarme del profundo desconsuelo en que estaba sumido, ni siquiera mi preceptor. Día sí, día también, llegaban cartas del rey en las que preguntaba por qué no estaba ya de viaje. Fray Diego, compasivo, contestaba en mi nombre diciendo que unas ligeras fiebres me tenían postrado en cama. Tales explicaciones no tranquilizaron a mi padre, que siguió enviando correos para estar puntualmente informado de la situación. Aquel matrimonio era el trato más importante que había realizado en su vida, más incluso que su propia boda, no iba a permitir que una enfermedad, de las muchas que había sufrido, lo truncara.

Mi enajenación me impidió darme cuenta de aquel trasiego de correspondencia, y de que fray Diego tampoco se encontraba bien; cada día se le veía más delgado, más hundido, más anciano. En mi memoria, aquel hombre había permanecido indemne al paso del tiempo. Nunca fue más joven, nunca más viejo. Su fino rostro ovalado, de barbilla pequeña y afilada, estaba iluminado por unos ojos oscuros y vivaces, siempre atentos, bajo dos finas cejas elegantemente separadas. La nariz, prominente a la vez que estrecha, sobresalía desafiante sobre un bigotito que perfilaba el borde del labio. Su cabeza, de piel fina y tersa, lucía una amplia calvicie, otrora provocada por el rasurado de la orden, y que hoy era consecuencia del devenir de los años. Solo conservaba, por detrás de la cabeza, entre las sienes, una franja de pelo rizado donde se mezclaban, aleatoriamente, las canas con el cabello castaño de otro tiempo. Su persona y su personalidad formaban una especie de quimera en la que se podía fácilmente identificar los símbolos de los cuatro evangelistas: la fortaleza del toro, la agudeza del águila, la nobleza del león y la compasión del hombre.

Una mañana, a la hora de la misa, acudió a la cámara fray García, alterando la rutina diaria. Fue entonces cuando noté que faltaba algo.

—¿Y fray Diego? —pregunté, casi en un sueño. Fray García bajó la cabeza.

—Hoy no podrá acudir a vuestro lado, está enfermo.

Alguna parte de mi consciencia debía de funcionar con normalidad porque en mi embotada cabeza saltaron alarmas de mentira y peligro. Me incorporé súbitamente del sillón en que languidecía y salí a toda prisa hacia el cuarto de fray Diego. Cuando llegué no me querían dejar pasar, tuve que apartar, a empujones, a varios camareros y pajes.

Tardé unos instantes en comprender la escena que se desarrollaba ante mis ojos. Un sirviente frotaba con insistencia una mancha del suelo, otro arrebujaba contra sí unas telas ensangrentadas, mientras que un tercero, a gran velocidad, recogía algo de una mesilla y lo escondía.

Inclinados sobre la cama de fray Diego, afanados en alguna tarea que ocupaba toda su atención, los médicos no se percataron de mi presencia hasta que estuve a su lado y grité. Mi querido preceptor me encontraba tendido boca abajo, inconsciente, con la espalda convertida en un puro amasijo de sangre que empapaba todo lo que tocaba.

—¡A mí la guardia! —grité como un poseso—. Juro por Dios que el culpable no verá ponerse el sol.

Fray García afirmó, casi en un susurro.

—Alteza, no será necesario castigar a nadie.

Lentamente me fue apartando hacia una esquina de la habitación repitiéndome que me tranquilizara, que no había que buscar culpables. Llamó al paje que había recogido el objeto de la mesilla y le pidió que me lo enseñara. Me quedé espantado.

—Esta mañana su sirviente lo encontró en el suelo, sin conocimiento y con el flagelo en la mano. Los médicos dicen que se aprecian heridas en distintas fases; han deducido que lleva varios días mortificándose en forma extrema hasta que no ha aguantado más —respiró profundamente—. Últimamente se le veía más debilitado, cuando le preguntaba me decía que eran achaques propios de la edad y del invierno. Tenía que haberme dado cuenta de que algo no iba bien.

—¿Por qué haría semejante cosa? —repliqué sin acabar de superar el horror que sentía—. ¿No os comentó nada sobre el motivo de tamaña penitencia?

Fray García dudó unos instantes.

—Hablaba continuamente de vuestro estado melancólico y de lo mucho que le preocupaba vuestra salud, incluso llegó a temer que cometierais suicidio.

—¿Creéis que lo ha hecho por mí?

Mi confesor bajó los ojos.

Un estremecimiento de culpa, vergüenza y dolor sacudió cada fibra de mi cuerpo, sentí nauseas y tuve que sentarme. Recordé todas sus advertencias sobre la locura que invadía a los hombres cuando se enamoraban, y maldije mil veces mi estupidez por no haber tenido en cuenta sus sombrías predicciones. Mi ofuscada mente vio por fin, con total nitidez, los desastres que podía provocar si seguía por más tiempo regodeándome en mi propio sufrimiento. En medio de aquel baño de sangre y locura recordé, y asumí como propio, aquel verso relativo a que más valía morir por verla que vivir sin haberla conocido. Morir yo, no fray Diego, hasta ahí no podía llegar mi insensatez.

Me habían educado para ser obediente y responsable, de tal manera que, de no se dónde, saqué el ánimo necesario para ordenar que se dispusiera mi partida, contestar al rey que me apresuraba a acudir a su lado, y solucionar los asuntos pendientes del gobierno de mi señorío. Encargué a don Juan de Calatayud la preparación de lo indispensable para partir, lo antes posible, hacia Burgos. El grueso del séquito se quedaría en Almazán hasta que todo estuviera dispuesto y hasta que fray Diego pudiera viajar. Llamé a mi secretario y puse al día los asuntos pendientes. La actividad frenética de aquel día contrastó con la pasividad mortecina de la última semana.

A media tarde acudí al cuarto de mi maestro. La habitación estaba recogida y fray Diego dormía plácidamente entre ropa inmaculada, nada recordaba el sangriento cuadro de la mañana. El médico me informó de su estado antes de dejarme con él.

—Le hemos administrado láudano para que pueda descansar. Más tarde vendré a hacerle una cura y a cambiarle los vendajes. Si conseguimos controlar la fiebre, en un par de días estará fuera de peligro.

Me senté al lado de su cama y le cogí la mano. Por mi mente pasaron los recuerdos que tenía de aquel hombre, eran los recuerdos de casi toda mi vida. En los momentos importantes, en los momentos privados, en las risas, en las lágrimas, en los juegos, en la debilidad, en la alegría, en el aprendizaje…, siempre estaba él.

Le acaricié la cara, nunca antes lo había hecho y quizás nunca más lo hiciera. Abrió los ojos, me miró e intentó hablar.

—Guardad silencio, maestro, volved a dormiros, esta vez me toca a mí velar vuestro sueño.

Al día siguiente nadie hizo mención del terrible suceso; todos, incluido fray Diego, fingíamos que estaba postrado a causa de una enfermedad común. Yo le contaba los preparativos de mi viaje y él no paraba de darme recomendaciones para cuando me presentara ante mi esposa.

—Tratadla con cariño, ya sabéis que desde que era una niña ha vivido en Francia comprometida con un matrimonio que nunca se consumó. Si vos también la hubieseis rechazado, no sé que habría sido de ella…

—El rey de Francia no tuvo por preceptor a alguien tan testarudo como vos —comenté.

—Conseguí captar vuestra atención.

—Lo conseguisteis, fray Diego, lo conseguisteis. Sin embargo, la próxima vez que queráis llamar mi atención, bastará con que azotéis a uno de los muñecos de paja que uso para las prácticas de tiro, os aseguro que entenderé el mensaje.

—Estabais a medio camino de la muerte o de la locura, simplemente ofrecí esta pobre penitencia a Dios Nuestro Señor a cambio de vuestra vida —contestó con absoluta naturalidad.

—Y nunca os lo agradeceré bastante, pero me atrevo a aseguraros que, tanto a Dios como a mí, nos sois de más utilidad vivo que muerto.

—No pensaréis que era mi intención cometer suicidio —exclamó alarmado.

—Sé que no, pero ya no sois joven, deberíais ser el primero en reconocer los límites que la edad impone al cuerpo.

—¿El alumno da lecciones al maestro?

—Si el maestro comete mayores locuras que el alumno...

Nos reímos a gusto, ambos echábamos en falta nuestras agudas conversaciones.

—¿Cuando partiréis?

—Estaba esperando a que os encontrarais mejor, pero compruebo que ese momento ha llegado puesto que volvéis a intentar enredarme con vuestra sagaz dialéctica. He decidido partir con lo más indispensable, si sigo retrasando el viaje seguro que el rey en persona vendría a buscarme.

—Me alegro de que estéis de tan buen humor. Lo único que lamento es no poder acompañaros a Laredo.

—No os preocupéis, me estaréis esperando en Burgos cuando regrese. Me encargaré, personalmente, de que concelebréis la boda con el arzobispo Cisneros.

—Pero, alteza, el protocolo...

Volví a repantigarme en el sillón del que me empezaba a levantar.

—Ah, pues si no queréis casarme, no me caso. Por mí no hay problema —bromeé.

Permanecí un rato en silencio, recostado hacia atrás en el sillón con los ojos cerrados, respirando como si cada inspiración fuera la última.

—Un hombre se mide por las adversidades a las que se enfrenta, si grandes son las vuestras mayor será vuestra gloria al superarlas —sentenció.

—¿Qué va a ser de mí? ¿Qué va a ser de ella?

Volvíamos a estar como al principio, peor aún, sin esperanza.

—Debéis prepararos para partir, alteza, Dios Nuestro Señor os dará las fuerzas que ahora os faltan.

XI. El negocio

Tomada la decisión de asumir mi destino, solamente me quedaba una cuestión que resolver: velar por el futuro de Margarita.

Rumié la conversación con García de Albarrategui y la recomendación que tiempo atrás me había señalado fray Diego, sobre alejarla de Almazán o casarla con alguien que la aceptara. Tras darle muchas vueltas llegué a la conclusión de que tendrían que ser las dos cosas a la vez. No podía dejarla allí a merced de la infamia ni desterrarla sin motivo ni apoyo. Y en cuanto al marido, habría de ser alguien sobre el que yo tuviera un gran control para asegurarme su dicha.

La imaginaba feliz, señora de una bonita casa con personas que la sirvieran, rodeada de niños risueños y sanos, junto a un esposo que la quisiera y respetara. Por desgracia yo no iba a ser ese hombre afortunado. Inspirado por el valor frente a la adversidad de mi héroe, me dediqué a buscar, entre mis allegados, un caballero digno de tal dama. Fue una bendición que no me diera cuenta que Amadís era un personaje de ficción al que no dolían prendas en sacrificar lo que fuera por cualquier motivo. Yo era de carne y hueso, a mí sí me dolían ¡y de qué manera! La idea de que otro hombre pudiera tocarla me hacía hervir la sangre.

Pensé primero en don Luis, mi fiel y sacrificado camarero hubiera aceptado gustoso por agradarme. Rechacé la idea de inmediato, sería un insulto para su familia obligar al hijo de un condestable a casarse con una lavandera. En segundo lugar reparé en García de Albarrategui; después de todo, la idea inicial había sido suya y su posición social no requería tantos melindres. Descartados otros posibles candidatos, llamé a García y le expuse abiertamente la situación, como servidor mío que era no iba a negarse, pero no quería su obediencia, necesitaba su entrega, su complicidad.

—Hace unos meses me dijisteis que, por servirme, no os importaría ser un marido cornudo.

—Lo dije y lo mantengo —replicó con orgullo.

—Voy a proponeros un negocio que no podréis rechazar. Mandaré construir en Salamanca una casa de mancebía, y he pensado concederos a vos el privilegio de gestionar sus beneficios. Dejando aparte gastos, impuestos y la comisión de la corona, os quedará una buena renta, suficiente para vivir con holgura y mantener dignamente a una familia. A cambio os casareis con Margarita, *la Lavandera*.

García no salía de su asombro.

—Alteza, en un negocio las dos partes obtienen un beneficio. ¿Cuál es el vuestro?

—Os casaréis con ella pero no la tocaréis. Sabéis que yo la he respetado y vos debéis comprometeros a lo mismo. Tendréis suficientes mujeres en ese negocio para satisfacer vuestras necesidades.

—Entiendo mi señor, no tengo ningún inconveniente en cumplir vuestra demanda —sonreía con complicidad—. Me parece una gran idea, de esta manera vos podréis disfrutarla a salvo de calumnias y de estados de preñez que se achacarían a mi intervención.

—¡No! —grité—. ¿Acaso me consideráis uno de vuestros futuros clientes y a ella una vulgar cortesana? ¿No creéis que si el deseo carnal fuera lo que mueve mi corazón no la habría tomado hace tiempo, como tantas veces se me ha animado a que hiciera?

Mi compañero de caza contuvo su inicial entusiasmo.

—Pues entonces, perdonad, sigo sin entenderlo.

Intenté calmarme para explicar a García que mi existencia se regía por un código de honor que escapaba a la comprensión del común de los mortales.

—Mi vida no es mía, es del reino al que sirvo y por ello debo casarme con la persona que mis padres, y la estrategia política, han decidido. Esta obligación lleva implícita la necesidad de renunciar a la dueña de mi corazón y de mi alma —me detuve para coger aire, haberlo dicho en voz alta lo hacía aún más doloroso—. Mi desdicha será menor sabiendo que su vida va a estar asegurada por una buena renta, y su reputación protegida por un marido que la cuide y respete.

No soportaría que otro hombre disfrutara, sin amor, lo que yo he reverenciado.

García se puso muy serio, por fin parecía entender la importancia de lo que estábamos hablando, sin perder por ello de vista las cuestiones prácticas que escapaban a la lógica de mi idealizado universo.

—Muy loable vuestro sacrificio mi señor. Os juro por mi vida cumplir de buen grado vuestros deseos, pero ¿se lo habéis dicho? A lo mejor Margarita sí quiere disfrutar de los privilegios del tálamo y tener hijos a los que criar, y lo segundo sin lo primero no es posible. Si vais a convertir su matrimonio en la celda de un convento, ella debería saberlo.

Las palabras de García sembraron dudas en mi cabeza y algo parecido al remordimiento en mi estómago. Desde que la melancolía invadió mi alma y paralizó mi vida no había vuelto a ver a Margarita, no había tenido valor para decirle que partía para casarme. El palacio no era un lugar donde se pudieran guardar secretos, supuse que ya se habría enterado y no soportaba la idea de ver en sus ojos el más mínimo reproche. Sabía que una palabra suya me haría abandonar todo aquello para lo que había nacido, para lo que me habían educado y por lo que habría de vivir y morir.

Medité pacientemente las consideraciones de García y, con todo el dolor de mí corazón, llegué a la conclusión de que no podía imponerle a Margarita condiciones de fidelidad que yo no iba a cumplir, no por afecto, sino por obligación. Mi boda real tenía casi la única finalidad de asegurar mi descendencia y, como decía García, lo segundo sin lo primero no podía ser.

Aproveché la noche para desprenderme de las emociones que me quedaban. Al día siguiente llamaría a Margarita a mi cámara, por primera y última vez, y le expondría mis pretensiones. Me encerré en el retrete para no alarmar a los monteros, abracé a Bruto y lloré hasta el alba. El perro gemía con mis gemidos y lamía las lágrimas de mi cara hasta que, de puro cansancio, se quedó dormido en mis brazos.

Empezaba a amanecer cuando Calatayud llegó, puntualmente, con toda la parafernalia mañanera. No estaba para contemplaciones, insistí en que entraran solamente las personas indispensables para un rápido atavío y me dirigí al cuarto de fray Diego. Le encontré sentado a la mesa, leyendo.

Mi fantasmal aspecto puso inmediatamente en alerta a mi preceptor. Antes de darle tiempo a preguntar le informé, como cosa hecha, de mis intenciones para con Margarita y de mi conversación con García. Esperaba su aprobación, incluso un moderado reconocimiento del sometimiento a mis obligaciones por encima de mi gozo, para mi sorpresa se mostró severo en su respuesta.

—Me daríais un gran disgusto si hicieseis tal cosa.

—¿Queréis que me vuelva loco? Voy a apartar de mi vida a la mujer que amo, voy a proporcionarle un marido para que la proteja y la mantenga con dignidad…

—¡Con la condición de no yacer con ella!

—Solo si ella lo desea y, de todas las maneras, el sacrificio de García será mucho menor que el mío, él no la ama.

Fray Diego suspiró profundamente y se armó de paciencia para batallar contra mi testarudez.

—Alteza, voy a explicaros en qué os estáis equivocando. En primer lugar, no habéis hablado de este asunto con Margarita, ni siquiera sabéis realmente si os reverencia de la misma manera que vos a ella. Suponiendo que responda a vuestro afecto, tampoco sabéis si aceptará voluntariamente casarse con García, si antes no se ha casado es porque sus pretendientes no le agradaban. En segundo lugar, y si aceptara casarse, nunca sabríais si lo hace porque vos, como su señor, se lo mandáis, si lo hace por complaceros, o porque realmente era el beneficio que estaba buscando desde el principio. Por último, si se diera el caso de que os amara como esperáis y si aceptara casarse con voto de castidad, estaríais condenando necesariamente el alma de García al obligarle a buscar, fuera de su propio lecho, los derechos que el sacramento del matrimonio le otorga. No creo que él también quiera hacer voto de castidad.

No tenía fuerzas para enojarme por unas reflexiones tan duras y reales. Durante la noche anterior, en que me había desprendido de mí mismo, nunca, en ninguno de mis más tristes pensamientos, había valorado la posibilidad de que ella no me amara. Negras nubes de duda invadieron por primera vez mi cabeza. ¿Se había aprovechado de mi interés por ella para conseguir sustento y un buen marido? ¿Su aparente modestia y honestidad era puro fingimiento para conquistarme? ¿Tendría alguna estratagema preparada por si yo me iba sin haber conseguido el beneficio buscado?

Mi estómago era un paraje desarbolado donde se batían, en combate sin igual, el lagarto verde de la duda sobre los supuestos intereses ocultos de Margarita contra el dragón dorado de la confianza en su fervor hacia mí.

Desarmado pregunté:

—¿Qué creéis que debo hacer?

—No creo que nada de lo que pase pueda haceros sufrir más de lo que estáis sufriendo ahora. Si vuestra intención es partir hacia Burgos para asumir vuestras responsabilidades, y además deseáis dar una respuesta a esas dudas que socavan vuestra voluntad, hablad con ella, por muy dura que sea la verdad mucho peor es la incertidumbre.

En medio del abatimiento que me invadía, un rayo de optimismo iluminó mis ojos. No sé si fue la emoción de ir a verla o el convencimiento de la honestidad de sus sentimientos, pero me sentí renacer.

—¿Sabéis una cosa, fray Diego? A pesar de todo, sigo creyendo que tengo razón en cuanto a sus motivaciones, y os lo voy a demostrar. Convocaré a fray García para que sea testigo del encuentro, de esta manera él mismo podrá contaros lo que suceda.

Indiqué a uno de mis camareros que fuera en busca de García de Albarrategui, de mi confesor y de Margarita, la costurera que trabajaba con doña Francisca. Su mirada me hizo caer en la cuenta de que era bobada haber dado tantas explicaciones: a esas alturas no había nadie en palacio que no conociera a la causante de mis desvelos. Lo que requirió algo más de labia fue convencer a Calatayud de que necesitaba estar a solas en la cámara con las personas convocadas. Al fin, el buen hombre sumó dos más dos y despejó la habitación sin contemplaciones, y sin olvidarse de trancar la puerta de servicio, mientras repetía que aguardaría al otro lado de la puerta para lo que necesitara.

—Fray García, quiero que seáis testigo de lo que va a ocurrir en esta cámara, para dar fe de ello si fuera menester y sobre todo para infundirme valor si lo perdiera.

Hizo ademán de apartarse sin pedir unas aclaraciones que me sentí obligado a darle.

—Ya sabéis que he decidido crear una casa de mancebía en Salamanca dependiente del señorío, otorgaré sus beneficios a García de Albarrategui a cambio de que se case con Margarita, para que la trate y sirva como la señora que es. García ha aceptado sin dudarlo, ahora voy a proponérselo a Margarita.

Tuve que interrumpir mi discurso para coger aire.

—En cuanto acepte la propuesta, prepararéis lo necesario para unirles en matrimonio esta misma mañana y que puedan partir hacia Salamanca inmediatamente.

—Vuestra generosidad no puede describirse con palabras —comentó mi confesor emocionado.

—No es generosidad, fray García, es obligación. Sabéis que, si por mí fuera, yo sería el novio en esta boda.

Fray García se dispuso a cumplir su cometido con la discreción que le caracterizaba. Se apartó hacia un lado de la cámara y esperó.

Cuando Margarita entró, Bruto fue corriendo hacia ella moviendo el rabo y haciendo mil cabriolas en el aire. Mi amada no mostraba en su rostro ningún signo de la sorpresa o reproche que yo tanto temía, permanecía igual de tranquila y dulce que siempre. Me dedicó una respetuosa reverencia y a Bruto unas cuantas caricias hasta que consiguió tranquilizarle y que se tumbara a sus pies. Me hubiera gustado hacer lo mismo que Bruto, frotar mi cabeza contra su vestido, dar vueltas a su alrededor y lamerle las manos para acabar postrándome a sus pies. No pudiendo comportarme de esa manera, opté por mantenerme erguido a cierta distancia, necesitaba una separación física entre ambos.

—Margarita, tengo que deciros muchas cosas en muy poco tiempo, desearía contar con vuestra total atención y comprensión. Fray García, mi confesor, a quien ya conocéis, está presente como garante de que lo que os voy a decir es cierto, y para dar fe de lo que aquí suceda, si fuese menester.

Fiel a su forma de ser, no contestó, saludó a fray García con una leve inclinación de cabeza y, simplemente, se dispuso a escuchar tal como le había pedido. La debilidad dominaba mi voluntad y mis rodillas, decidí vaciarme de golpe, sin concesiones, y acabar cuanto antes con aquel martirio.

—Quería deciros que vuestra compañía durante estos meses ha

convertido mi estancia en Almazán en una temporada muy grata y estimulante. Ahora debo partir para formalizar una boda que se llevó a cabo por poderes hace más de un año. Desearía agradecer las atenciones que me habéis dispensado proporcionándoos una vida cómoda y protegida, para lo cual he dispuesto vuestro matrimonio con García de Albarrategui, hombre de mi confianza, al que proveeré de medios suficientes para vivir con desahogo. Si vos le aceptáis —recalqué bien aquellas palabras—, este caballero se compromete ante mí a respetaros, cuidaros y honraros como yo mismo lo haría.

Había expuesto mi dramático discurso mirando a un punto indeterminado de su persona, intentando no fijarme en su cara, no quería que su expresión desarmara mi frágil fortaleza. No le dije que García me había garantizado no requerirla en el lecho conyugal si ella no lo deseaba, esa era la prueba de fuego para saber si me quería en realidad o si se había dejado querer por los posibles beneficios. Esperé sus palabras conteniendo la respiración, como quien espera la hoja del verdugo.

—Mi señor, la honrada he sido yo por haber tenido el privilegio de haceros compañía. Vuestro agradecimiento es pago suficiente a lo que, de forma tan generosa, llamáis mis atenciones. No necesito nada más. Únicamente deseo felicitaros por vuestra boda y deciros que, si la princesa está adornada con la mitad de virtudes que vos, tened por seguro que será la mejor esposa que un príncipe pudiera tener.

No había aceptado, no había caído rendida a mis pies muerta de agradecimiento, no se había hecho de rogar. Aquello era inaudito. Se mantenía serena, con los ojos bajos y las manos cogidas sobre su falda, esperando a que le diera permiso para retirarse.

Crucé con fray García un gesto de sorpresa, de no saber cómo seguir. Había aprendido de mi padre el arte de la negociación y ahora tenía la oportunidad de practicarlo en una situación realmente comprometida. Si lograba convencerla, ganarían los que dudaban de su honestidad, en cambio, si seguía rechazando mi proposición…

—Desearía que volvieseis a sopesar mi ofrecimiento, sería una gran oportunidad para vos de casaros con un buen partido, con una buena renta.

—Alteza, no quisiera parecer desagradecida, pero insisto en que no me debéis nada. Si queréis hacer algo por mí me atrevería a pediros que hablaseis con la señora de Mendoza para poder seguir en palacio a su servicio, en el puesto que ella considere oportuno.

Su negativa halagaba mis fantasías y castigaba mi soberbia.

—¿No aspiráis a otra cosa en la vida que a ser una sirvienta?

—Mi señor, soy sirvienta. Tengo muy clara la diferencia entre mis aspiraciones y mis posibilidades.

—Ahora tenéis la oportunidad de que aumenten las posibilidades de alcanzar vuestras aspiraciones. Sería una buena boda, la ambición de toda mujer.

—No la mía, no podría casarme con un hombre al que no amo.

Empezaba a tener claro que no iba a aceptar el matrimonio que le proponía. Mi mente me decía que cabía la posibilidad de que estuviera regateando para conseguir una oferta mejor, mi corazón negaba con contundencia tan miserable conducta. A mediada que intentaba doblegar su voluntad me iba acercando hacia ella, convirtiendo nuestra entrevista oficial en una conversación privada.

—Es cierto, sí, la primera vez que hablamos me dijisteis que en Almazán nadie os contentaba. Sin embargo, durante estos meses que habéis trabajado en palacio habréis podido conocer a muchos hombres ¿me queréis decir que ninguno os agrada?

Margarita empezó a mostrarse incómoda, me di cuenta de que mi interrogatorio la turbaba en exceso ¿Sería por mí? ¿Sería por otro?

—Hay un caballero que me agrada lo suficiente como para querer pasar el resto de mi vida a su lado —se aventuró por fin a decir—, pero...

—Pero...

A estas alturas ya me había colocado frente a ella, tan cerca que podía haber cogido su mano si me hubiese atrevido. Ella, recobrando el ánimo, me miró directamente a los ojos con una dulce y resignada tristeza.

—Pero es un caballero que nunca se fijaría en mí, y además está casado. Cualquiera de las dos circunstancias, por sí solas, hacen totalmente inviables mis aspiraciones. Aun así, en contra de lo que se podría considerar cabal, mi corazón le pertenece, nunca me casaré con otro.

Yo era un caballero y técnicamente estaba casado, como muchos otros caballeros casados que había en la corte. No conseguía aclarar si mi persona era la causa de sus anhelos, lo único seguro era que aquella mujer no se iba a vender por un plato de lentejas, ni aunque contuviera un más que ventajoso matrimonio. Sentí un enorme respeto por su entrega, incluso si no era en mí en quien había puesto sus ojos.

—Tenéis que decirme de quién se trata, debe de ser un cretino para no haberse fijado en vos.

—Os aseguro, mi señor, que no es un cretino. Es un caballero inteligente y lleno de virtudes que nunca traicionaría a su esposa, sus deberes, ni su conciencia. Si acaso mi humilde persona hubiera despertado en él algún interés, ha hecho muy bien en guardarlo en su corazón.

Aquello sonaba a enseñanza de mi preceptor, a consejo de mi confesor, a frase de Amadís y a dignidad de una verdadera dama. Me estaba prohibiendo, explícitamente, que manifestara en voz alta mis sentimientos, aun así necesitaba la confirmación de que se refería a mí.

—Si yo fuera ese caballero me gustaría saber que mi secreto afecto es correspondido.

—Si vos fueseis ese caballero, haríais bien en olvidarme cuanto antes.

Ahora si que no tenía ninguna duda. Los ojos se me llenaron de agua y el corazón de dicha. Cogí tímidamente sus manos y murmuré, conteniendo a duras penas las lágrimas.

—Nunca os olvidaré Margarita, os amo.

Ella correspondió a la presión de mis manos y al lamento de mi voz.

—Y yo a vos, pero no puede ser —dijo susurrando—, no puede ser.

Me amaba, me lo acababa de decir; la felicidad absoluta existía y yo la estaba disfrutando. Teníamos que olvidarnos de nuestro amor, me lo acababa de decir; la desgracia absoluta existía y acababa de aplastarme. Mi cordura estaba perdiendo la batalla y sabía que, de seguir con sus manos entre las mías, se desvanecería la poca voluntad que tenía.

En semejante trance, mis húmedos ojos se posaron en la figura de fray García que se recortaba contra la pared. El buen hombre se apiadaba de mí, de nosotros.

—Ya que no puedo ofreceros mi vida, dejadme al menos que intente mejorar la vuestra, deseo que volváis a considerar mi propuesta.

Se esforzaba por contener la emoción y trataba de sonreír para no agobiarme.

—Vuestra nobleza de corazón os honra y me colma de felicidad, cualquier cosa que dispongáis será para mí el mayor de los regalos, pero no ésta.

—No, Margarita, no —protesté sin mucha convicción—, ¿Qué va a ser de vuestra vida?, querréis tener hijos…

—No debéis preocuparos, mi señor, saber que soy la depositaria de vuestro amor llena por completo mi vida, no anhelo nada más. Tened por seguro que os seré fiel hasta la tumba.

Era lo más bonito y lo más desesperante que había oído en mi vida, yo empeñado en ser el caballero andante de aquella mujer y ella empeñada en no dejarse.

La obsesión por solucionar su vida me hizo relegar, a un segundo plano, la frustración que sentía por tener que perder a mi amada casi al mismo tiempo que la había encontrado. Me separé de ella intentando encontrar las palabras adecuadas para convencerla; no estaba dispuesto a ceder en mis pretensiones. Ya sabía que me amaba con auténtico fervor y no por intereses ocultos, ahora me tocaba a mí compensar tanta dedicación, en parte porque se lo merecía, en parte por aliviar mi sentimiento de culpa al abandonarla.

—No voy a dejar que os quedéis aquí sin familia ni marido, hasta que os muráis sola. Nunca hemos dado pie para que la gente murmure pero ambos sabemos que, cuando me vaya, la maledicencia se cebará en vos —intenté ser duro para ver si accedía a mis propósitos.

Bajó la cabeza. Había tenido que soportar burlas y comentarios de otros servidores relacionados con las atenciones que le dispensaba, y sabía que, a sus espaldas, había comadreos mucho más atrevidos.

Fray García se acercó discretamente y trató de buscar una solución que satisficiera a ambas partes.

—Perdonadme alteza, quizás la señora Margarita desee profesar en un convento con el rango que le otorgaría una buena dote…

Le miré con extrañeza. Me pareció un detalle que le hubiera dado el tratamiento de señora, pero por muy buena que fuera la dote, y por muchas que fueran las ventajas que esa dote le pudiera otorgar dentro del convento, no la veía de monja y, por la cara que puso, ella tampoco se veía.

—Gracias, fray García, creo que no es una buena idea —respiré profundamente—. García de Albarrategui estará en la antecámara, dadle cuenta de lo que aquí se ha hablado.

Fray García de Padilla salió dejando la puerta abierta, la delicada situación así lo requería. Margarita bajó la cabeza mientras yo daba vueltas por la cámara luchando contra la evidencia, por encima de todo me urgía asegurar su futuro.

—Por favor, volved a pensar en mi oferta —supliqué—. Albarrategui me ha jurado por su honor no compartir lecho con vos si vos no lo deseáis.

Era la oferta definitiva, el regalo perfecto, solo enturbiado porque, la propia frase en sí, implicaba que dos hombres habían estado hablando de su más privada intimidad. Creí notar que se ruborizaba. Iba a suplicarle perdón por mi inadmisible desvergüenza cuando, haciendo gala de su natural dignidad, me interrumpió.

—Entiendo y agradezco infinitamente lo que queréis hacer por mí y creo que aceptarlo sería aprovecharme de vuestra bondad. Salvo que se trate de una orden de mi señor, no me casaré con alguien al que no ame, y menos aún después de haberos conocido.

—¿Os casaríais conmigo?

Fray García, que había regresado a su rincón de la cámara, exclamó un «¡Santo Dios!» que debería haber bastado para poner punto y final a la conversación. Lo cierto es que ni le oí ni le vi salir apresuradamente de la habitación con el rostro demudado.

Margarita, vencido su inicial desconcierto, me respondió con una serenidad envidiable.

—Es lo que más deseo en esta vida, pero no puede ser.

—Puede ser. Puedo renunciar a mi matrimonio, el rey francés ya lo hizo. Incluso puedo renunciar a mi corona, tengo muchas hermanas y cuñados que no pondrían ninguna objeción a ocupar mi puesto.

—Nunca os aceptaría en esas condiciones. No por dejar de ser príncipe, sino por dejar de cumplir vuestra palabra y vuestros deberes.

Por momentos me parecía que estábamos representando una versión actualizada del Amadís. Lo terrible era que, leyendo aquel libro, los sacrificios y renuncias en loor de la virtud y el honor parecían algo natural, y hasta fácil, nada que ver con la profunda angustia que machacaba mi corazón.

—Pues no pienso abandonaros a vuestra suerte. Ya que no aceptáis que otro os proteja tendré que hacerlo yo personalmente, permaneceréis a mi lado.

—Mi señor, nada me haría más feliz que serviros, pero mi sola presencia sería una deshonra para vos y una fuente de sufrimiento para vuestra esposa.

Su altruista razonamiento me conmovió hasta extremos desconocidos para mí y peligrosos para mi dignidad. Ni la puerta abierta de la cámara ni las voces que se oían fuera parecían capaces de contener la indescriptible emoción que me invadía y que me hubieran llevado a cometer, en aquel mismo momento, una locura. Su voz serena actuó de bálsamo sobre mi enardecido corazón.

—Puede que la solución adecuada sea la que ha propuesto vuestro confesor, aunque si decido entrar en un convento lo haré sin dote, ocupando en la comunidad el puesto que me corresponda según mi condición.

Iba a decir que de ninguna manera aceptaría su ingreso en un convento para servir a nadie cuando García de Albarrategui irrumpió en escena. Entraba feliz y decidido, controlando la situación.

Un momento antes, en la antecámara, un muy angustiado fray García había expuesto a mi compañero de caza la terrible situación que se estaba creando. Le contó que, al parecer, Margarita me amaba incondicionalmente, sin ambición ni esperanza, como yo a ella. Era necesario que Albarrategui aguzara su ingenio y sacara a Margarita de Almazán lo antes posible, so riesgo, de que la frustrante correspondencia de sentimientos me hiciera volver a caer en la locura de querer dejarlo todo por mi amada.

A pesar de que la actitud animada con que se presentó en la cámara me causó asombro, algo en mi interior me decía que me fiara de él.

—Margarita, ya os habéis visto en ocasiones anteriores, aun así permitidme que os presente formalmente a García de Albarrategui, el caballero que había elegido para ser vuestro esposo.

—Mi señora —García hizo la misma profunda reverencia que hubiera dedicado a una gran dama y, sin mediar palabra conmigo, se lanzó a hablar—. Fray García de Padilla me ha puesto al corriente de la situación. En primer lugar quiero deciros que sois una mujer hermosa, inteligente y prudente, y que estoy seguro de que haríais feliz al más exigente de los hombres, a pesar de lo cual me alegro de que no me hayáis aceptado; vos no me amáis y yo a vos tampoco. Y aunque de todos es sabido que el roce hace el cariño, este pequeño detalle hubiera convertido nuestra unión en una relación complicada, al menos en un primer momento, lo cual no quita para agradecer a nuestro amado príncipe la ingeniosa solución que había ideado para procurar vuestra felicidad.

Mi curiosidad superaba a mi angustia, de manera que, cual convidado de piedra, asistí impávido al extraño planteamiento de García.

—Debéis saber que, gracias a su Alteza, a partir de ahora voy a ser un hombre importante— me dedicó una gran sonrisa y una elaborada humillación de cabeza—. Tendré en Salamanca una buena casa y dinero suficiente para mantenerla; no obstante, tanta bonanza me plantea un problema: nunca he tenido casa propia y no tengo la menor idea de gestionarla, ni de qué criados necesitaré, ni de cómo o qué tengo que mandarles. Necesito pues una mujer cabal, sin ataduras familiares, discreta, con carácter, en quien pueda confiar, y que sea capaz de gobernar mi casa y a mis criados para que yo pueda dedicar, todo mi tiempo, a gestionar el negocio que me ha encomendado su alteza. Por las referencias que tengo, vos reunís las características que acabo de exponer.

Margarita no salía de su asombro, y yo tampoco. Ese bribón había retorcido la situación de tal manera que mi amada ya no tendría ninguna excusa para no aceptar. Mis sentimientos se hallaban encontrados. La acertada estratagema de García parecía la única capaz de hacer que Margarita aceptara una mejoría notable, totalmente acertada, salvo por la ganas que me entraron de matar a ese desgraciado que pretendía convertir a mi amada en su criada.

García esperó el tiempo justo para que digiriéramos la oferta y continuó elocuente, cargando bien el cebo.

—Os ofrezco un buen cuarto privado, mi misma comida, los criados que preciséis, vestido acorde con mi nueva posición y un salario parejo a la responsabilidad que supone el cargo. En caso de que, pasado cierto tiempo, alguno de los dos no estuviera conforme con el otro, me comprometo a buscaros colocación en las mejores casas de la ciudad o a traeros de nuevo a Almazán, si ese es vuestro deseo. Qué me decís ¿Os interesa el puesto?

—Solo he trabajado de lavandera y de costurera…

—El trabajo que os ofrezco es un desafío mucho mayor que coser puntillas o lavar sábanas, pero si no os creéis capaz de hacerlo…

Los ojos de Margarita se iluminaron por unos instantes hasta que la tristeza volvió a nublarle el rostro. Me miró como pidiendo permiso, dejando la pelota en mi tejado. Recogí el testigo que me había lanzado García y le hablé con la mayor dulzura que pude, intentando convencerla de que no se trataba de la imposición de su señor sino del deseo de su amado.

—Parece una buena oferta, conoceréis Salamanca y, si acaso no os gustase, podréis volver cuando queráis o entrar en un convento. Hablaré con la señora de Mendoza para que siempre tengáis un puesto en este palacio.

Me acerqué a ella, le cogí las manos intentando mitigar en temblor que agitaba las mías, y se las besé.

—Quiero que seáis muy feliz, todo lo feliz que yo hubiera deseado haceros, prometedme que vais a intentarlo.

Margarita apretó los labios haciendo un gran esfuerzo por no llorar y asintió bajando la cabeza. Nuestras manos se entrelazaron en un nudo indisoluble y nuestras frentes se juntaron en un instante místico.

Una repentina debilidad en las piernas y mil diablos enredando en el estómago fueron el claro indicador de que había llegado el momento de rematar la faena. Con el mismo dolor que si me estuvieran arrancando la piel me separé de Margarita.

—Uno de mis camareros os acompañará para despediros y hacer los preparativos necesarios. Dios os guarde.

Rápidamente di media vuelta, no soportaba ver cómo se iba. Cuando Margarita salió me dirigí exaltado hacia García.

—¿Mi amada va a ser vuestra criada?

—No os preocupéis, mi señor, era la única forma de que aceptara, en realidad será la señora de la casa. Pondré a su servicio todos los criados que necesite, no tendrá que hacer ningún trabajo que no hiciera una auténtica señora, dispondrá de un cuarto ricamente amueblado y vestirá igual que una dama.

—Y si desearais casaros ¿quién me garantiza que vuestra esposa la tratará con el respeto debido?

—Yo os lo garantizo. La mujer que se case conmigo tendrá que querer a Margarita como si se tratase de mi hermana, vamos juntos en el lote.

—¡Y nunca la tocareis! —añadí con los dientes apretados.

—Y nunca la tocaré, eso os lo puedo jurar por mi vida.

Su contundencia me serenó, le puse una mano en el hombro y me despedí lo mejor que pude.

—Esta misma tarde partiréis hacia Salamanca. Os lleváis mi vida, espero que hagáis buen uso de ella.

Aquella jornada aún tuve que atender asuntos del gobierno de mi señorío. Entre ellos, ordenar a las autoridades de Salamanca que, en previsión de la visita que pensaba hacerles con posterioridad a mi boda, adecentaran y empedraran las calles de la ciudad que, según el propio fray Diego, siempre estaban embarradas.

Hasta hacía pocas semanas, viajar a Salamanca era una de mis mayores ilusiones; en aquel momento, me daba lo mismo caminar sobre un limpio empedrado que hundirme hasta la cabeza en un charco de lodo y dejar de respirar. Margarita, *la Lavandera,* iba a ser sustituida por Margarita de Austria, el príncipe más dichoso sería destronado por el príncipe más desdichado, cada día de vida que me quedara iba a suponer una condena imposible de soportar.

Con el ánimo de un espectro más que de un vivo, dediqué la última tarde de mi estancia en la villa a despedirme de la familia Mendoza y de las personas importantes de Almazán y su entorno. Habían sido convocados a toda prisa a lo largo de la mañana, lo que no les impidió presentarse ante su señor para desearme buen viaje y buena boda. En la mayoría de ellos, las muestras de afecto parecían sinceras; mis respuestas corteses y carentes de entusiasmo, también. Fue una despedida sencilla y corta, como un hasta luego con intención de volver.

En mis habitaciones privadas paseé los ojos por aquellas estancias donde había vivido los momentos más intensos de mi corta vida. Allí había sido el hombre más feliz del mundo y el más desgraciado, había reído como un loco y llorado de desesperación, había tenido en mi mano mi corazón y lo había perdido para siempre.

Sobre la mesa seguía el arca con el *Amadís*, odiaba y amaba a aquel libro a partes iguales. Mi héroe estaría orgulloso de mí, había renunciado a lo que más quería por cumplir con mi sagrado destino; entonces ¿por qué me sentía tan desgraciado? Dudaba entre arrojarlo por la ventana o mandar que lo embalaran con los pertrechos personales para no separarme de él. Decidí dejarlo en el punto medio, viajaría a Burgos con el grueso de la impedimenta, no quería que su simple visión me hiciera flaquear en el encuentro con mi esposa.

Al apagarse el día me quedé a solas con mis pensamientos, o mejor dicho, con la ausencia de ellos; las emociones reprimidas reclamaban su sitio en mi mente y en mi corazón. Solo la presencia de fray Diego, convaleciente a pocas varas de mi cámara, consiguió evitar que cayera de nuevo en un estado de profunda melancolía. En mi mente había un gran vacío; en mi cama, Bruto se acurrucó para pasar la noche lo mejor posible. Le envidié.

XII. El viaje

A la mañana siguiente, con la determinación de un mártir que va a ser arrojado a los leones, emprendí camino hacia Burgos. Antes, alegando querer orar por el buen fin de mi viaje, entré en la iglesia de San Miguel. Aquel pequeño y extraño templo estaba indisolublemente unido a mí y a Margarita; siempre lo llevaría en mi corazón.

Recorrimos las veintisiete leguas que separan Almazán de Burgos a la velocidad del rayo. Los que íbamos a caballo salvábamos, con luz de día, alrededor de ocho leguas diarias. Me hubiera gustado ir más deprisa, no por llegar más pronto, sino por acabar antes, pero ningún jinete que quisiera que él y su montura alcanzaran vivos el destino apuraría más la marcha. Para poder seguir nuestro ritmo, las mulas y carretas con los pertrechos, que viajaban más despacio, debían salir antes de que amaneciera y llegaban a la siguiente parada bien entrada la noche. A pesar de la premura de los preparativos, los aposentadores habían conseguido avanzar una jornada por delante de nosotros, organizando los lugares de descanso y dejando preparadas las caballerías de refresco.

Durante el día, la dureza del recorrido me obligaba a estar, casi exclusivamente, pendiente del caballo y del camino. Por la noche, el cansancio me sumía en un profundo y reparador sueño, gracias al cual pude completar mi viaje con mucha menos amargura y decaimiento del que había previsto.

Mi entrada en Burgos, al cuarto día de viaje, se produjo al galope, sin recepciones ni saludos. La llamada casa del Cordón, residencia de mi hermanastra Juana de Aragón, de su marido el duque de Frías y, temporalmente, de la familia real, era un hervidero de gente, bultos y preparativos. Un correo había traído la noticia de mi salida de Almazán, aunque antes de que el mensajero llegara todo estaba dispuesto para partir. Nada más entrar, me condujeron a presencia de los reyes.

—¡Por fin estás aquí! —El rey Fernando no se molestó en disimular su enfado—. Pensé que tendría que ir yo solo a recibir a tu esposa.

—Lo siento mucho, alteza —intenté mostrarme lo más sumiso y respetuoso posible—. Primero enfermé yo y seguidamente fray Diego, no he querido dejarle hasta que su mejoría fuera evidente.

Lo de que yo estuviera enfermo no suponía ninguna novedad, que el enfermo fuera fray Diego resultó ser una sorpresa para mi padre y contribuyó a apaciguarle.

—No tenía noticias, espero que se encuentre fuera de peligro.

—Sí, alteza, ya se encuentra mejor, vendrá a Burgos en unos días con el resto de la comitiva.

Dejando de lado su inicial irritación, se acercó a hablarme con la cordialidad habitual, aunque algo preocupado.

—Bien, me alegro. Como veo que tú también estás recuperado no hará falta que deshagas el equipaje, he enviado a Santander a García de Cortés, el corregidor de Burgos, junto con algunos aposentadores, para que la comarca esté bien abastecida. También he mandado apostar vigías en toda la costa. Parece ser que el tiempo en el Cantábrico es espantoso, no hay forma humana de saber si la flota atracará en Laredo, de donde partió, o tendrá que buscar refugio en otro puerto —suspiró preocupado—. ¡Quiera Dios que no tengamos un funeral en lugar de un enlace!

Mi madre, conteniendo su emoción, esperó hasta que mi padre hubo concluido para acercarse a saludarme, e interesarse por mi salud y por la de fray Diego. Le mentí diciendo que se trataba de unas simples fiebres que habíamos pasado primero uno y luego el otro; si alguna vez llegaba a enterarse de lo ocurrido, yo ya estaría infelizmente casado y no habría nada que lamentar. Andábamos con esas explicaciones cuando se presentó un correo con la noticia de que la flota de la archiduquesa Margarita había arribado el 6 de marzo a Santander, empujada por las tormentas que en aquellos días asolaban la costa. El rey respiró aliviado, a fin de cuentas parecía que habría boda.

La noticia de que mi esposa había llegado a Santander en lugar de a Laredo revolucionó los preparativos. Para ganar tiempo, mi padre decidió cambiar la ruta, originalmente diseñada hacia Laredo, por otra más occidental, hacia la capital cántabra. Aquel itinerario, que cruzaría el Ebro en las cercanías de Orbaneja, llegaba a Santander de forma más directa, a costa de atravesar pasos de montaña muy complicados por sus importantes desniveles y porque, en aquella época del año, no resultaría extraño encontrar nieve.

Los aposentadores pasaron la noche diseñando el nuevo recorrido, previendo lugares de reposo y calculando las leguas que se podrían recorrer en cada jornada. Para todos esos cómputos debieron tener en cuenta que en el séquito iban a viajar personas de cierta edad que harían partes del trayecto en litera, y que se tendría que transportar en carretas una gran cantidad de equipaje. Las algo más de treinta leguas que nos separaban de Santander no se iban a poder recorrer en menos siete días, previsión que provocó la desesperación de mi padre, ansioso por llegar al encuentro de la archiduquesa lo antes posible.

Si se me hubiera consultado, hubiera propuesto un recorrido mucho más amplio y lento, alegando que lo mejor de un viaje no es el destino sino el viaje en sí mismo. Nadie recordó que yo era parte interesada en aquel asunto.

En Castilla era obligatorio que toda persona cediera la mitad de su vivienda y demás propiedades para el alojamiento, ya fuera de paso o temporal, de la corte. Los aposentadores salían unos días antes que la comitiva real y presentaban la cédula real al cabildo correspondiente, este elegía un regidor que velaba por los derechos de los vecinos en la aplicación de dicha norma. Sobre un inventario elaborado por parroquias, para evitar errores y olvidos, y después de descartar iglesias, monasterios, hospitales, viudas y pobres, procedían a elegir y acondicionar aquellos lugares que más se adecuaran a las necesidades y calidad de los viajeros.

Antes del amanecer del día siguiente, decidido el trayecto y ajustados los plazos, los aposentadores salieron a cumplir su misión como almas que lleva el diablo.

Dos días después de mi llegada a Burgos, emprendimos el viaje fatal hacia Santander. No hubo ocasión de deshacer mi equipaje, saludar o despedirme. Fue mejor así. No tuve tiempo de pensar, calcular, arrepentirme, o echar de menos. Funcionaba igual que un autómata, regido por engranajes que se mueve sin conciencia de que lo está haciendo.

Con ese indiferente abatimiento afronté un viaje tedioso y mortecino en el que la única nota de vida la ponían las flores primaverales que empezaban a asomar por entre la hierba helada. Los momentos de descanso los ocupaba escuchando los consejos paternos o refugiándome en la silenciosa comprensión de fray García. Aparte de Calatayud, él era el único de los presentes que sabía del enorme vacío que había en mi alma y, a falta de fray Diego, recurría a mi confesor para encontrar la fortaleza que necesitaba para continuar. Eso no impedía que, a medida que nos acercábamos a Santander, el recuerdo de Margarita se me hiciera más doloroso, profundamente doloroso.

Para mi desgracia los plazos se cumplieron. Tardamos los cuatro días previstos en alcanzar el último gran paso de montaña por el que bajaríamos hacia el verde y templado valle del Pas. Nos iba a llevar muchas horas descender por aquella abrupta pendiente. No me importó, el cansancio físico era lo único que aliviaba mi hondo decaimiento.

Al día siguiente, al poco de empezar a transitar por el valle de Toranzo, un correo nos informó de que la comitiva de la princesa venía a nuestro encuentro. Habían decidido no esperarnos en Santander debido a que se detectaron algunos casos de peste entre la tripulación de la flota y prefirieron poner tierra de por medio.

La precipitación de los acontecimientos desbarataba la organización prevista. Había que improvisar. Aquella noche estaba calculado pernoctar en Villasevil, en casa de don Pedro Ruiz de Villegas, circunstancia que aprovechó el rey para ordenar montar el campamento y esperar allí a la princesa. También dispuso que un importante grupo de próceres, encabezados por el gran condestable, partieran inmediatamente al encuentro de mi esposa.

La noticia me dejó aturdido. Quedaba, para el fatal encuentro, mucho menos tiempo del que había calculado. No estaba preparado, no quería.

Con el pretexto real del cansancio, me retiré en cuanto estuvo dispuesta mi habitación. Mi camarero mayor, conocedor de mi desdicha, intentó distraerme provocando una exhaustiva conversación sobre la vestimenta que debería, desearía, me vendría mejor, ponerme al día siguiente. Su esfuerzo resultó inútil. Respondía a su interrogatorio con vagos y contradictorios monosílabos que en nada ayudaron a su empeño; ni yo me animé ni él sacó en claro qué ropa debía preparar.

Fray García por su parte, interpretando correctamente mi aislamiento, aprovechó el momento en que Calatayud salía, después de arroparme, y preguntó desde el quicio de la puerta.

—Alteza, ¿deseáis que rece con vos las últimas oraciones?

Aquello rompía totalmente el protocolo. Calatayud, los monteros de Espinosa y los reposteros de camas, que ya estaban fuera de la habitación, le miraron perplejos. Me había resignado a pasar la noche despierto, agonizando poco a poco; aquel ofrecimiento suponía un pequeño alivio para mi mortal herida.

—Os lo agradecería de corazón —contesté, ante la sorpresa general.

La compañía de mi confesor evitó que diera rienda suelta a mi desesperación y contuvo mis emociones dentro de lo que se podía considerar correcto, dadas las circunstancias.

Me exhortó a ver en aquel matrimonio un sacrificio que sería recompensado con una vida tranquila, arropado por una esposa a la que aprendería a querer, y por unos hijos que colmarían mi felicidad y llenarían el enorme vacío que sentía.

—¿Y ella, qué va a ser de ella?

—Estará bien, mi señor; García, en el fondo, es un buen hombre y un leal servidor. Tened por seguro que la tratará como a una reina, y que la respetará. La casa de mancebía que va a regentar le proporcionará unos buenos ingresos para que no les falte de nada y disfruten de una vida holgada. Su existencia va a ser mucho más grata que si se hubiera quedado de lavandera en Almazán.

—Algo bueno ha salido de todo esto —suspiré, intentando consolarme.

—No lo dudéis. Por lo demás, estad seguro que Dios Nuestro Señor sabrá premiar la pureza que ambos habéis mantenido durante esta dura prueba y por la que debéis sentiros orgulloso.

Supongo que me sentía orgulloso; quienes sin duda lo estaban eran él y mi preceptor por motivos religiosos y, de haber conocido la historia, mi madre por motivos hereditarios. Se me ocurrían un montón de comentarios irónicos al respecto, pero ni yo estaba de humor ni mi confesor se merecía un desplante; opté por asentir con la cabeza y callar.

El día siguiente fue un auténtico desbarajuste. En el menor tiempo posible, había que convertir el pueblo y la casa de los Villegas en un sitio digno de recibir a la futura reina de las Españas. Afortunadamente, tener una corte itinerante había convertido a los aposentadores, y resto del servicio, en verdaderos artistas de tales menesteres. El desconcierto era solo aparente; al final del día, aquel recio caserón de piedra parecería el más hermoso y cómodo de los palacios, y la pradera circundante el mejor de los jardines.

El rey seguía empeñado en enumerarme las ventajas políticas de aquel afortunado matrimonio.

—Si yo fuera el rey de Francia me estaría echando a temblar —don Fernando disfrutaba dibujando un idílico futuro próximo—. Tú, reinando en España; Felipe, con tu hermana Juana en el Sacro Imperio; y Arturo, con tu hermana Catalina en Inglaterra. La tenaza que formaremos acabará de una vez para siempre con ese país infernal. Os lo repartiréis, y toda Europa occidental, incluido Portugal con tu hermana Isabel, estará gobernada por un Trastámara. ¿No te parece magnífico?

—Sería el gran logro de vuestra política de acuerdos matrimoniales.

—Al final, tanto esfuerzo tiene su recompensa.

Mi padre estaba tan satisfecho de sí mismo que no apreció el tono de reproche que destilaba mi comentario. Ahora, más que nunca, me sentía una mercancía cara, un rehén de gran valor al que había que cuidar con esmero, además de vigilar, para no perder lo invertido. No sé porqué, pensé que la situación de mi esposa era exactamente la misma, verla como una víctima me hizo sentir por ella cierta simpatía.

No había traído el *Amadís* y lo echaba de menos; en cambio tenía *Las Confesiones de San Agustín* que me había regalado fray Diego. Pasé la mayor parte del día encerrado en mi habitación haciendo que me leyeran para poder hacer que escuchaba. No quería quedarme solo, no me fiaba de mí.

A última hora del día recibimos la noticia de que el séquito de mi esposa estaba a media jornada de nuestro asentamiento; a la mañana siguiente se produciría el encuentro. Finalizada la cena me retiré a mi habitación, poniendo mil disculpas para no tener que asistir a una velada donde todos deseaban celebrar la despedida de mi soltería. Todos menos yo. Mi siempre preocupante salud volvió a servir de excusa incontestable, debía descansar para presentar un buen aspecto al día siguiente.

En aquella ocasión Calatayud no intentó distraerme, me atendió con la misma solicitud que cualquier otra noche pero con más mimo, más silencios, más tranquilidad. Mi confesor no tuvo que poner ninguna disculpa para acompañarme en mi desconsuelo, en cuanto mi camarero mayor salió, se coló en silencio en mi cámara cerrando la puerta tras de sí. Al igual que la noche anterior, tras intercambiar unas palabras, se acomodó en un sillón con su breviario y se dispuso a pasar la noche vigilando mi sueño.

No sabía nada de García, de mi preceptor, ni por supuesto de Margarita. Las personas que por diversos motivos más me importaban parecían haber desaparecido de la faz de la tierra.

XII. ES ELLA

Según comentaban los oriundos de la zona, la mañana había amanecido espléndida para aquella época del año. El buen tiempo pintó una amplia sonrisa en la cara de mis servidores que ya estaban de por sí emocionados con los acontecimientos.

Me asearon y me vistieron con absoluto esmero. De las cajas de mi guardarropa aparecieron una serie de prendas por estrenar, a cuál más lujosa, que no recordaba haber visto nunca. Me extrañó, siempre elegía personalmente las telas y diseño de mi ropa exterior. Supuse que mi estado de negación de la realidad incluía también el lujoso envoltorio con que me estaban recubriendo. El interminable proceso se completó con perfumes, joyas, borceguíes rojos a juego con el tabardo y las plumas del birrete, y una más que esmerada labor del barbero perfilando el flequillo. El aquella ocasión la tardanza no me incomodó, es más, por mí podían haberse eternizado todo el día en prepararme.

El punto final a mi ornamentación llegó, como era de suponer, y fui conducido al exterior, donde un cortejo exquisitamente engalanado me esperaba. Mi postura agarrotada, al borde del pánico, era recibida por la gente con sonrisas mal disimuladas y comentarios soterrados del tipo: «está muy nervioso», «se rumorea que es doncel», «pobrecito, se le ve tan niño», que yo ignoraba estoicamente. Tampoco hubiera sabido qué responder.

Me ayudaron a subir a lomos de mi hermoso caballo al que también habían vestido con sus mejores galas, apenas se le veían las pezuñas y unos enormes ojos negros. Me asomé a ellos para saludarle, el pobre estaba tan asustado como yo.

El séquito arrancó parsimoniosamente, conmigo en el centro de la formación. Por un momento consideré la idea de espolear mi caballo y escapar en cualquier dirección, pero el cerco a mi alrededor era impenetrable, no había forma de huir. Decidí dejar abandonado mi cuerpo a su suerte en el mundo real y enviar mi mente al reino mágico de Amadís y Oriana–Margarita. Cabalgábamos juntos y solos por praderas verdes cubiertas de flores en dirección a la puesta del sol, nadie nos seguía ni nos vigilaba, nadie nos esperaba. Esta vivificante imagen me permitió alcanzar un estado próximo a la felicidad que transfiguró mi cara, para contento del rey, que cabalgaba a mi lado.

—Por fin sonríes. Pensé que ibas a recibir a tu esposa con el gesto retraído que has mostrado estos días —no esperó respuesta—. Bueno, me parece que se ha acabado el paseo, ahí viene la archiduquesa.

Pestañeé con rapidez despertando del sueño. No habíamos cabalgado ni dos leguas. Frente a nosotros, en el valle de Villasevil, a la altura del humilladero de San Roque, estaba la imponente comitiva de mi cónyuge. El paisaje desapareció oculto tras cientos de caballos, caballeros, estandartes, plumas, armaduras, sedas y armas, arremolinados en un espectro de colores deslumbrantes. Como si no fuera conmigo, asistí paralizado a los protocolarios saludos entre embajadores y demás jerarquías, y a cómo los mozos de espuelas acercaran mi caballo y el de mi padre hasta llegar a escasas cuatro varas de Margarita de Austria. Descabalgamos ceremoniosamente y nos quedamos frente a frente. El gran condestable pronunció unas palabras, dirigidas al rey, que me sonaron a sentencia de muerte.

Alteza, permitidme que os presente a la serenísima princesa doña Margarita, archiduquesa de Austria, duquesa de Borgoña y princesa de Asturias.

La princesa hizo una profunda reverencia, mi padre se inclinó caballeroso hacia ella cogiéndole la mano para a continuación, sin soltarla, dirigirse a mí.

—Princesa doña Margarita, os presento a mi amado hijo y heredero, don Juan de Aragón y Castilla, príncipe de Asturias y Girona, duque de Montblanc, conde de Cervera y señor de Balaguer, vuestro esposo.

Ella repitió la solemne reverencia y, al incorporarse, levantó el velo que le protegía la cara del polvo del camino y me miró directamente a los ojos, sonriendo.

Lo que pasó a continuación cuesta describirlo, más que nada porque, sabiendo lo que ahora sé, resulta ridículo y vergonzoso intentar explicar con palabras las acciones de un loco, de un demente, de un pobre alucinado. Abreviando. En un primer momento me quedé paralizado, y al poco comencé a moverme nerviosamente diciendo a todos los que tenía alrededor: «es ella, es ella», para acabar cayendo de rodillas a sus pies, hipando de alegría y besándole las manos con absoluta devoción. Mi padre, persona práctica donde las haya, se limitó a decir.

—Pues claro que es ella ¿quién iba a ser?

Y dirigiéndose a Margarita de Austria, que no salía de su asombro, intentó justificar tan insólita reacción.

—En ningún otro lugar de la tierra hubieseis hallado un marido que os profesara tanto amor y fervor como mi hijo. Os auguro un matrimonio lleno de felicidad.

Margarita de Austria admitió las improvisadas explicaciones de mi padre y, desde su altura, me miraba divertida.

Los presentes estaban fascinados por mi espontánea reacción, cuchicheos y risitas recorrieron la masa humana transmitiendo mi sorprendente comportamiento a los más alejados. Obedeciendo a una discreta indicación del rey, los mozos de espuelas me levantaron y, casi a rastras, me subieron al caballo, o eso supongo; de lo único que estaba pendiente era de admirar aquella extraordinaria aparición que, con elegante mansedumbre, subía a su cabalgadura. De igual manera, la escasa distancia que había hasta la casa de los Villegas la recorrí sin ser conciente de ello, mirándola cabalgar a mi lado, espléndida, con la vista al frente y sonriendo.

Don Fernando también iba sonriendo, absorto en sus pensamientos. Mi extravagante reacción le había recordado la anécdota protagonizada por mi madre cuando se conocieron.

Ella, princesa Isabel, escapándose del lugar donde estaba retenida por su real familia. Él, príncipe Fernando, acudiendo a su encuentro disfrazado para burlar a los que, tanto en Aragón como en Castilla, se oponían a aquel matrimonio y que hubieran llegado hasta el regicidio para impedirlo. Ambos conociéndose solo por referencias, ambos muy jóvenes. En Valladolid, en el palacio de Vivero, se vieron en secreto por primera vez cuatro días antes de su matrimonio. La entonces princesa se encontró ante sí con un grupo de mercaderes y mozos de mulas por lo que, visiblemente nerviosa, tuvo que preguntar a uno de sus caballeros cuál de aquellos viajeros era el príncipe de Aragón. Su acompañante, señalando con el dedo, le contestó: «ese es, ese es», lo que volvió loca de alegría a mi madre al comprobar que su marido por encargo era, además, un apuesto y distinguido mozo.

«Será cosa de familia», pensó divertido.

Llegados a la casona no esperé a recibir saludos, ni a que llevaran a la novia a su habitación para refrescarse antes del banquete que se había preparado; en cuanto echamos pie a tierra, rodeé con mi brazo su cintura y prácticamente la arrastré hasta unos árboles que estaban cerca de la casa. El aire se llenó de multitud de comentarios y gestos de las personas que nos observaban, las cuales se apartaron lo justo para parecer discretas sin por ello perder detalle de lo que allí se hiciera o dijese.

El rey, que no daba crédito a mi proceder, llamó a Calatayud.

—Decidle al príncipe que regrese inmediatamente, su conducta es, cuanto menos, inapropiada. Estos alemanes van a pensar que su alteza es un vulgar sátiro. ¡Ni que nunca hubiera visto a una mujer!

Don Juan de Calatayud bajó la cabeza sin hacer ademán de cumplir la orden.

—Calatayud, ¿hay algo que yo debiera saber?

Quizás sería conveniente que vuestra alteza hablara con el confesor del príncipe —contestó cohibido mi camarero.

Mi padre se estaba enfadando y preocupando a la vez. ¿Y si resulta que su hijo del alma era un degenerado que trataría de ultrajar a la princesa antes de celebrar los esponsales, haciendo que la archiduquesa huyera despavorida y se negara a casarse? Ya se estaba imaginando la reacción de su consuegro, el desplante, la ruptura de las alianzas, una posible guerra y, lo peor de todo, el regodeo que tan bochornosa situación produciría al rey francés. Entró en una de las salas de la casa, mandó llamar a fray García y ordenó salir a todos los presentes. Calatayud tardó un suspiro en aparecer con fray García, tiempo suficiente para que mi padre diera la impresión de ir a explotar, enardecido por sus propios temores.

—Fray García, no quiero oír excusas relacionadas con el secreto de confesión, esto es un asunto de Estado. ¿Tiene su alteza algún problema con las mujeres?

Mi confesor contestó con una simpleza que no dejó lugar a dudas.

—No es ningún secreto de confesión, mi señor, su alteza no tiene ningún problema con las mujeres porque nunca ha estado con ninguna.

El rey abrió los ojos todo lo que sus párpados le permitieron.

—¿Nunca? —repitió incrédulo.

—Nunca, alteza, tan cierto como que hemos de morir.

—¿No me digáis que no le gustan? —preguntó el rey, alarmado ante semejante posibilidad.

—No es eso, lo cierto es que se ha tomado muy en serio el cumplimiento del sexto mandamiento y las recomendaciones de mi señora la reina.

Don Fernando se quedó atónito. Receloso aún de lo que acababa de escuchar dirigió una inquisitiva mirada a don Juan de Calatayud, esperando que mi más próximo servidor pudiera referir algún detalle privado que solamente él conociera y que sirviera para bajarme del pedestal en que mi confesor me había subido. Por toda respuesta, mi camarero asintió.

—Pobre hijo mío —murmuró mi padre, conmovido.

A grandes males grandes remedios. En cuanto se repuso de la impresión y ordenó sus ideas, hizo llamar a su secretario para que trajera un cartapacio con ciertos documentos, y mandó llamar al arzobispo Mendoza, máxima autoridad religiosa del campamento. También ordenó a Calatayud que, en cuanto saliera el Arzobispo, me llevara a su lado, pero esta vez de buenas maneras.

Don Diego Hurtado de Mendoza acudió al requerimiento de mi padre sin sospechar el giro que iban a tomar los acontecimientos. Las explicaciones del rey fueron rápidas y sucintas, y esperaba una respuesta en la misma línea. La grandilocuencia con la que el arzobispo de Sevilla comenzó su discurso no hizo más que radicalizar la postura de don Fernando.

—Deberíais estar orgulloso de que, en esta época de libertinaje y desenfreno, vuestro hijo sea un ejemplo vivo de castidad, un compendio de virtudes, un santo, un…

—¡Un infeliz! —cortó tajante mi padre—. El matrimonio por poderes cobrará total validez cuando un sacerdote bendiga la unión de las manos de los esposos ¿no es cierto?

—Ciertamente, alteza —balbuceó el de Mendoza, intuyendo la decisión del rey.

—Muy bien, pues disponedlo todo para esta misma tarde.

—Pero alteza…

—Esta noche mi hijo yacerá con su esposa, con vuestra bendición o sin ella.

—Eso es imposible, estamos en Cuaresma. No se pueden celebrar matrimonios ni consumarlos.

—Este sí. ¿Y si os dijera que tengo premiso de su santidad el papa Borja para que mis hijos puedan casarse cuando se considere oportuno?

—Casarse, no cohabitar, alteza —el arzobispo no estaba dispuesto a ceder en cuestión tan importante.

Mi padre se sentó cómodamente en un gran sillón, del cartapacio que le habían traído extrajo un documento con unos sellos muy llamativos que el de Mendoza reconoció de inmediato, y se dispuso a leerlo con calculada parsimonia.

—«Alejandro, obispo, siervo de los siervos de Dios: a nuestro queridísimo hijo en Cristo, rey Fernando, y a nuestra queridísima hija en Cristo, reina Isabel, Católicos reyes de las Españas, salud y mi apostólica bendición».

Un silencio cortante invadió la sala, congelando las miradas cruzadas de un rey con el poder de un Papa y la de un patriarca desafiante.

—Quizás debierais leerla vos mismo, seguro que los latines se os dan mejor que a mí.

Don Fernando extendió teatralmente la mano ofreciendo la bula al arzobispo, que cogió el documento como si quemara. Había oído rumores de que el rey tenía permiso de Roma para que sus hijos se casaran y consumaran el matrimonio en cualquier época del año litúrgico, aunque nunca había dado mucho crédito a esos comentarios. Leyó, murmurando en latín, con la clara intención de encontrar alguna frase cuya traducción pudiera dar lugar a ambiguas interpretaciones que apoyaran su tesis. La estrategia no sirvió de nada, el Papa valenciano tenía muy claro lo que quería decir y lo había dicho de forma concreta, concisa y diáfana, como la luz del sol. Y por si a alguien le quedaba alguna duda, concluía su brevísima bula con una amenaza contra los que osaran desobedecer su orden.

El arzobispo terminó de leer el documento en voz alta y en castellano.

—«Dado en Roma, en San Pedro, año1496 de la Encarnación del Señor, a 21 de marzo, quinto año de nuestro pontificado».

Devolvió el pliego al rey y se tomó un tiempo para sopesar sus opciones, luego comenzó a hablar.

—Alteza, no veo inconveniente en que se celebre la unión de las manos hoy mismo, si ese es vuestro deseo, pero la cohabitación debería esperar hasta la celebración litúrgica del matrimonio en tiempo y forma, y en estos días de Cuaresma no es posible celebrar la misa de esponsales, también llamada de velaciones…

—Puede que no hayáis entendido el significado de esta bula. Se me ocurre que debería escribir a su santidad refiriéndole vuestros escrúpulos.

Don Diego Hurtado de Mendoza, como patriarca de Alejandría y arzobispo de Sevilla que era, tenía aspiraciones. Si se mostraba impertinente con el papa Borja, su posible escalada hacia Roma podía verse seriamente comprometida y, por si esto fuera poco, si contrariaba demasiado al rey podía acabar sus días como párroco en cualquier pueblo perdido.

—No creo que sea necesario molestar al santo padre por un asunto que podemos solucionar satisfactoriamente aquí mismo.

—Vos diréis —la amable sonrisa de mi padre olía a triunfo.

—Para encontrar una solución adecuada hemos de analizar el escenario. Se nos plantea por una parte el problema de la prohibición expresa de celebrar y consumar matrimonios en Cuaresma, y por otra la costumbre de la gente de bien de celebrar la unión de las manos un día y la misa de velaciones, la que consiente la cohabitación, algunos días más adelante.

—Os sigo viendo reticente. Voy a haceros una pregunta y quiero una respuesta inequívoca. ¿Con esta bula papal en la mano, alguien podría poner en duda la validez del matrimonio eclesiástico del príncipe?

—Conociendo la bula desde luego que no, mi señor —afirmó categórico el arzobispo—, el problema surge porque la gente no la conoce, y aun conociéndola podrían, interesadamente, sembrar dudas sobre su existencia.

—¿Qué me aconsejáis?

—Que nos atengamos a las normas de uso común y esperemos a que acabe la Cuaresma.

—Esa solución no es viable —aclaró categórico el rey.

Hurtado de Mendoza arrugó la frente y apretó los labios. Su honesta intención era velar por el buen nombre de aquella unión y por su propia dignidad, sin dejar de lado que la idea de echarle un pulso al rey le resultaba intelectualmente atractiva. Elaboró una respuesta grandilocuente que complaciera a ambas partes.

—En tal caso propongo que, en virtud de la autorización papal, realicemos esta tarde, en un solo acto, la unión de las manos y la misa de esponsales a fin de salvaguardar el alma de los contrayentes y la legalidad de su matrimonio y descendencia. Cuando lleguemos a Burgos, se podría celebrar una ceremonia de bendición de la pareja, en la que se explique que están legal y eclesiásticamente casados para, más adelante, acabada la semana santa, celebrar la misa de las velaciones. La justificación podría ir en el sentido de que la misa de velaciones es una ceremonia extraída del rito mozárabe, no suponiendo pues una duplicidad con la ceremonia del rito romano que celebremos hoy aquí, sino que se hace para cumplir con esa costumbre y para no privar a los invitados y al pueblo del disfrute de una boda principesca.

Mi padre estaba satisfecho por partida doble. Iba a liberar a su hijo del rigor de su casta educación y, de paso, había demostrado al patriarca de Alejandría que en las Españas, tanto en la tierra como en el cielo, mandaba él.

—Me alegro de que hayamos llegado a un acuerdo. Enviaré un correo a Burgos comunicando al arzobispo Cisneros vuestra inteligente solución. También daré orden de que dispongan las cámaras de los príncipes lo más próximas posibles. Sospecho que, durante unas cuantas semanas, mi hijo va a usar muy poco su propia cama.

—Prepararé lo necesario —fue la lacónica despedida de Hurtado de Mendoza, herido en su amor propio.

Cuando llegué al lado del rey me recibió con los brazos abiertos.

—Hijo mío, ¿parece que te agrada tu esposa? —era una pregunta retórica—. Estoy muy feliz por ti, por eso he hablado con Mendoza y hemos convenido que no hace falta esperar a que lleguemos a Burgos. Esta misma tarde, a la puesta del sol, os dará la bendición para que podáis yacer juntos legítimamente como marido y mujer. Más adelante, en Burgos, celebraremos unos festejos oficiales dignos de este enlace.

Yo, que ya me creía el hombre más afortunado de la tierra acabé de alcanzar el clímax de la felicidad. Le di las gracias varias veces.

—Se lo voy a decir a Margarita — respondí sonriendo de oreja a oreja.

—¿Ya la llamas Margarita?, veo que habéis aprovechado bien el tiempo, pero casi mejor que se lo digan sus embajadores. Ahora ve a prepararte para el almuerzo de bienvenida, ya tendrás ocasión de verla durante la comida. Te recomiendo que luego descanses hasta la ceremonia, no creo que esta noche vayas a dormir mucho.

La felicidad suprema que me embargaba impidió que apreciara la picardía del comentario; me limité a hacerle caso y subí rápidamente a mi habitación para que recompusieran mi aspecto, aunque no recuerdo si fui andando o volando. Mientras me adecentaban, mi mente se ocupaba en inmortalizar el poco tiempo de cierta privacidad que había tenido con mi esposa. Cómo le cogía y le besaba las manos, cómo le acariciaba la cara casi sin rozarla por si se desvanecía, cómo le decía mil y una veces que la amaba y que la había echado mucho de menos. Ella sonreía dulcemente, casi sin decir nada, casi sin ocupar espacio, casi sin respirar.

Flotaba en mi nube del color del arco iris ajeno a la actividad febril que se desató en la casona. Don Diego Hurtado de Mendoza avisó a los embajadores alemanes del sorprendente cambio de planes, justificándolo por la «impaciencia erótica del príncipe». Era un argumento que los embajadores del emperador alemán, *monsieur* Sanper y *monsieur* Veyre, entendieron perfectamente en cuanto el arzobispo les explicó, confidencialmente, que no se trataba de una perversión sino de todo lo contrario. Entre taimadas risitas y socarronas miradas, pasaron por alto lo irregular de la situación y se avinieron a razones. Lo mejor de todo era que mi «impaciencia erótica» debida a mi «inexperiencia absoluta» sería un tema de conversación que daría mucho juego en las reuniones palaciegas de media Europa.

La peor parte se la llevaron el pueblo de Villasevil y nuestro anfitrión, el señor Ruiz de Villegas. Los aposentadores pusieron todo patas arriba para localizar y adecentar una iglesia donde celebrar la trascendental ceremonia, limpiar física y humanamente las calles y caminos por los que habría de transcurrir la comitiva, y preparar una habitación que hiciera las veces de cámara nupcial de la forma más digna posible.

Durante el banquete de bienvenida, a mi esposa y a mí nos sentaron en el centro de una gran mesa presidencial, uno a cada lado del rey. No recuerdo los saludos, las viandas que comimos o las palabras de homenaje que se dijeron, solo tenía ojos para su belleza y oídos para su voz. La buscaba inclinándome hacia delante, intentando sortear el obstáculo que suponía el cuerpo de mi padre, o hundiéndome en el respaldo del sillón cuando el rey se aproximaba a la mesa.

Don Fernando, harto de semejante baile, puso su fuerte mano sobre la mía y, simulando contarme alguna picardía subida de tono, me dijo al oído.

— ¡Compórtate, por Dios! Todos te están mirando. En cuanto finalice el banquete quiero que te encierres en tu cámara y no salgas hasta que vayamos a la iglesia. Estás haciendo el ridículo.

Inmediatamente soltó una gran carcajada. La argucia resultó muy convincente porque, ante semejante bronca, bajé la cabeza y me ruboricé como si realmente hubiera recibido un comentario subido de tono. Docenas de risitas mal disimuladas llenaron la sala, sabía que eran a mi costa pero no me importó, solo tenía que esperar unas pocas horas y mi Margarita, mi amada, estaría conmigo para siempre.

Entre los asistentes había dos personas que no compartían el alborozo ni la distensión de los demás. Don Juan de Calatayud y, sobre todo, mi confesor, se hallaban realmente preocupados. No entendían que hasta aquella misma mañana me quisiera morir y que, de repente, reviviera enloquecido de felicidad por una desconocida. «Si al menos estuviera aquí fray Diego» pensaba el pobre clérigo abrumado.

Finalizado el banquete me retiré a la cámara, mientras, fray García, se quedó escuchando los comentarios de la gente, investigando si algo en mi comportamiento o declaraciones le pudiera dar pistas sobre lo que me estaba pasando; lo único que tenía claro es que algo no iba bien.

Mi habitación era una auténtica locura, todas las cajas con mi ropa, calzado y aderezos estaban abiertas y don Luis desarrollaba una actividad frenética buscando cuál de aquellas prendas sería la más adecuada para la trascendental ceremonia. La aceleración fue tal, que a media tarde ya estaba listo, preparado para salir en cuanto me avisaran. De repente me quedé mirando a don Luis, recordando nuestra conversación del día de mi cumpleaños. A fuerza de insistir, y dado que aquel cuarto solo tenía una puerta y una pequeña ventana, conseguí que me dejaran a solas con mi camarero.

—Bien, don Luis, ha llegado el momento —comenté radiante de felicidad y nervios—. Ahora sí que necesito de vuestros consejos sobre mujeres.

—No vayáis a pensar que soy un experto en tales asuntos —contestó humildemente.

—Más que yo, seguro. Necesito que me deis alguna indicación sobre lo que se espera de mí esta noche. No pretendo aparentar ser el seductor que no soy, pero tampoco quiero quedarme clavado en medio de la cámara sin saber por dónde empezar.

—Estad seguro de que eso no va a ocurrir, la naturaleza es sabia, solo hay que dejarse llevar.

—¿Tan fácil? ¿No hay un guion…, una especie de protocolo a seguir?

Don Luis empezó a sofocarse. Le estaba pidiendo que pormenorizara los pasos que yo debía seguir con mi esposa en una situación que, ni en sus mejores sueños, se habría atrevido a imaginar conmigo.

Ajeno al dolor de su alma insistí en escuchar los detalles de un encuentro que representaba el premio a toda una vida de austeridad y sacrificio, el final perfecto para los últimos meses de turbación en los que había sido capaz de estar en el cielo y en el infierno al mismo tiempo. Muy circunspecto, comenzó a referirme cúal debería ser mi comportamiento con la archiduquesa. No se reía, ni hacía los comentarios lenguaraces que había oído a otras personas, por el contrario sus descripciones eran delicadas y amables, acompañadas de suaves gestos de las manos que, en el aire, imaginaban a la persona amada. Yo a Margarita, él a mí.

—Lo más importante es que transmitáis a vuestra esposa confianza, tranquilidad y toda la ternura de que seáis capaz.

Se sumió en un emocionado mutismo que me sorprendió. Para provocar esa reacción en mi camarero, aquello debía de ser más grande que todo lo que había oído o leído hasta la fecha, más grande que todo lo que había vivido, infinitamente más grande que mis lúbricos pecados. Mi nerviosismo cedió ante la manifestación de un misterio que me iba a ser revelado en pocas horas de manos de mi amada.

El ambiente místico que se había creado en la cámara fue roto por la petición de audiencia de mi confesor.

—Alteza, había pensado que quizás desearais prepararos para contraer el sagrado vínculo del matrimonio— preguntó, con cierto pesimismo.

El buen fraile no esperaba que, exaltado por la euforia que había mostrado durante el día, tuviera el ánimo sereno para afrontar una confesión, o unos rezos, o unas confidencias. Mi respuesta le sorprendió gratamente.

—Habéis pensado bien, es lo que más me apetece ahora mismo.

Rezamos durante unos momentos y en seguida me preguntó:

—¿Deseáis que os administre el sacramento de la confesión?

La mención del privado sacramento vació inmediatamente la habitación.

—Deseo haceros una confesión, aunque no sé si quiero que me perdonéis —estaba exultante, inmensamente feliz—. Deseo confesar que soy el ser más dichoso de la tierra.

—Es lógico, las bodas deben de ser fuente de alegría.

Intentaba hacerme hablar, sabía que no tenía la habilidad de fray Diego, pero tenía que hacer todo lo que estuviera en su mano para aclarar aquel misterio.

—No es solo eso, ¿no os habéis dado cuenta? Es ella, es Margarita —empecé a precipitarme—. Lo sabía, siempre lo supe, había algo en ella que la hacía especial, distinta de las demás mujeres de su condición o de cualquier otra condición. Se lo dije a García, se lo dije a fray Diego, os lo dije a todos pero no me creísteis. No podía ser una vulgar lavandera, su porte, sus maneras y, sobre todo, su dignidad.

Mi confesor, paralizado, comenzó a respirar de forma superficial y acelerada.

—Fray García, ¿no entendéis lo que ha pasado? Es una aventura digna de Amadís. Estos meses ha fingido ser una mujer del vulgo para investigarme, para conocer mis verdaderos sentimientos y comprobar si era digno de ella. Me lo dijo desde el principio: solo se casaría con un hombre al que pudiera amar y la amara. ¡Y solo Dios sabe cuánto la amo!

Mi confesor se sumió en un tenso silencio sin saber cómo ni qué decir, recordó preocupado la locura de mi abuela, los desvaríos de mi hermana, se sintió desfallecer de impotencia.

—¿Sabéis qué estoy pensando? Margarita ha tenido que preparar toda esta trama con ayuda. Fray Diego, García, Calatayud y, seguramente, también vos, estabais en el asunto. Por eso García me trajo el libro del caballero Amadís y fray Diego dejó que lo leyera a pesar de sus conocidas reticencias. Querían darme pistas, indicarme el camino a seguir, prepararme para lo que iba a pasar.

Daba vueltas por la cámara entusiasmado, desenredando la madeja que yo mismo había enredado.

—Por eso no quiso casarse con García, por eso salieron a toda prisa de Almazán, tenía que ganar tiempo para llegar a Santander y deshacer el entuerto. Está claro que no ha venido con la flota que llevó a mi hermana, vendría hace meses en una flota propia, o quizás atravesando Francia.

—Pero alteza…

A fray García le temblaban las manos, la voz y hasta el alma.

—Ya sé lo que vais a decir, atravesar Francia hubiera sido una locura, incluso viajando disfrazada, igual que hizo mi padre cuando vino a Castilla al encuentro de mi madre —yo mismo me preguntaba y me contestaba—, por eso creo más probable que viniera en barco. Eso es, vendría en una pequeña expedición con mercancías de Flandes, para no llamar la atención. Y la flota que ha regresado ahora será la oficial, en la que habrán viajado el resto del séquito y sus pertenencias.

El bueno de mi confesor no sabía por dónde empezar a desbaratar mi absurda historia.

—Y ella ¿qué os ha dicho al respecto?

—Nada. No hace falta que diga nada —el júbilo no me cabía en el cuerpo—. Lo veo en sus ojos, en su sonrisa, me ha dado su aprobación.

—¿Habéis hablado de lo que pasó en Almazán?

—Ya hablaremos, de momento la he dicho cuánto la amo y cuánto la he echado de menos.

—Y ella ¿qué os responde?

—Lo mismo, que me ama y que siempre me ha esperado. Es curioso, le he hablado en castellano y ella me ha contestado en francés. Me ha dicho que entiende bastante bien nuestro idioma aunque aún no se cree con la suficiente soltura para atreverse a hablarlo. También me ha asegurado que pondrá todo su empeño en su estudio para ser digna de mí y de mi reino. En Almazán apenas se le notaba un ligero acento y ahora finge que le cuesta hablar castellano. ¿No os parece encantador? —solté una alegre carcajada—. Debería mataros a todos por haberme engañado de esta manera, pero admito que sin esta argucia nunca hubiera sabido lo que era estar enamorado. La felicidad que siento ahora compensa con creces el sufrimiento pasado. ¿No os parece?

Mi pobre confesor asintió desconcertado.

—Dios Nuestro Señor os ha premiado por vuestra honestidad y sacrificio.

—Como le sucede a Amadís —apunté orgulloso.

XIV. La boda

Era casi de noche cuando vinieron a buscarme para acudir a toda prisa a la iglesia. Se había realizado un gran esfuerzo convirtiendo el cercano templo de Santa Cecilia en digno recinto de nuestro precipitado enlace. Sin ser San Miguel de Almazán, su única nave recreaba el mismo ambiente tranquilo y acogedor de aquella, transmitía paz.

Margarita y yo nos presentábamos, por fin, delante del altar para casarnos. Sueño imposible hecho realidad, corazón acelerado al límite de la consciencia, estremecimiento de un alma que no cabe en el cuerpo que la aloja. Me hallaba tan absorto en mi propia felicidad que no reparé en que los rostros de los que me rodeaban no expresaba el mismo apasionamiento que el mío.

Mendoza estaba de bastante mal humor por tener que celebrar aquella clandestina ceremonia, pero la alternativa que le habían dejado le gustaba mucho menos. El rey aguantaba el tipo temiendo, a cada momento, que cualquiera de los embajadores alemanes, o la propia princesa, pusieran alguna objeción a tan poco convencional enlace. Margarita de Austria, magnífica y distinguida, sonreía ceremonialmente sin entender muy bien porqué tenía que casarse de aquella manera, casi a escondidas. Lo que tenían muy claro, ella y sus embajadores, era que este matrimonio no se iba a malograr como el anterior. Se casaría, consumaría el matrimonio con entusiasmo para quedarse embarazada lo antes posible, y evitaría que la devolvieran a casa de su padre. No podría soportarlo por segunda vez.

No estoy en condiciones de precisar las palabras que Mendoza empleó porque apenas lo oí. Mi atención y mi mirada se repartían entre las manos de mi amada, que no solté en ningún momento, y las tres encantadoras ventanas, adornadas con motivos vegetales, del ábside de la iglesia. Cuando el arzobispo nos declaró marido y mujer se me saltaron las lágrimas. Miré a Margarita y me juré a mí mismo que nunca actuaría como mi padre, que jamás miraría a otra mujer, que prefería morir antes que separarme de ella.

La vuelta a la residencia de los Villegas fue tan rápida y clandestina como la propia ceremonia, solo los miembros de las dos comitivas y algunos vecinos de Villasevil orlaban el recorrido, gritando vivas y tirando pétalos de flores a nuestro paso sin demasiado entusiasmo. No eran horas decentes para una boda, no había convite ni festejos, los soldados formaban un muro impenetrable y la oscuridad de la noche impedían disfrutar del espectáculo que cabría esperar tras semejante acontecimiento.

Ya en la casa, el rey pronunció unas palabras que no recuerdo porque solo escuchaba los latidos de mi corazón, y brindamos con un vino que no aprecié porque mis labios solo pensaban en probar los suyos. Mi padre, dándose cuenta de que yo ni oía, ni entendía ni apartaba los ojos de mi esposa, indicó que nos acompañaran a la cámara nupcial que se había dispuesto. Entré solo, a Margarita se la llevaron sus damas a un cuarto contiguo para prepararla. La habitación elegida para los novios era una pieza poco más grande que la que había ocupado el día anterior, decorada a toda prisa con paramentos prestados. Calatayud estaba teniendo problemas para quitarme la ropa. El inmenso gozo que había vivido durante el día por haber recuperado a mi amada, se estaba convirtiendo, poco a poco, en un pánico tenso y atroz a que entrara, a que me viera, a mi desnudez.

—Estad tranquilo, mi señor, todo saldrá bien.

—¿Y si se asusta? —dije casi tartamudeando.

—¿De qué se habría de asustar? Sois un joven apuesto y bien formado.

—Pues de... —y señalé tímidamente a mi entrepierna.

Don Juan no pudo por menos que soltar una comedida carcajada.

—No os preocupéis, sed muy cariñoso y delicado con ella, y veréis cómo, cuando llegue el momento, vuestra esposa aceptará, de buen grado, todas las partes de vuestro cuerpo.

Yo no estaba tan seguro. De pie en medio de la habitación, vestido con un magnífico camisón nuevo y un batín de terciopelo, me

163

sentía inseguro, feo, pequeño y sucio. Vinieron a mi mente los sueños lascivos que en ocasiones ocupaban mis noches, y con ellos la vergüenza y el bochorno. Empecé a tiritar cual hoja de álamo, un sudor frío me cubrió el cuerpo y sentí que me faltaba el aire. Unos discretos golpes hicieron que don Juan de Calatayud se diera la vuelta para abrir la puerta a toda prisa sin dar la más mínima importancia al pánico que me embargaba. Paralizado, presencié la entrada en la habitación de dos damas precediendo a Margarita para, a continuación, sin mediar palabra y tras las reverencias de rigor, verlas salir de la habitación junto con mi camarero. Mi esposa se presentaba ante mí serenamente hermosa, con la melena suelta, cubierta por un camisón blanco repleto de encajes y por una fina capa bordada en oro. Si en ese momento hubiera levantado el vuelo me hubiera parecido la cosa más natural del mundo, parecía un ángel.

Tardó muy poco en darse cuenta de que no podía esperar nada de mí. Las explicaciones que me había dado don Luis, mis torpes observaciones sobre el comportamiento ajeno, los comentarios ciertos o inventados que había escuchado, todo se habían borrado de mi mente. Solo mi sudor frío, mi tiritona y mi extremado rubor demostraron a Margarita de Austria que su marido era un ser vivo y no una escultura pétrea. A través de sus damas se había enterado de mi total ignorancia en asuntos de alcoba. Al parecer le había hecho mucha gracia saber que aquella noche tan especial ella iba a ser la que estaría menos nerviosa.

Se acercó lentamente, cogió mi mano helada y se la llevó a los labios, besando la palma con gran suavidad.

—Mi señor, relajaos, yo os ayudaré — susurró con dulzura.

No me atrevía a moverme, permanecí quieto, empapándome de sus caricias en la cara, los labios, el cuello. Unas pequeñas lágrimas tibias que rodaron por mis mejillas fueron enjugadas delicadamente por sus labios.

—Alteza, ¿no soy de vuestro agrado?

El tono de su voz, en un castellano salpicado de gorjeos, era una pura provocación cargada de sensualidad, mis bloqueados nervios no apreciaron tal sutileza. Contesté con palabras entrecortadas, intentando ser coherente.

—Ya os dije que renunciaría a mi corona por ser vuestro esposo, tengo miedo que esto sea un sueño y que en cualquier momento os desvanezcáis convertida en humo.

Margarita de Austria arqueó la ceja, aunque no recordaba que nunca le hubiera dicho tal cosa, le agradaba demasiado mi adorable inocencia como para andar pidiendo explicaciones.

—Entonces dejaros llevar y os conduciré a la gloria en la tierra.

Cogió mi mano, me acercó hasta el lecho y empezó a besarme en los labios. Al principio muy ligeramente, pequeño pajarito tanteando su comida, poco a poco sus roces fueron adquiriendo más intensidad, nuestras bocas se fundieron la una en la otra, como si hubieran estado así desde el mismo instante de la creación, mientras sus brazos recorrían mi torso dando la sensación de ser cientos de manos las que me acariciaban. Apretó su cuerpo contra el mío y, a través de los finos camisones, pude notar sus formas hundiéndose en mi cuerpo y las mías en el suyo. Mi mente lanzó una orden de alerta, de pudor, de huida, pero mi cuerpo no la escuchó. Don Luis tenía razón, la naturaleza era sabia, tan solo había que dejarse llevar, y me dejé llevar.

Mi dulce maestra guiaba con pericia mis movimientos y yo, el más dispuesto de los alumnos, cumplía rápida y fielmente sus indicaciones. No recuerdo si soñé o perdí el conocimiento. La cámara, la casa de los Villegas, mis reinos, el mundo conocido, todos los mundos, se desvanecieron. Mis sentidos limitaban su capacidad de percepción a los escalofríos de placer que recorrían cada hueso, cada músculo y cada pulgada de piel. En algunos momentos llegué a creer que había muerto, que Dios había reclamado mi vida en pago por mi unión con Margarita. No me importó, le di las gracias.

Un rayo de sol se coló indiscreto entre los cortinajes que cerraban el lecho y me dio de lleno en la cara, obligándome a abrir los ojos. Estaba tumbado boca arriba, desnudo, apenas cubierto por la sábana, exhausto y feliz. A mi mente consciente fueron volviendo, una a una, las indescriptibles sensaciones de la noche anterior. La cosa pintaba mal, tendría que llamar a fray García y realizar una de aquellas bochornosas confesiones de las que creía haberme librado. Cuando iba a incorporarme, empapado en sentimiento de culpa, una mano se posó en mi pecho.

— Buenos días, esposo mío.

Pegué un respingo tan exagerado que casi me caigo de la cama. Tuve que pestañear repetidas veces hasta convencerme de que aquello era real, no había sido un sueño, no tendría que confesar ninguna perversión, no estaba muerto. A mi lado, recostada sobre blancos almohadones descansaba mi esposa, mi amada Margarita. Sentí que el corazón me explotaba en el pecho de pura alegría, y lo único que pude hacer fue reír nerviosamente, como un niño.

Se incorporó hacia mí, saliendo de entre las sábanas a la manera de una diosa emergiendo de las aguas. La nacarada blancura de su piel hacía que la ropa de la cama pareciera oscura y apagada. En cuanto sus manos acariciaron mi cara y sus labios rozaron los míos, un fuego abrasador me quemó por dentro con tal fuerza que temí desmayarme en sus brazos. Afortunadamente no fue así y pude demostrar a mi amada lo rápidamente que había asimilado sus enseñanzas de la noche anterior, y lo dispuesto que estaba a seguir practicando.

He pasado muchos días de mi vida postrado en un lecho, renegando de tal situación, pero aquella mañana deseaba pasar el resto de mis días en esa cama, con esa mujer y sin querer saber nada de lo que ocurriera más allá de la puerta.

Lo que había ocurrido más allá de la puerta resultó ser muy curioso. El rey en persona, acompañado por los embajadores alemanes y por mi confesor, se apostó en el pasillo con la oreja pegada a la rendija de la puerta, custodiada, más que nunca dadas las circunstancias, por los monteros de Espinosa. Estaba dispuesto a entrar él mismo en la cámara para darme instrucciones con tal de que se consumara el matrimonio. Sabiendo lo que sabía sobre mi virilidad no iba a consentir que yo saliera corriendo, o peor, que no hiciera nada y Margarita de Austria se levantara tan entera como se había acostado.

Parece ser que tras los primeros momentos de alarmante silencio, los sonidos que se filtraron al exterior tranquilizaron los ánimos. Mi padre esperó todavía un buen rato para asegurarse de que las cosas marchaban como tenían que marchar.

— Mis queridos embajadores —dijo al fin—, creo que ya podemos brindar por el matrimonio de los príncipes.

Antes de abandonar su puesto de vigilancia camino del salón para continuar la velada con sus invitados, dio orden a los monteros de que nadie nos molestara hasta que yo no avisara, fuera la hora que fuera.

Los testigos de mi hombría marcharon tras el rey riendo y gastando bromas propias de la ocasión, todos menos fray García. El pobre hombre tenía una carga sobre sus hombros que no sabía si podría soportar, ni siquiera se atrevía a enviar correo a fray Diego, alguien podría interceptarlo. Pasó la noche al raso, alejado de la gente y de los clérigos con los que compartía alojamiento, pidiendo ayuda al altísimo para que nunca me despertara de la locura en la que había caído. Sobrecogido aún por el recuerdo de mi crisis de melancolía en Almazán, no quería ni imaginar lo que podía ocurrir si algún día me daba cuenta de que Margarita de Austria no era mi Margarita.

Las horas de la mañana siguiente transcurrieron lentamente, impregnadas por la resaca de la noche anterior. El que más y el que menos había celebrado a su manera mi enlace, y costaba engancharse al carro de lo cotidiano. Hasta el rey se había levantado tarde.

—Calatayud, ¿sabemos algo de los príncipes?

—Siguen en su cámara, alteza.

—Eso es buena señal ¿no? —comentó divertido.

—La mejor, sin duda.

—Está bien, que aprovechen la mañana hasta la hora de comer y luego que se preparen, quiero partir mañana mismo hacia Burgos, no me gustaría llegar en plena Semana Santa.

Hacia el final de la mañana, Calatayud acudió solícito a cumplir el encargo real acompañado por los camareros y mozos habituales, y por cuatro damas de la princesa que, a partir de aquel día, compartirían faena con mi leal camarero. Al llegar, se encontró a los monteros de Espinosa discutiendo con los reposteros de camas sobre la competencia en la custodia de la puerta.

—Don Juan, los monteros no quieren recoger sus cosas y marcharse —se quejó uno de los reposteros.

—Sus altezas aún no se han levantado, y podéis dar por seguro que, hasta que el príncipe no se levante y le oigamos hablar, no nos vamos a ir —contestó uno de los monteros cuadrándose delante de la puerta.

Don Juan de Calatayud tomó aire, discutir con aquellos montañeses le aterraba pero debía hacer valer su cargo.

—Tengo orden del rey de prepararles para la comida.

—Juzgad vos mismo si es un buen momento para entrar —respondió burlón otro montero, se cruzó de brazos y animó a Calatayud a que escudriñara por el resquicio de la puerta.

El pobre Calatayud empujó lentamente la hoja, lo justo para abrir una rendija en la que poder acoplar la oreja. Darse cuenta de lo que pasaba dentro, girarse a toda prisa y cerrar la puerta, fue todo uno.

—Vuestras mercedes pueden retirarse —ordenó azorado—. Está muy claro que el príncipe se encuentra despierto y en perfecto estado.

Los monteros se fueron refunfuñando y Calatayud, buen conocedor de la naturaleza humana, dejó a cargo de la puerta a los reposteros de camas por el exterior. Solo entonces abandonó la antecámara para informar al rey de que los príncipes no asistirían a la comida.

Don Fernando recibió la noticia con una gran carcajada que tranquilizó a mi camarero.

—Digno hijo de su padre —comentó para regocijo de los presentes—. No os preocupéis Calatayud, dejadles que disfruten pero continuad preparando el viaje para mañana.

De vuelta a la puerta de mi cuarto dio orden de ir a buscar ropa de cama limpia, toallas, camisones, comida, bebida, leña para la chimenea, agua y un par de bacines para que, cuando se pudiera, se entrara en la cámara con el fin de adecentarla y dejarnos víveres para afrontar el resto del día. Con todo preparado aguantó estoicamente hasta que escuchó el crujir del entarimado de madera y unos comentarios sobre el sol que lucía fuera. Solo entonces, y muy discretamente, llamó a la puerta.

—Pasad, Calatayud, acercaos.

Me encontró de pie junto a la ventana, con un aspecto deplorable y absolutamente feliz. Calatayud acudió presto a ponerme un camisón limpio y a cubrirme con un batín, acto seguido permitió que entraran las damas de la princesa, las cuales, tras un pícaro saludo, se escabulleron rápidamente tras las cortinas de la cama para dejar presentable a mi esposa.

No tardó en salir. Sobre un camisón nuevo, lucía una bata de terciopelo rojo y oro que hacía destacar, aún más, la blancura de su piel y su hermosa melena del color del trigo en la era. Al verla, casi me olvido de que no estábamos solos en la habitación. Sobreponiéndome a la impresión, cogí su mano y se la presenté a mi camarero.

—Dejando al margen que ya os conocíais, permitidme que os presente oficialmente a la princesa Margarita, mi amada esposa.

Don Juan de Calatayud no entendía a qué venía el comentario, solo había visto a la princesa de lejos el día anterior. Sin darle mayor importancia prefirió atribuir el despiste a mi eufórico y enajenado estado, limitándose a hacer una gran reverencia y un respetuoso saludo.

—Alteza, me pongo humildemente a vuestros pies, y dad por seguro que os serviré con el mismo celo que sirvo al príncipe, mi señor.

Margarita sonrió agradeciendo la oferta y me miró con esa cara con que se miran dos personas que quieren que el resto del mundo desparezca. Calatayud entendió el gesto y carraspeó para llamar nuestra atención.

—Si me lo permitís, he traído ropa limpia y unas viandas…

No me había dado cuenta, tenía hambre.

—¿Os apetece comer algo? —pregunté mirando embobado a Margarita.

Asintió con una coqueta sonrisa y nos acomodamos junto a una pequeña mesa que en alguna ocasión sirvió de escritorio.

Calatayud estaba terriblemente aturdido. Al no disponer de un retrete donde preservar nuestra intimidad, hizo que dos mozos sostuvieran, de espaldas y en alto, una tela que, a modo de cortina, separaba nuestras reales personas del resto de la cámara, facilitando la actividad del servicio sin incomodarnos. Azuzó a los mozos para que con la máxima rapidez, discreción y mutismo, alimentaran el fuego, cambiaran la ropa de la cama, las toallas, el agua y los bacines. Calatayud nos sirvió unos alimentos que comimos con las manos, a pequeños mordiscos, sin dejar de mirarnos y sin enterarnos de nada de lo que pasaba en el cuarto.

Cumplida su misión en absoluto silencio, o eso me pareció, mis servidores salieron con la reserva que les caracterizaba, únicamente quedó Calatayud para transmitirme el encargo de don Fernando.

—Mi señor, debo comunicaros que su alteza, el rey mi señor, ha dispuesto que partamos mañana.

Por un momento recuperé la interacción con el entorno, me levanté y me aproximé a mi camarero.

—¿Tan pronto?

—Su alteza desea llegar a Burgos antes de que comience la Semana Santa.

—¿Y qué más da? ya estamos casados —me mostraba plenamente satisfecho.

—Es lo que ha decidido su alteza.

—De acuerdo, decidle a mi padre que se hará como dice.

—¿Deseáis algo más, alteza? —preguntó antes de abandonar el cuarto.

—Sí —comenté acercándome a él y bajando la voz a modo de confidencia—, desearía daros las gracias por todo lo que habéis hecho por mí, me habéis convertido en el hombre más feliz de la tierra.

—Muchas gracias, mi señor, solo he cumplido con mi deber —respondió confundido.

—No, no, esto va mucho más allá de vuestro deber. Ya le dije a fray García que debería mataros por vuestro enredo —bromeé—, aunque debo reconocer que, al final, ha valido la pena. Esta aventura es digna de ser escrita en un libro. Quizá lo haga algún día con vuestra ayuda, claro está, necesitaré que me expliquéis la forma en que preparasteis tamaña intriga.

—Mi señor, yo… no entiendo…

—Está bien, está bien, tenéis un pacto de silencio —comenté divertido—. No insistiré, fingiremos que un hermoso sueño se ha convertido en realidad. Gracias de nuevo, Calatayud.

Regresé al lado de mi esposa. Una pequeña miga de pan se le había quedado pegada en la comisura de los labios; al ir a quitársela ella cogió mi mano y empezó a lamerme los dedos igual que hacía Bruto.

Me distraje un momento intentando recordar dónde estaría mi querido perro. Desde la mañana anterior, cuando me preparaban para ir al encuentro de Margarita, no lo había vuelto a ver. Era extraño que no estuviera allí, con nosotros, teniendo en cuenta lo bien que lo pasábamos lo tres juntos. Seguramente los implicados en el enredo lo habían recogido para que no interfiriera en el protocolo; sabían perfectamente que el perro, al ver a Margarita, habría salido corriendo hacia ella haciendo monerías y dejando al descubierto toda la trama. Cuando volviera Calatayud le diría que ya lo podía traer.

La tibia humedad de los labios de mi esposa devolvió mi atención a la cámara, a sus brazos, a su regazo. Volvimos a compartir intemporalmente el espacio, las explosiones de nuestros latidos y las convulsiones de nuestra piel.

Don Juan de Calatayud se marchó realmente preocupado. Como el único dato de nuestra conversación que le había resultado coherente había sido la referencia a fray García, fue en busca de mi confesor por si le podía aclarar algo.

—El príncipe cree que su alteza, la princesa Margarita de Austria, es Margarita, la lavandera de Almazán.

Calatayud no era capaz de articular palabra.

—No me preguntéis cómo ha llegado a semejante conclusión.

—¡Si ni siquiera se parecen! —Mi camarero estaba desesperado—. Vos también la conocisteis, no hay posibilidad de error.

—En honor a la verdad, y salvando las distancias, tienen cierto parecido. La princesa es algo más alta y tiene el cabello más claro, pero los rasgos de la cara, sobre todo los ojos y la boca podrían recordar a aquella muchacha. Lo peor es que el príncipe está convencido de que es un enredo preparado por su esposa con nuestra ayuda.

—¿Con qué fin habría ideado tal cosa? No tiene sentido.

—Una especie de prueba de amor o algo así. Para comprobar que nuestro príncipe la amaría por ella misma y no por ser una princesa, a la vez que para asegurarse de su lealtad y principios morales.

—¿Por qué?… ¿De dónde ha podido sacar semejante idea? Fray García suspiró hondo.

—Llevo desde ayer haciéndome la misma pregunta, lo único que se me ocurre es que ha sacado esa invención del *Amadís*.

—¡Ese libro del diablo! Tenía razón fray Diego.

—Cree que fray Diego también participó en el enredo —aclaró mi confesor.

—¿Y por mantener el enredo iba a flagelarse de forma tan cruel?

—No sé, no sé cuál es la lógica de sus razonamientos, lo que parece cierto es que la desesperación del príncipe por tener que separarse de la lavandera ha sido mucho más profunda de lo que ninguno acertamos a comprender. Sospecho que esta renuncia, unida a la bienaventurada castidad que ha mantenido, le han llevado a ver en la princesa lo que quería ver, lo que necesitaba ver.

El fraile y el caballero se quedaron en silencio, buscando cada uno en su interior un argumento, un culpable al que pedir responsabilidades, una solución prodigiosa. Por más vueltas que le dieron no encontraron razonamiento, enemigo exterior, ni milagro.

—¿Se lo habéis comunicado a fray Diego? —la murmurada pregunta de mi camarero sonó como un grito de auxilio.

—No me he atrevido a enviar un correo. Don Juan, esto no debe salir de nosotros; si alguien sospechara algo se empezaría a pensar que su alteza está poseído por el mismo mal de su abuela, y los que conspiran contra los reyes lo sabrían utilizar para desmembrar el reino.

—Me hago cargo, contad con mi total discreción. Debemos salvar la situación hasta que lleguemos a Burgos y podamos hablar con fray Diego, él sabrá qué hacer. Lo único que se me ocurre es permanecer cerca del príncipe y confiar en que no se le ocurra comentar su invención en público. Sería terrible que fuera por ahí presentando a su esposa como la lavandera de Almazán.

—Le tacharían de loco —contestó mi confesor sobrecogido—. ¿Y qué haremos si él solo se da cuenta de que la princesa no es…?

—En ese caso ¡Que Dios nos asista! Fray García, ¡Que Dios nos asista!

XV. La celebración

La noche sucedió a la tarde y la mañana a la noche. A nosotros nos daba igual, la única diferencia era la cantidad de luz que entraba en la cámara, y la única interrupción, las furtivas entradas de mi camarero y las damas de la princesa para adecentar un poco el cuarto y reponer comida y bebida. Unas veces nos dábamos cuenta, otras no.

A media mañana, en uno de los momentos en que el sueño se alternaba con el delirio amatorio, Calatayud se acercó al lecho y me llamó, sin descorrer los cortinajes.

—Perdonadme, alteza. El rey mi señor desea partir antes del ángelus.

No llegué a despertarme del todo, le contesté con los ojos cerrados y con un hilo de voz.

—Decidle a mi padre que lo siento, creo que hoy no podré viajar, estoy terriblemente cansado.

La noticia no gustó demasiado a don Fernando pero, ante las exclamaciones y risitas de los presentes, aprovechó la ocasión para presumir de hijo.

—Mis queridos embajadores, tras esta exhibición confío en que no se vuelva a dudar nunca de la salud, fortaleza y hombría del príncipe don Juan. Desafío a cualquiera de los príncipes alemanes a mantener este ritmo.

Brindaron por ello y se pasaron el almuerzo contando anécdotas al respecto. A pesar de que nunca pude competir con nadie en proezas físicas, quedó bastante claro que, si existieran justas carnales, sería el campeón indiscutible.

El día transcurrió de igual manera que el anterior. Pero como lo poco agrada y lo mucho enfada, nuestro incontinente encuentro empezó a provocar más protestas que risas. La gente estaba harta de vivir en aquel paraje cuando, a pocos días de camino, les esperaba una ciudad repleta de comodidades, lujo y abundancia.

El rey mandó que, al alba del siguiente día, nos sacaran de la cama a punta de lanza si hiciera falta. Y casi hizo falta. Don Juan de Calatayud tuvo que repetirme varias veces que mi padre había dado orden a los monteros de entrar en la cámara y sacarnos a la fuerza del lecho. Tan drástica medida acabó por convencerme. Las damas de la princesa se la llevaron a un cuarto contiguo para asearla, y mi servicio personal invadió la cámara. Tuvieron que emplearse a fondo para pulir mi desaliñado e impropio aspecto. Más tarde, cuando Margarita y yo nos volvimos a encontrar, ambos parecíamos las regias personas que éramos.

El campamento suspiró aliviado en cuanto emprendimos camino, aunque hubo quienes pensaron que, debido a nuestro apasionamiento, el viaje a Burgos iba a sufrir alguna que otra retención imprevista. Se equivocaron. De día, a pesar de que no nos separábamos ni un momento, nos comportábamos con el decoro que se esperaba de nosotros; por el contrario, las noches ruborizaban a cualquiera que se aproximara a nuestras habitaciones.

Por fin, a primera hora de la tarde del 19 de marzo del año de gracia de 1497, domingo de ramos, entramos en Burgos.

Salió a recibirnos mi cuñado, el duque de Frías, encabezando un cortejo con la flor y nata del señorío español. Nos condujo solemnemente hasta su palacio, la casa del Cordón, alojamiento temporal de la familia real desde el año anterior hasta el comienzo de aquel verano en que viajaríamos a La Raya, a la frontera portuguesa, para desposar a mi hermana Isabel con Manuel, rey de Portugal. El buen rey luso, con todo el dolor de su corazón, había accedido a las exigencias de la infanta expulsando a los judíos de su reino, por lo que mi hermana ya no pudo poner más excusas contra su segundo matrimonio y, a finales de septiembre, se casaría.

El recorrido fue impactante. La procesión de los ramos de la mañana quedó ensombrecida por la opulencia, boato y grandiosidad de nuestro paseo por la ciudad. El sol palidecía ante el brillo de las armaduras, el oro de ropajes, joyas e insignias, el satén de los rasos y la suavidad de las pieles. Entre señores y nobles de Castilla y Aragón, representantes de concejos, embajadores de reinos y grandes familias del conteniente, se podría decir que todo el que era alguien en Europa estaba aquel día en las calles de Burgos.

Cuando entramos en el patio interior del palacio pude ver que la reina nos esperaba en el corredor del primer piso, resplandeciendo magnífica en el centro de sus damas. La miré orgulloso, orgulloso de mí y de mi esposa. Los comentarios que llegaban a mis oídos se deshacían en alabanzas hacia su natural belleza limpia, sin afeites. Me envanecía pensar que, por mucho que se imaginaran, nadie más que yo conocía y disfrutaba de la infinita beldad de la diosa que caminaba a mi lado.

Nada más subir por la gran escalera que comunicaba el patio con el corredor de la planta noble fui recibido por la reina con su habitual «mi ángel» y un enorme abrazo; a continuación, saludó a mi esposa casi con la misma familiaridad. Su secreta intención de madre era convertirla en una prolongación de sí misma, como reina de cara al pueblo y como esposa–madre, para que me cuidara y me protegiera, a su imagen y semejanza, cuando ella faltara.

Por acallar las conciencias y las bocas de los asistentes lo primero que hicimos fue recibir, por parte del arzobispo Cisneros, las oportunas bendiciones en la sala rica de la casa del Cordón, acompañadas de las consabidas aclaraciones relativas a que ya estábamos eclesiásticamente casados y bien casados, aunque sin darles demasiada importancia.

Inmediatamente se produjo la recepción de besamanos, sin duda alguna la más fastuosa que recuerdo. Se habían dispuesto cuatro tronos contiguos de distinto tamaño, dos para los reyes y dos, algo más pequeños y en un nivel inferior, para nosotros; el mío al lado del rey y el de mi esposa al lado de la reina. También estaba Bruto, tumbado a mis pies con la esperanza de poder dormirse cuanto antes. Había vuelto a aparecer de no se sabe dónde y le notaba distinto, se pasaba el día pegado a mi caballo o a mi pierna con aire taciturno, sin acercarse en ningún momento a Margarita. Pensé que el haber estado varias semanas sin verla siendo casi un cachorro, podía haber contribuido a que no la hubiera reconocido en su nuevo papel de princesa.

No me preocupé demasiado, en cuanto regresara la calma a nuestras vidas volverían a jugar juntos como antes.

Mis hermanas, Isabel, Catalina y María, saludaron con reverencia y beso a los miembros de las parejas reales y principescas sin distinción; a continuación, los invitados masculinos formaron fila ante el rey para, posteriormente, dirigirse a mí, y las damas hicieron lo propio ante la reina para continuar con Margarita. El protocolo era el habitual: reverencia, saludo, hincado de rodilla y ademán de coger la real mano para besarla.

Margarita, confundida por nuestros rituales corteses, mucho más rigurosos que los borgoñones, al ver que yo, en lugar de ofrecer la mano a mis hermanas les daba un beso, imitó mi gesto y las besó. Y metida en faena, ofreció la mano y también besó a mi hermanastra Juana de Aragón, para a continuación, y ante la sorpresa de la reina, ofrecer la mano a todos cuantos se acercaron a presentar sus respetos, ignorante de que mi madre había prohibido, expresamente, que nadie tocara la mano de la princesa. Al margen de la improvisada reacción de mi esposa, con aquella recepción, más que con ninguna otra, se quiso demostrar que la estricta etiqueta impuesta por los reyes tenía la finalidad de alardear de dignidad real y de conciencia de superioridad, tenía que quedar muy claro que la distancia entre la familia real y sus súbditos era inmensa.

La reina Isabel había restringido poder político y económico a la nobleza castellana otorgándoles, a cambio, cargos palatinos heredables. Todo el que era alguien tenía en palacio, para él o para sus hijos, un cargo cerca de los reyes: aposentadores, camareros, contables, mayordomos… Esta merced, por el honor que suponía la proximidad física a los monarcas y la pertenencia a la corte, provocaba entre los nobles la necesidad de mostrar sumisión, al tiempo que les obligaba a competir entre ellos por ver quién agradaba más a sus altezas, y quién obtenía, de esa manera, más favores y beneficios.

Entre los que nos ofrecieron sus respetos estaba mi querido preceptor, le dediqué una amplia sonrisa y una cariñosa mirada. Parecía totalmente recuperado, en cuanto finalizase el ceremonial le buscaría, ¡teníamos tantas cosas de que hablar!

A lo largo de mi corta vida había recibido muchos besamanos, pero el de aquel domingo de ramos se me hizo muy difícil de soportar. El número de invitados fue excepcionalmente grande. Como he dicho, aparte de los extranjeros, todo el que ostentaba algún título o cargo en Castilla, Aragón, Valencia, Cataluña, Sicilia y demás islas y señoríos de los reyes, estaba allí para ver y ser visto, dejando con ello constancia pública de su adhesión a las coronas y a la continuación del linaje encarnado por mí y por mi esposa.

Para complicar más las cosas, me urgía estar a solas con Margarita; solo con mirarla, mi miembro viril cobraba vida propia. Era imposible que se apreciara semejante circunstancia a través de la ostentosa hopalanda adamascada que vestía, pero tenía la impresión de que todos los presentes se estaban dando cuenta de mi exacerbado estado y ese temor hacía que me sonrojara. Afortunadamente, concluido el besamanos, y debido a la celebración de la Semana Santa, quedaron suspendidos los actos oficiales relacionados con mi casamiento hasta el 26 de marzo, Domingo de Resurrección, en que tendría lugar un majestuoso banquete de bienvenida.

Cenamos en familia con un único tema de conversación: las bodas. La mía, la de Catalina y la de Isabel. Margarita habló muy poco, sonreía y asentía. Mis hermanas y mi madre se morían de curiosidad por saber de su vida en Francia durante los años que vivió esperando la consumación de un matrimonio firmado que nunca llegó. Como les pareció un tema demasiado doloroso para mencionarlo, se limitaron a las preguntas tópicas de si le gustaba Castilla, su esposo, la corte… Ella, dócilmente, contestaba que estaba encantada con todo y, principalmente, conmigo. Este comentario forzó en mi madre una mirada de incrédula sorpresa hacia mí y otra de curiosidad hacia mi padre, el cual asintió con silenciosa vehemencia. Pocas veces la había visto tan feliz.

Con la disculpa del viaje y la larga recepción, nada más terminar de cenar nos despedimos de los presentes hasta el día siguiente.

—Parece que los muchachos se gustan —comentó mi madre al rey en privado.

—Llevan así desde que se encontraron en Villasevil.

—No habrán…

—Sí, han —contestó taxativamente mi padre.

—No entiendo… ¿Cómo lo has consentido, cómo lo ha consentido Mendoza?

—No te preocupes, Mendoza ofició la misa de esponsales en la iglesia del pueblo. Le enseñé la bula que autoriza a nuestros hijos a celebrar litúrgicamente su matrimonio y a yacer juntos sea cual sea la fecha del calendario, y encontró la solución adecuada. Están legal y católicamente casados.

Mi padre le explicó, con todo lujo de detalles, el arreglo al que había llegado con el arzobispo.

—Ya oí las aclaraciones que dio Cisneros, pero supuse que se trataba de justificar la unión de las manos, no la cohabitación. Sigo sin entender por qué no han esperado a la celebración de una gran ceremonia en la catedral.

—Parece ser que nuestro enfermizo hijo es un campeón en asuntos de alcoba.

—Si él no…

—Ya, ya sé que no. Puedes estar contenta, don Juan ha llegado virgen al matrimonio.

—¡Alabado sea Dios! —Exclamó emocionada mi madre— Aunque me parece notar cierto tono de reproche…

—No, no es un reproche, pero no quiero ni imaginar el calvario por el que habrá pasado el pobre; no me extraña su desmedida reacción. Menos mal que, al parecer, la princesa corresponde a su pasión, en caso contrario habríamos tenido un verdadero problema.

—Bien está lo que bien acaba, ya no tenemos de qué preocuparnos, cuanto antes nos hagan abuelos, mejor.

—Estate tranquila, al ritmo que marchan las cosas, y si Dios quiere, a la princesa le queda muy poco tiempo de lucir talle.

—Dios te oiga, Fernando, Dios te oiga.

Mi madre digirió con satisfacción la rápida sucesión de acontecimientos, sin pasar por alto que nuestro desaforado entusiasmo iba a tropezar con un pequeño inconveniente.

—Creo necesario que fray Diego hable con Juan. En esta semana de Pasión desearía que se comportaran con el comedimiento que requiere la fecha; más adelante ya tendrán tiempo de continuar con sus apasionados encuentros.

El lunes santo, a primera hora se reprodujo el ritual de mi despertar, aseo y vestido que llevaba años practicándose, y que había quedado desfigurado, en cierta manera, por el viaje a Santander. La única variante era mi esposa. Entre don Juan de Calatayud y las damas de la princesa se llegó pronto a un acuerdo sobre la adaptación del ceremonial a la nueva situación.

Gracias a la intuición de mi padre sobre nuestra imperiosa necesidad de intimidad, se habilitaron dos zonas contiguas de cámaras, retretes y antecámaras que confluían en otra antecámara común, de manera que dicha antecámara fuera el límite exterior de nuestras habitaciones privadas y una forma sencilla de que los monteros de Espinosa de noche y los reposteros de camas durante el día, velaran por nuestra seguridad.

Pasaba todas las noches en la cámara de mi esposa. Los mozos encargados tuvieron que disponer un doble servicio de espada y escudo para que tuviera un arma en las dos habitaciones por si, durante la madrugada, regresaba a la mía. Por ese mismo motivo, después de ponerme el camisón, en lugar de arroparme, Calatayud me cubría con un gran batín de terciopelo rojo y me acompañaba a la cámara de Margarita, donde sus damas esperaban hasta que yo entraba. Al comenzar el día, si me encontraba en las habitaciones de mi esposa, mi querido camarero pedía permiso para entrar. Le daba mucho reparo que los cortinajes de la cama pudieran estar abiertos o que Margarita anduviera sin batín por la estancia. Cuando la intimidad de mi esposa estaba a salvo, yo le invitaba a pasar, me ponía el batín de terciopelo, entraban las damas de la princesa, y Calatayud y yo salíamos de la cámara de mi esposa para dirigirnos a mis habitaciones.

Los reyes habían decidido que, en lo tocante a sus usos y costumbres, dentro de sus habitaciones y cuando no estuviese conmigo o en sus funciones de princesa, mi esposa organizase su vida según tuviera por costumbre, pudiendo disponer para ello de los flamencos, tanto caballeros como damas, que trajo consigo. También había traído una gran cantidad de pertenencias personales, aunque no las habría necesitado. Cuando llegamos a Burgos se encontró con que sus habitaciones estaban repletas de regalos de boda adecuadamente colocados: los enseres, en los lugares que les correspondía y, expuestas para su lucimiento, una gran cantidad de cajas, arcones y cofres que mostraban infinidad de objetos de uso personal, a cuál más exquisito.

El regalo que más me gustó, por razones obvias, fue la cama. Se trataba de un magnífico mueble con dosel, ricamente tallado, de cuyas vigas colgaban cortinajes de terciopelo rojo, con las armas reales bordadas en el centro de cada uno de ellos. Los alzapaños estaban chapados en plata dorada y blanca, y adornados con la divisa de los yugos. El cielo de la cama lo formaban cuatro piezas, chapadas de la misma manera, y forradas de lienzo de bocarán. La sobrecama era una enorme colcha de terciopelo rojo brocado, bajo la que explorábamos paraísos ocultos y bajo la que se detenía el tiempo. El norte, el este, el sur, el oeste, el suelo y el cielo de mi paraíso eran de terciopelo rojo.

Recibió también un oratorio con dosel, forrado en brocado rojo y adornado con flores verdes, doradas y blancas; una mesa de hueso labrada; arcas rojas repletas de fina ropa blanca y cajas de oro con numerosos perfumes y almizcle; tres tapices, doseles, sitiales, almohadas, colchones y quince alfombras de extraordinaria calidad enviadas por el Ayuntamiento de Alcaraz; candeleros, cántaros, bacinas, braseros, calentadores y cazoletas, todas de plata; una pieza de tejido morado y otra roja de terciopelo de oro para ella, y casi quinientas varas de sedas y rasos para vestir a sus damas; y en las caballerizas también hubo que acomodar a varias mulas nuevas con sus guarniciones.

Del mismo modo, el apartado de joyas fue digno de la dama que las recibía. El catálogo recogía una gran variedad de piezas de oro y piedras preciosas, junto a numerosos hilos de perlas de gran calibre. Las piezas más significativas fueron el collar de oro, piedras preciosas y perlas, todo de gran tamaño, que le regaló el rey, y el brazalete con flechas de oro, perlitas, un gran rubí y un espectacular diamante, con que le obsequió la reina. Sin embargo, lo que a ella más le gustó fue el collar con broche a juego, que yo le ofrecí. A veces se los ponía sobre su camisón, solo para mí como si necesitara adornarse. ¡Vano esfuerzo! El oro, los grandes rubíes granates, o las incontables perlas, palidecían ante su lozana y cautivadora belleza.

Por lo demás, en mi cámara, todo seguía igual.

Mi camarero retomó su oficio con el mismo empeño de siempre, añadiendo a su empresa la misión de vigilar mis palabras y actos por si mostraba signos de locura. No comentó nada sobre la cuestión que tanto le preocupaba; en mi imaginación asumí que hablar de ello le quitaba misterio e interés, por lo que tampoco hice mención alguna del asunto. Solo me quedaba una persona a la que dar las gracias: mi querido preceptor, con el que aún no había tenido ocasión de conversar. Si todo iba según lo previsto, estaría a punto de llegar para rezar.

Lo que yo no sabía era, que la noche anterior, cuando desaparecí con Margarita para transportarnos juntos a nuestro propio universo de éxtasis liberado, mi confesor y Calatayud habían hablado con fray Diego para ponerle al corriente de la situación.

—Le hemos presionado demasiado —fue lo primero que pudo decir mi maestro al escuchar apesadumbrado las explicaciones de sus interlocutores—. Aunque no creo que esté enloqueciendo —recapacitó—, enloquecerá cuando se de cuenta de la verdad.

—Y nosotros ¿qué debemos hacer? —preguntó un cada vez más agobiado fray García.

Fray Diego se tomó su tiempo. Plantarse ante mí para decirme que mi esposa no era quien yo creía podía ser la forma más honesta de devolverme a la realidad, y también la más rápida de acabar con mi salud física y mental.

—Seguirle el juego, no nos queda otra salida. En su presencia debemos olvidar totalmente el episodio de Almazán, la existencia de Margarita, *la Lavandera,* y actuar como si su amada fuese la princesa. Alabarla, enaltecerla, propiciar situaciones agradables, hacer que se enamore de ella tal cual es y por lo que es actualmente. Si algún día descubre su confusión y ya ama a su esposa, este incidente quedará en un bello sueño de juventud; en caso contrario, me temo que pudiera cometer alguna locura.

—¿Y si nos pregunta por Almazán? —mi camarero no veía tan fácil el mantenimiento del engaño.

—Asentid sin dar explicaciones, tratando de llevar la conversación al momento actual. Mientras crea que la archiduquesa es su Margarita, sus anhelos estarán satisfechos, no sentirá añoranza ni pérdida, será feliz y podrá disfrutar de la tranquilidad y sosiego que tanto necesita.

—¿No consideráis que vuestro planteamiento es demasiado optimista? En cualquier momento la archiduquesa puede deshacer el entuerto, negar categóricamente haber estado nunca en Almazán, ofenderse porque el príncipe la compare con una moza de lavandera, no sé… cualquier cosa que enfrente a nuestro señor con la realidad.

Fray Diego meditó con calma las palabras de mi camarero mayor.

—Es un riesgo importante que no debemos desdeñar, por eso insisto en que tenemos que hacer lo posible para que se enamore de su verdadera esposa, por el momento es la única solución que se me ocurre. Lo que más siento es no poder estar aquí para ayudaros. Mis planes eran tomar posesión de la diócesis de Salamanca en cuanto el príncipe se casara y así se lo he comunicado a la ciudad. Puedo demorar mi marcha unas semanas, no más, por lo que os pediría que me mantuvieseis informado de la evolución del asunto, veremos si esta táctica da resultados o si es necesario tomar alguna otra medida.

Los tres se separaron haciendo voto de guardar el secreto.

El lunes santo, fray Diego vino a mi cámara comportándose con la naturalidad que había aconsejado a los otros dos. Me lancé a sus brazos loco de contento olvidándome del protocolo para, inmediatamente, abrumarle con una cascada de preguntas sobre su salud, sobre nuestros hábitos a partir de ahora, sobre qué le parecía mi esposa…

—Con calma, mi señor, vamos por partes.

—Tenía tantas ganas de veros…, no os quedéis en pie, sentaos.

—Muchas gracias, mi señor, me honráis al hacerme merecedor de vuestro afecto. Intentaré responder a vuestras preguntas si sois capaz de formularlas de manera coherente y ordenada.

Tomé asiento a su lado haciendo un gran esfuerzo por tranquilizarme.

—Lo primero que quiero saber es qué tal os encontráis.

—Perfectamente —mintió—, de aquel episodio solo quedan unas pequeñas marcas, no más importantes que si me hubiera caído del caballo sobre una zarza, los médicos han dicho que en unos meses ni se notarán.

—No sabéis cuánto me alegro, sigo sintiéndome culpable por aquello.

—No debéis, fue mi decisión y como tal la asumo, no merece la pena seguir hablando del tema.

—De acuerdo, os complaceré si es lo que queréis. En cuanto a nuestras clases…

—Ya no habrá más clases, mi señor.

Me quedé perplejo, invadido por un sentimiento de abandono.

—Alteza, sois un hombre hecho y derecho, ya no necesitáis un preceptor. Tenéis nuevas obligaciones y cometidos y, en lo que a mí respecta, debo ocupar la sede episcopal de Salamanca y retomar mis clases en la universidad.

—Siempre os necesitaré —objeté.

—Y siempre me tendréis a vuestra disposición, pero de forma distinta. Debéis establecer nuevos lazos de confianza con vuestros leales, con vuestra esposa, e ir formando un círculo de personas en las que poder apoyaros cuando ocupéis el trono.

—¿Me dejáis porque me he casado? —protesté—. Vos me empujasteis a hacerlo, ¡y de qué manera!

—No, mi señor, es una decisión que tenía tomada desde hace tiempo. En principio pensé acompañaros hasta vuestra mayoría de edad, pasada esa fecha lo aplacé hasta vuestra boda y, por fin, ha llegado el momento. Tenéis que volar solo, es para lo que os he estado preparando todos estos años. Demostradme que he realizado bien mi trabajo.

—¿Cuándo os iréis?

—Todavía nos queda tiempo, dentro de tres o cuatro semanas.

Me picaba la nariz y los ojos se empezaban a llenar de agua, parpadeé muy fuerte para reprimir las lágrimas y mostrar a mi maestro que quería ser digno de su confianza. Valoró el esfuerzo con una amable sonrisa.

—Y ahora, hablemos de vuestra esposa —continuó con un tono mucho más animado—, se comenta que os entendéis muy bien.

Aprecié el matiz de picardía que puso en sus palabras y sentí un poco de vergüenza, más por costumbre que por convicción.

—¿Estamos haciendo algo mal?, fray García no me ha dicho nada.

—No, no, de ninguna manera. El comentario venía porque la reina, nuestra señora, con buen juicio, me ha pedido que os diga que, durante esta semana en que conmemoramos la pasión y muerte de Nuestro Señor Jesucristo, reprimáis vuestro deseo y os comportéis con el recato y la moderación propios de estas fechas. Vuestra fogosidad podría escandalizar a las buenas gentes de Burgos.

—Fray Diego, toda mi vida he obedecido los preceptos que me

habéis enseñado, me he arrepentido de corazón de mis debilidades, he cumplido las penitencias correspondientes, he respetado, y vos sabéis hasta qué punto, a la única mujer que he amado, y ahora, que por fin recibo el premio a tanto sacrificio ¿me pedís que renuncie de nuevo?

—Solamente esta semana, mi señor. Ofreced este pequeño sacrificio como ofrenda hacia Aquel que murió por nuestros pecados, y como agradecimiento por el bien que se os ha concedido.

Accedí, qué otra cosa podía hacer. Se me había permitido casarme y consumar el matrimonio en Cuaresma, cosa que estaba prohibida al resto de los cristianos, algún tributo tendría que pagar por ello. Me consoló pensar que, al tener la semana repleta de actos religiosos, la devoción propia de la fecha me ayudaría a olvidar, por unos días, el olor, el tacto y la respiración de mi amada. En cuanto obtuvo mi aceptación a su propuesta se despidió sin darme tiempo para hablar con él de Margarita, que era lo que llevaba esperando todos esos días. Su fulminante salida me causó cierta contrariedad, rápidamente superada al recordar que aún me quedaba casi un mes para disfrutar de su compañía y, si era lo bastante persuasivo, le arrancaría algunos días más. El cálculo de mi familia era partir a mitad de junio hacia Portugal para preparar y celebrar, a finales de septiembre, el matrimonio de mi hermana Isabel. En el recorrido estaba previsto hacer un alto durante un par de semanas en Salamanca, yo me encargaría de que esos quince días se alargaran lo más posible. En ese mismo momento tomé la decisión de establecer, al regreso de Portugal, la cabeza de mi señorío en la capital del Tormes, para estar cerca de fray Diego.

Con el ánimo recobrado fui a informar a mi esposa de que, durante los días de Pasión, no cohabitaríamos. Cuando se lo dije se encontraba rodeada de sus damas, de no haber estado acompañada la carita que me puso hubiera echado por tierra mi débil voluntad.

La Semana Santa transcurrió como estaba previsto, entre rezos, procesiones, oficios, y sobre todo en recogimiento. Solo veía a Margarita en situaciones públicas y a fray Diego en la distancia, absorto en sus oraciones, su profunda devoción me conmovía. El rey aprovechó uno de aquellos días en que la actividad cotidiana quedaba paralizada, para tener conmigo una charla privada de padre a hijo, mejor dicho, de rey a príncipe heredero.

—Juan, ¿dirías que soy un rey fuerte?

—El primer rey de la cristiandad, sin ninguna duda — contesté, verdaderamente convencido.

—Llevo tiempo pensando en tener contigo esta charla y nunca encontraba la ocasión. Ahora eres un hombre casado, buen señor de tus dominios… creo que es el momento de contarte algo… algo de estrategia.

Me tenía en ascuas, nunca le había visto tan misterioso.

—¿Para ganar batallas?

—No —sonrió—, para ganar naciones. Verás, yo era un príncipe débil…, no, no me interrumpas, sé lo que digo, débil, inexperto, no muy culto y bastante poco prudente. De lo que sí puedo presumir es de haber sido astuto, muy astuto, y he de reconocer que la suerte me ha favorecido. Conoces muy bien los antecedentes de Castilla: nobles y señores peleando entre sí por un trozo de tierra, el control de un paso, cualquier miseria que les hiciera ser un poco más que el vecino, y totalmente indiferentes al concepto de nación, país o estado. Ofrecían vasallaje a un rey, normalmente más pobre que ellos, para poder servirse de él cuando tuvieran problemas. Ahora, mal que bien, se puede decir que Castilla es una entidad única, y nosotros unos reyes con autoridad moral y poder económico ¿sabes cómo lo hemos conseguido?

—Convenciendo a los nobles de que es mejor estar juntos… —contesté, esta vez muy poco convencido.

Mi padre soltó una enorme carcajada.

—¡Manteniéndoles ocupados! Juan ¡manteniéndoles ocupados! ¿Recuerdas la campaña de Granada? Estuvimos varios años instalados junto a la cuidad sin batallar. Alguna escaramuza, una negociación, un tira, un afloja, un ataque inminente, una nueva negociación… Con esta estrategia tuve ocupados a los nobles de Castilla varios años. Mientras calculaban los beneficios económicos y espirituales que se obtendrían cuando se ganara Granada no tenían tiempo en conspirar contra la Corona, y yo adquiría reputación y control sobre ellos sin que lo advirtieran. La magnífica hazaña que les prometí de reconquistar España para la fe, se la adorné con la necesidad de tiempo para planificarla bien, y de mucho dinero para llevarla a cabo. El dinero llegaba de todas partes: de la Iglesia, del pueblo… con ese dinero, a lo largo de aquellos años, creé un ejército propio. Ya no dependo de los hombres y las armas que aporten los nobles, la Corona tiene mejor y mayor ejército que todos ellos juntos.

Estaba satisfecho de sí mismo y de la cara de asombro que yo tenía.

—El truco está en tener al pueblo, desde el más alto noble hasta el más humilde siervo, implicado en empresas espectaculares que tú lideres: conquistar reinos infieles, recobrar territorios perdidos, defender el papado frente a usurpadores… Tienen que ser empresas con los riesgos muy bien calculados para asegurarte la victoria, que conecten con la sensibilidad del pueblo para convertirlas en inevitables, y saber presentarlas como misiones complejas, casi imposibles, que solo saldrán adelante con la colaboración de todos y cada uno de tus súbditos.

Me fui con una sensación muy rara en el estómago y dejé al rey disfrutando de sus ensoñaciones. Afortunadamente a mi padre le quedaban muchos años de reinado para sosegarse, y a mí muchos de principado para madurar mis confusas ideas.

El 26 de marzo, la ciudad vibró con sonidos de trompetas, chirimías, sacabuches, bajones, atabales y tambores, por ser Domingo de Resurrección y por ser el día elegido para celebrar el banquete oficial. La fiesta fue tan fastuosa y multitudinaria como el besamanos de la llegada, no me importó, mi interés estaba puesto en aquella noche, en la que volvería a compartir lecho con mi amada.

Desde esa fecha, y durante quince días, la ciudad ardió en fiestas. Los días se llenaron de justas de armas y de justas poéticas, de banquetes, bailes e invenciones, música y teatro, desafíos a tiro de cadena, fuentes de vino, reparto de comida para los pobres y juegos de cañas. Las noches se iluminaron con fuegos artificiales y con antorchas, hachas de cera y faraones con cazoletas de cobre llenas de pez y sebo, lo que permitió disfrutar de las horas nocturnas corriendo la sortija. Aquel era un juego que me encantaba. En un campo bien iluminado se tendía una cuerda de la que colgaban aros plateados con forma de sortijas. La prueba consistía en lanzar el caballo al galope y, con la punta de una lanza pintada y dorada, ensartar una sortija, resultando ganador el que más carreras hacía y más sortijas atravesaba. Era un juego en el que a veces ganaba por méritos propios, es decir, sin que los demás jugadores me dejaran hacerlo, compensando, el no poder realizar muchas carreras, con una buena puntería.

Toda esa diversión se llevó a cabo en medio del mayor despliegue de lujo que se vio nunca en Castilla: no hubo en aquellas fiestas ningún caballero, hidalgo o dama, que no vistiese de seda y oro. Aunque nunca supe la cantidad exacta, me pareció entender que los reyes se gastaron, en las celebraciones de mi boda, bastante más de los tres millones de maravedíes que se habían gastado en el primer desposorio de mi hermana Isabel. Eso sin contar las arras que le dieron a la princesa Margarita.

A pesar de tanta actividad, sabía encontrar tiempo para disfrutar de las ventajas del matrimonio. En el permanente ensueño en que vivía me parecía natural, incluso divertido, que ni mi esposa, ni las personas que yo suponía implicadas, quisieran hablar de Almazán ni del magnífico enredo de amor en el que había caído.

—Sabes lo feliz que me has hecho casándote conmigo —susurré una noche a mi esposa, entre caricias y besos.

—Me alegro de ser de tu agrado.

—Y yo me alegro de haber sabido esperar. Me moría de ganas por abrazarte, de celos porque algún otro hombre conquistara tu corazón, y de pena porque creía que nunca serías mía.

Ella se reía divertida, ni en sus mejores sueños imaginó que un matrimonio concertado le traería tanta felicidad.

No sabía que la pobre imagen que te envié pudiera causar tanta pasión.

Dominado por mi novelesca historia pensé que, con «la pobre imagen», hacía referencia a su pobre aspecto como lavandera, y no al cuadrito de presentación que era costumbre enviar en los matrimonios concertados. En mi ensoñación disfrutaba encantado de que siguiera enredando el enredo.

—Tu pobre imagen, como la llamas, encendió en mi alma un fuego que a punto estuvo de volverme loco. ¿Sabes que en este tiempo sin ti casi muero de tristeza? Fuiste muy cruel, ya sabías que te amaba y te respetaba ¿Por qué tuviste que llevar tu prueba de amor tan lejos?

La archiduquesa de Austria llevaba tiempo estudiando castellano, se defendía bastante bien aunque todavía se le escapaban las sutilezas del idioma, supuso que mis cariñosos reproches eran retóricas formas de galanteo de las que se estilaban en las poesías amatorias.

—«Amor que no pena no pida placer» —tarareó parafraseando un conocido verso mientras deslizaba provocativamente su mano por mi vientre.

Su respuesta fue una forma muy inteligente de cortar una conversación que no acababa de comprender y que yo, en mi obnubilado raciocinio, consideré la justificación de su caballeresca prueba de amor. Borracho de felicidad acepté sus razones dándolas por buenas, y se lo demostré haciéndole el amor de forma tan apasionada como si fuera la primera vez, pero con mucha más pericia.

En la corte francesa, la sexualidad no era un tema tan clandestino como en la nuestra. Me explicó que, gracias a las indicaciones de sus damas y los libros más o menos permitidos que circulaban entre las personas cultivadas, había adquirido unos conocimientos que pudo transmitirme y practicar libremente conmigo. No quiero ni imaginar lo desastrosos que hubieran resultado nuestros primeros encuentros si ella no hubiera sabido guiarme por el laberinto de Eros.

Según mandaba la tradición, las costumbres y las buenas maneras, el día 3 de abril celebramos la misa de velaciones. Con tanta celebración y confirmación de celebración no quedó alma, por muy escrupulosa que fuera, que pudiera dudar de que estuviéramos casados, y bien casados. Y puestos a cumplir con todas las tradiciones, el día 4 se celebró la fiesta de la tornaboda, para cuya celebración corrieron toros en la plaza donde se levantaba nuestra residencia.

Por expreso deseo de la reina, que no soportaba que valerosos caballeros sufrieran graves heridas o murieran ensartados por la cornamenta de los animales, parte del festejo consistió en clavar unos cuernos postizos sobre los auténticos, de tal manera que se tapaban los pitones verdaderos y las puntas de los falsos quedaban vueltas sobre la espalda del toro. Con semejante artilugio, los intrépidos que querían demostrar su arrojo corriendo delante de ese bravo animal solo sufrían golpes y empujones, a veces importantes, nunca graves ni mortales. Este tipo de faena resultaba tranquilizadora para mi madre y tremendamente divertida para el público, que reía a mandíbula batiente con los empellones que recibían los corredores.

Otra parte del festejo se llevó a cabo en la forma tradicional: el caballero sobre su cabalgadura enfrentándose al toro en su estado natural, sin paliativos. Al llegar a este punto, la reina se retiraba. Aquel día, sin embargo, lamentó no haberse quedado, se perdió una hazaña que fue comentada largo y tendido durante varios meses, para regocijo de los amantes de tales festejos. El caso fue que uno de los caballeros que se enfrentó a uno de los toros acabó derribado del caballo por el astado y, en lugar de salir corriendo, se le encaró con la única protección de su capa en una mano y su espada en la otra. Como el animal amenazaba con embestirle, otros caballeros salieron al quite, despistando a la fiera, y permitiendo la retirada del valiente entre los enfebrecidos aplausos del público.

Mi esposa, mis hermanas, mi cuñado y el rey, vimos el espectáculo desde el balcón del palacio. No tenía especial interés por poner en juego mi vida delante de aquel bravío animal, pero me hubiera gustado tomar parte en el cortés ceremonial que adornaba el acto y del que disfrutaban los demás caballeros. Me imaginaba a mi mismo cubierto con dorado peto, a lomos de mi hermoso caballo enjaezado de grana y oro. Mi dama, mi esposa, llevaría bordado en su vestido una enigmática frase aludiendo a nuestro apasionado amor, me daría una cinta o un pañuelo bordado que yo guardaría cerca de mi corazón y, protegido por tan poderosa coraza, jugaría con el toro como si se tratara de un perrillo faldero, para acto seguido, vencedor en la lid, acudir al lado de mi amada y reclamar mi premio.

La perfección absoluta no existe y la dicha completa tampoco y, para demostrarlo, la desgracia llamó a nuestra puerta en aquellos felices días.

En los grandes festejos, los jóvenes caballeros tenían la costumbre de lanzarse por las calles de la ciudad en peligrosas carreras de caballos, buenas para poner a prueba la agilidad y los reflejos, malas para el resto de los viandantes. El comendador mayor de Santiago tenía un hijo, un muchacho de mi edad llamado Alonso de Cárdenas, que participó en una de aquellas carreras. Quiso la mala suerte que, espantado por Dios sabe qué, su caballo se pusiera de manos arrojando a don Alonso de cabeza al suelo, para, posteriormente, pisotearle el pecho, sin malicia, en un alocado intento de huida. La agonía de don Alonso se prolongó durante cuatro penosas horas en las que su vida se fue apagando lentamente, sin llegar a decir una sola palabra. Por dos días se suspendieron los festejos, y mis invitados cambiaron el oro de sus trajes por el blanco y negro del luto para visitar y acompañar a la familia del difunto. El rey envió a nuestro anfitrión, el duque de Frías, en representación de los monarcas. Los miembros de la realeza no asistíamos a duelos ni funerales, salvo que nos afectaran por parentesco muy cercano; una nunca reconocida superstición decía que, si eludíamos el contacto directo con la muerte, la parca se olvidaría de nosotros.

Hubo agoreros que interpretaron tan luctuoso suceso como una señal de mal augurio para la boda que se celebraba, supongo que ahora estarán presumiendo de sus dotes adivinatorias.

Pasado el funeral, se volvió a los festejos programados por el principesco enlace, pero el ánimo de los asistentes ya no era el mismo; ningún otro joven se atrevió a dar rienda suelta a su caballo por las calles de Burgos.

Llegó el momento en que los invitados se fueron y pudimos retomar el curso normal de nuestra vida. Los días transcurrían entre el cumplimiento de mis obligaciones para con el señorío que gobernaba, los ensayos con el coro de cámara, las partidas de caza, los paseos con mi esposa, las charlas con mi maestro y algunas alegres veladas. Las noches…, las noches eran un frenesí apasionado y continuo.

Un día expuse a fray Diego el contenido de una carta del maestrescuela de la universidad de Salamanca. En ella se quejaba de que la convivencia en la ciudad se veía tristemente afectada por la escandalosa promiscuidad, desórdenes y algarabías provocadas por los estudiantes sin que el corregidor de Salamanca pusiera verdadero empeño en controlar esos desmanes, flaqueza que, de paso, mermaba la autoridad del maestrescuela.

—Teniendo en cuenta el enfrentamiento natural que existe entre el Ayuntamiento y la Universidad, es muy probable que el maestrescuela lleve bastante razón en sus quejas.

—Pues habrá que llamar al orden a las dos partes para que asuman sus obligaciones. ¿Quién es el responsable de controlar a los estudiantes?

—El maestrescuela, mi señor, él tiene autoridad para imponer las pautas de comportamiento y castigar, incluso con la expulsión, a los que no cumplan las normas. El problema surge al intentar controlar el cumplimiento de dichas pautas fuera de los recintos universitarios.

—Muy bien. Diré a don Gaspar de Gricio, mi secretario, que por mandato mío escriba al corregidor y le conmine a poner orden entre los estudiantes, por el bien de la ciudad y por el respeto que se debe a la institución universitaria. Le diré que envíe la misiva mañana misma, 22 de abril; no podemos consentir ni un día más tales comportamientos entre personas llamadas a ocupar, en un futuro, puestos de responsabilidad. También debería escribir a García de Albarrategui, desde que salió de Almazán no he vuelto a saber de él ni de cómo va la creación de la casa de mancebía, su funcionamiento puede que contribuya a acabar con los escándalos de los que se queja el maestrescuela. ¿No os parece?

La referencia a García de Albarrategui y a Almazán puso en alerta a mi preceptor.

—Alteza, lo deseable sería que no existieran semejantes instituciones, pero siendo realista...

—También quiero darle las gracias por haber participado en esta ingeniosa argucia para que conociera el auténtico amor —me acerqué feliz a fray Diego y le puse una mano en el hombro—. A vos os lo agradezco igualmente. Pero decidme una cosa, ¿la idea fue únicamente de la princesa o vos también ayudasteis a maquinar un plan tan perfecto?

—¿La idea, mi señor?

—Fray Diego, no seáis tan modesto, un enredo semejante solo ha podido salir de una mente privilegiada. Qué casualidad que vea por primera vez a Margarita el mismo día en que recibo, como regalo, un libro de caballerías que tenía prohibido. Y los encuentros, en apariencia fortuitos, obedecían claramente a un plan preestablecido. Espero es que no matarais a nadie para simular el entierro de «su padre» —bromeé—. No claro, ¿Cómo lo hicisteis? Dejadme que adivine. Ya sé, aprovechasteis la muerte de algún vecino con pocos recursos y pagasteis a la familia por dejar que su difunto participara en el ardid —estaba eufórico pensando que iba a ser capaz de descubrir el enredo—. No, no, mejor aún, alguno miembro de la escolta de Margarita falleció de forma natural y decidisteis improvisar sobre la marcha.

Mi preceptor me miraba muy serio.

—Vamos, ¿no me vais a contar cómo preparasteis la invención? Y que conste que no me quejo, todo lo contrario. Sin esta teatral representación nunca hubiera valorado en su justa medida la suerte que tengo con mi esposa, ni sabría lo que es estar enamorado.

Mi maestro dudó si contarme la verdad, su sentido de la honestidad lo exigía, su sentido de la prudencia lo desaconsejaba. Mi exaltación no era de este mundo y una revelación de tal magnitud me haría bajar, en un instante, del cielo al infierno sin pasar por la tierra y, probablemente, sin billete de vuelta.

—Si el alquimista descubre su secreto la magia se acaba —contesto enigmático.

—Está bien, me tendré que resignar a que ninguno me expliquéis nada, ni siquiera Margarita parece dispuesta a desvelar el misterio.

—¿Habéis hablado con ella de esto?

El tono de su voz se había alterado de forma significativa, alteración que no interpreté adecuadamente.

—Sí, claro, tampoco está dispuesta a darme explicaciones.

—¿Qué os ha dicho? —insistió.

—Ya os digo que nada, sonríe con picardía y calla.

—¿No os ha preguntado el motivo de vuestro interrogatorio?

—No, ¿por qué habría de preguntar lo que ya sabe? Veo que hablar del asunto os está afectando mucho. Tranquilizaos, el enredo fue algo cruel, pero mil veces volvería a pasar por ello con tal de sentir lo que siento y de conseguir lo que tengo. También os agradezco que fuerais tan estricto en lo referente a las relaciones carnales, siendo la princesa el premio ha merecido la pena esperar.

Fray Diego se marchó manteniendo un aire preocupado. No me extrañó demasiado, en su naturaleza estaba la costumbre de preocuparse, por si acaso.

XVI. La revelación

A mediados de mayo, fray Diego abandonó Burgos. Había retrasado su partida todo lo posible para no alejarse de mí en aquellas circunstancias, pero llegó el momento definitivo. La toma de posesión de su diócesis, postergada durante varios años, se había fijado para el 23 de mayo.

Yo seguía viviendo feliz, enamorado hasta el tuétano de Margarita de Austria, la princesa que se disfrazó de lavandera para enamorarme. A la vista de que no conseguía que nadie me aclarara el enredo no había vuelto a sacar a colación Almazán, lo que hizo suponer a casi todos los implicados que había olvidado el asunto. El tranquilo discurrir de los días y de las semanas transmitió a mi preceptor la falsa sensación de que, en mi interior, el recuerdo de aquella historia se iba difuminando en un amable sueño, a pesar de lo cual dejó recado a mi confesor para que le comunicara cualquier alteración de mi carácter.

La familia tenía previsto salir a mediados de junio hacia la frontera portuguesa para entregar a mi hermana Isabel al rey Manuel, pero mi salud, nuevamente, alteró los planes de la corte. La felicidad absoluta de que disfrutaba no consiguió convencer a mi cuerpo para que me acompañara en tan placentero viaje. Ante la evidencia de que mi aspecto se estaba desmejorando, los médicos redoblaron sus inspecciones a mi cuerpo, a mi comida y deshechos. La observación de los indicios y su raciocinio, les hizo llegar a la conclusión de que estaba perfectamente, cosa que por otra parte yo no me cansaba de repetir.

—Algo tendrá, está adelgazando, su piel se ha vuelto más blanca y los episodios de fatiga son prácticamente continuos —aseveró mi madre.

—Alteza, después de mucho meditar mis colegas y yo hemos resuelto que la única explicación posible es el desgaste.

—¿El desgaste?

—Si alteza, de toda la corte es conocida la fogosidad sexual del príncipe. Desde siempre los sabios han predicado a favor de la continencia como medio de alcanzar la salud y...

—¡Por amor de Dios! —interrumpió súbitamente mi madre —, están recién casados ¿que esperabais que hiciera? Mi hijo ha sido modelo de virtud en su soltería, justo es que ahora disfrute de los derechos que el matrimonio le concede.

—La virtud del príncipe es bien conocida y alabada por todos, pero el cuerpo humano tiene un límite y su alteza lo está traspasando, debe descansar.

Los médicos se mantenían inflexibles y mi madre, por supuesto, también.

El rey, en privado, se puso de parte de los médicos.

—Isabel, debes hacerles caso. Juan siempre ha sido de naturaleza débil, le hemos criado a base de caldos de pollo y alimentos flojos, como a un inválido. No sería extraño que la continua cópula le esté reblandeciendo la medula y debilitando el estómago.

—Tú nunca has tenido ese problema.

—No creo que sea el momento de…

—No, no voy a reprocharte tu fogosidad, suficientemente demostrada en mi lecho y en el de otras, estamos hablando de Juan. Lo que quiero decir es que, siendo tu hijo, necesariamente ha de parecerse a ti. Este episodio será fruto de su juventud e inexperiencia, su cuerpo se adaptará a esta nueva situación y se repondrá.

Mi padre interpretó el razonamiento de mi madre como una huida hacia adelante e intentó convencerla con delicadeza.

—Esposa mía, tenemos que admitirlo, Dios ha querido hacerme fuerte, a Juan, no. Le ha concedido otras maravillosas virtudes: tiene buen carácter, es afable, sensible e inteligente, sin embargo no es fuerte. Debes escuchar a los médicos.

—Si el problema es su fortaleza física, que descanse, no le apartes de su esposa, yo no hubiera soportado que te apartaran de mí.

Mi padre cogió las manos de mi madre y las besó.

—Siempre nos hemos entendido bien, dentro y fuera de la cama ¿No es cierto?

—Sabes que sí —contestó mi madre sonriendo con cierta picardía—. Pero no intentes enredarme, no les separes.

Aclarados los puntos de vista, la solución intermedia que se encontró fue concederme unas vacaciones de mis obligaciones para con la corte y con mi señorío. La corte salió a finales de mayo hacia Valladolid, donde tenía previsto permanecer unas tres semanas. Tras recibir los honores y festejos con que nos agasajó el duque de Alba, se decidió que la princesa y yo nos adelantaríamos a los demás yendo a Medina del Campo para no hacer nada durante unos días, hasta que el resto de la familia pasara por allí y nos recogiera camino de Portugal.

Lo de no hacer nada fue un eufemismo. No teniendo otras obligaciones que atender, convertimos nuestra habitación en nuestro cosmos. Salíamos cada día a dar un corto paseo, el resto del tiempo permanecíamos allí, juntos, solos, con la única compañía que deseábamos.

—¿Qué guardas en ese cofre? —pregunté a Margarita.

—Nada importante, una pequeña nota que escribí en una tablilla en mi venida a España, cuando pensé que nunca llegaría —contestó pudorosa en un más que decente castellano.

Se estaba refiriendo a la terrible travesía por el Cantábrico que arrastró su flota a Santander a primeros de marzo. Yo, pertinaz en mi invención, imaginaba un viaje anterior, que habría realizado a escondidas con el fin de probarme.

—¿Tan mala fue la experiencia?

—Terrible. Fue mal desde el principio. Teníamos que haber zarpado de Fleising en noviembre, pero los vientos no fueron favorables hasta bien entrado enero. Casi dos meses con todo preparado por si, en cualquier momento, las circunstancias eran propicias.

—Pobrecita mía —susurré besándole las manos.

Me estaba relatando la versión oficial del viaje no la que yo quería oír; opté por seguirle el juego sin prestar mucha atención, me interesaba más sentir el estremecimiento de su piel bajo mis caricias.

—En aquellos meses de espera el invierno fue uno de los más duros que se recuerdan, una parte de los hombres de la flota murieron de frío y penurias, incluido el obispo de Jaén, valedor de la infanta Juana.

—Dios le tenga en su gloria, nos sirvió bien —apunté con consideración, sin apartar mis manos de su cintura.

—Después de zarpar el mar se puso tan embravecido que tuvimos que refugiarnos en Southampton. Menos mal que encontramos refugio en suelo inglés; la alternativa hubiera sido la costa francesa y, ni el almirante ni ninguno de los capitanes, estaban dispuesto a optar por semejante solución.

—Impensable de todo punto —comenté acariciando su cuello.

—Y al final, cuando ya casi se veía la costa española, una terrible galerna estuvo a punto de hacer zozobrar a toda la flota. Estaba tan asustada que escribí esta tablilla y me la anudé a la muñeca para que, cuando el mar devolviera mi cadáver, se supiera a quién había pertenecido.

Me incorporé ligeramente en la cama, contemplando por un instante la posibilidad de que aquel naufragio hubiera tenido lugar y desterrando tal posibilidad en el instante siguiente. Los acontecimientos de los últimos años de mi vida, desde que mi padre decidió comprometerme con la archiduquesa de Austria, habían estado encaminados a conocernos, a nuestra boda, a nuestro enamoramiento, a nuestro lecho. Si Margarita se hubiera ahogado en la travesía, en la auténtica o en la que me inventé, hubiera vivido una vida, pero desde luego, no hubiera sido la mía.

—¿Y qué pusiste en la tablilla: «Margarita de Austria, esposa del hombre más feliz de la tierra»?

—No, me avergüenza un poco reconocerlo, en aquel momento solo pensaba en mi desdicha.

Se mostraba reacia a enseñármelo, aparté la sábana para, pasando sobre ella, alcanzar el cofrecito que estaba en la mesilla de su lado de la cama.

—Vamos a averiguar en qué pensabas —comenté divertido, fingiendo una pelea por leer la dichosa tablilla.

Ella intentaba recuperarla y yo simulaba dejarme. Nuestros cuerpos se entrelazaban como los cuellos de una pareja de cisnes en pleno cortejo, como dos cachorros de gato jugueteando, como las ramas de la madreselva en primavera. Nos dejamos caer exhaustos y abrazados, y pude leer la nota que, afortunadamente, nunca tuvo que ser utilizada para identificar ningún cadáver.

—Veamos —leí, traduciendo del francés—: «Aquí yace Margarita, gentil princesa, que tuvo dos maridos y murió doncella».

Reí con ganas. Esperaba encontrar un recuerdo para su padre, una oración, un adiós a la vida, en cambio lo que más preocupaba a mi mujer a las puertas de la muerte era el no haber disfrutado del lecho conyugal.

Me giré hacia ella y la abracé.

—Ahora ya no podrías escribir un epitafio semejante. Tu primer marido no cumplió, pero del segundo no creo que tengas queja —musité, casi con mis labios pegados a los suyos.

—Ninguna, mi amor, ninguna. Y nos fundimos en un solo ser.

En la fresca penumbra de nuestra cámara, apenas cubierta con el camisón, sin joyas ni adornos que revelaran su rango, yo veía a Margarita, *la Lavandera,* y a todo lo que me hizo enamorarme de ella. En la profundidad de mi corazón mi amada era una sencilla muchacha que, en público, se disfrazaba de princesa.

Los médicos seguían con preocupación los efectos mi «descanso». Escribieron a la reina para informarla de que «mi ánimo y mi salud estaban presos del amor de la doncella y que debería separarnos». Mi madre siguió negando las razones de los médicos, de los consejeros y del rey. A todos les contestó con la frase de que lo que Dios ha unido no lo separe el hombre, y no hubo más que hablar. Nadie volvió a molestarnos en nuestro paraíso.

Bien avanzado junio, mi familia llegó a Medina del Campo. Me encontraron más delgado, cansado y pálido que cuando salí de Burgos. Ante mi lamentable estado, los reyes decidieron aplazar su partida un tiempo y devolverme mis obligaciones al frente del gobierno de mi señorío.

—Si le mantenemos entretenido durante el día tendrá menos tiempo para estar con la princesa— calculó mi padre.

Ese cálculo hubiera funcionado con cualquier otra persona, en mí solo sirvió para que las horas que pasaba separado de Margarita fueran el combustible que alimentaba, aún más, mi deseo de estar con ella. Cumplía fielmente con mis obligaciones y apasionadamente con mi esposa, ante la desesperación de los médicos para los que cada día que pasaba suponía un acercamiento al abismo, y ante el contento de mi madre para la que cada día que pasaba demostraba el fortalecimiento de mi cuerpo.

La realidad era que ni lo uno ni lo otro, o las dos cosas a la vez. Mi estado de ánimo era excelente y mi cuerpo el de siempre. No notaba que se me hubiera reblandecido la médula ni que mi estómago estuviera más débil que de costumbre, simplemente me encontraba más cansado, cansancio que atribuía a la falta de sueño. Cada mañana me decía que no estaría toda la noche en la cámara de mi esposa; sin embargo, al llegar a su lado, el tiempo se pasaba en un suspiro, ocupado en conversaciones, caricias, pasión, letargos y pasión de nuevo. En su cámara nunca me sentía cansado, nunca encontraba el momento de irme.

Por aquellos días llegó una inesperada visita; García de Albarrategui había recibido mi mensaje y venía a traerme nuevas sobre su doble cometido. Disfruté imaginando una pequeña broma consistente en presentarle a mi esposa, fingiendo que no se conocían, y ver cuál de los dos era capaz de mantener el tipo durante más tiempo.

—Mi buen amigo, qué ganas tenía de veros —le recibí entusiasmado.

—Alteza.

—García, acercaos, voy a presentaros oficialmente a mi esposa —solté una risita que nadie entendió—. Os presento a doña Margarita de Austria, princesa de Asturias, de Almazán y de mi corazón.

—Mi señora, os ofrezco humildemente mis servicios.

Tras unos momentos expectantes, volví a reírme de forma nerviosa. Me admiraba la frialdad que mantenían los implicados en el engaño, ninguno reaccionaba de forma especial, ningún gesto de complicidad ni de reconocimiento o sorpresa. Visto que no iba a pillarles en falta, me fui con García a la sala donde habitualmente se reunía el consejo para tratar los asuntos de la casa de la mancebía y decirle que ya estaba enterado de todo, que podía dejar de fingir.

—He traído la documentación necesaria para que, si lo consideráis oportuno, deis vuestra aprobación.

—¿Ha habido algún problema?

—La idea no ha gustado demasiado a alcahuetas y otras gentes de mal vivir que ofrecen estos servicios en dudosas condiciones. Se han dado casos de engaños de muchachas pobres e incluso de secuestros, para atender a la poco exigente clientela, por no hablar de las inexistentes condiciones de salubridad, con el consiguiente peligro de propagación de todo tipo de enfermedades.

—¿Que proponéis?

—Hemos encontrado un solar donde se podría construir una casa de nueva planta con cuartos limpios y ventilados. Dispondríamos de un encargado, una especie de padre de la mancebía, que se ocuparía de mantener el orden entre la clientela y evitar abusos sobre las muchachas. En cuanto al tipo de chicas que podrían trabajar allí, hemos considerado prudente que fueran solteras, no demasiado jóvenes y cuyos padres no vivieran en Salamanca. Atenderían un número máximo de clientes al día, descansarían un día a la semana y los días que menstruaran, también sería preciso que contaran con la asistencia semanal de un médico, que velaría por la salud de las jóvenes, y la diaria de un sacerdote —se le notaba satisfecho con el trabajo realizado—. Estas son algunas de las ideas iniciales.

—Veo que habéis realizado un estudio concienzudo. ¿Os habrá llevado mucho tiempo?

—No hubiera podido hacer todo esto sin la inestimable ayuda de la señora Margarita, suyas han sido casi todas las ideas para mejorar las condiciones de vida de las muchachas que trabajen allí.

Iba a decirle que no hacía falta que siguiera disimulando, que ya conocía toda la historia, cuando alguien dejó entrar a Bruto. Mi siempre dispuesto amigo vino trotando a saludarme, moviendo el rabo con tal fuerza que daba la impresión de que en cualquier momento se le podría desprender del cuerpo.

—¿Este es Bruto? ¡Cuanto ha crecido! —exclamó García.

El perro, al reconocer su voz, se volvió hacia él y empezó a olisquearle. El alegre humor que mostró a la entrada fue cambiando por un nerviosismo del que solo hacía gala cuando íbamos de caza y olfateaba una presa. Dejó de festejar a García y se empeñó en rascar su bolsa con fuerza.

—Que listo eres, ¿lo has olido, verdad? —dijo mi interlocutor mientras sacaba un pequeño bulto atado con un lazo—. Perdonad alteza, es un presente de parte de la señora Margarita. Os manda este pañuelo que ha bordado para vos, también me encargó que os dijera que reza todos los días por vuestra felicidad.

El perro estaba como loco dando vueltas a mí alrededor, lanzando una especie de grititos nerviosos. Desconcertado, cogí el pequeño paquete que me entregó García, deshice lentamente el lazo y extraje un pañuelo blanco con una J bordada y una fina puntilla rematándolo. Bruto se levantó sobre sus patas traseras arrancándome el pañuelo de las manos y, antes de que me diera tiempo a reñirle, se tumbó a mis pies con el pedazo de tela enredado entre las patas. Lo lamía con fruición mientras emitía unos pequeños quejidos lastimeros, hubiera jurado que lloraba.

Me puse lentamente en pie impulsado por una señal de alerta que crecía velozmente en mi interior. Bruto levantó la cabeza y clavó en mí sus profundos ojos, negros de reproche y de tristeza. Un rayo de luz atravesó mi mente y, con la meridiana claridad de una revelación, fui consciente de la verdad tantos meses silenciada: existían dos Margaritas y la que estaba conmigo no era la mía.

Una fuerte presión me oprimió el pecho y me demudó el rostro. García saltó veloz llegando a mi lado justo a tiempo de cogerme por los hombros y evitar que mi cabeza golpeara contra el suelo. Su cara, pidiendo ayuda a gritos, fue lo último que vi.

Cuando volví en mí habían pasado dos días, tenía fiebre y me encontraba tan agotado que apenas podía abrir los párpados. Margarita de Austria estaba a mi lado solícita y muy preocupada.

—Mi señor, nos habéis dado un susto terrible, gracias a Dios estáis de nuevo con nosotros.

La miré como a una extraña, realmente no la conocía. Había compartido sus ternuras y confidencias pero no era ella a quien escuchaba, había disfrutado de su cuerpo hasta la saciedad pero no era a ella a quien había amado. Ahora sí oía su voz, tenía un fuerte acento francés que yo me había negado a reconocer. Ahora sí veía su rostro, era hermosa no cabía duda, pero no era Margarita. Ahora entendía que Bruto no la reconociera ni festejara, había sido el único que realmente la había echado de menos. La desesperación sustituyó al dolor y dibujó en mi rostro una mueca malinterpretada por todos los que estaban en la cámara. Solo Bruto, que no soltaba el pañuelo, entendió mi angustia y la acompañó con unos lastimeros aullidos que expresaban, mejor que ninguna palabra, la terrible congoja que me desgarraba el corazón. La lúgubre música del perro se interrumpió cuando los reyes entraron en la cámara.

—Juan, ¿cómo te encuentras?, tenía que haber escuchado a los médicos, no creí que pudiera ser tan grave. No te preocupes, en unos meses no te quedará más remedio que mantenerte alejado de tu esposa, el descanso será tu mejor medicina.

No entendía de qué me estaba hablando, ni qué tenía que ver el dolor de mi alma con los médicos y con alejarme de aquella mujer a la que llamaba «mi esposa».

—Sí, mi ángel, la princesa está en cinta, vas a tener un heredero. ¡El rey y yo estamos tan felices…!

Miré a mi esposa que sonreía casi ruborizándose. Debería haberla felicitado o algo parecido, no pude. No encontraba nada admirable en lo que ninguno de los dos habíamos hecho, no tenía más mérito que el que tiene un semental cuando cubre satisfactoriamente a una yegua. Me di asco.

Al día siguiente pregunté por García de Albarrategui, mentí diciendo que me encontraba mejor y que quería sacar adelante los asuntos de mi gobierno. A causa de mi debilidad, le recibí sentado en la cama y pedí quedarme totalmente a solas. En aquella ocasión no tuve que insistir demasiado, los reposteros de camas comprobaron la puerta de servicio y las ventanas, y despejaron la cámara.

—Sentaos a mi lado, necesito hablar con vos.

—Alteza, podría haber esperado, no corre prisa, aún no estáis bien.

—No se trata de la casa de mancebía, otro día llamaré a mi secretario para que redacte la orden de creación y la licencia a vuestro nombre. Quiero que me habléis de Margarita.

—Como gustéis, ¿qué deseáis saber?

—Todo, que tal está, en qué ocupa sus días, si se acuerda de mí, si alguien la pretende...

Hablaba despacio, masticando las palabras, el único consuelo a mi desdicha era imaginarla lejanamente feliz. García sonrió con cariño sin sospechar mi locura, si fue consciente de ella agradecí profundamente que no lo mencionara y mantuviera nuestra conversación en el terreno de la realidad.

—¿Todavía la amáis, mi señor?

—Más que nunca, el no tenerla me hace valorar la auténtica magnitud de lo que he perdido.

Temí que en ese momento me preguntara por mi esposa, tampoco lo hizo.

—Pues si os sirve de consuelo, ella a vos también. Cuando le menciono las ventajas de algún caballero que podría estar interesado en su persona me lanza unas miradas capaces de congelar el infierno, y me responde que ella ya tiene quien la enamora.

La respuesta de García me llenó de orgullo y de recuerdos, pero no podía perder el tiempo en remembranzas, ya lo haría más tarde.

—Os habéis referido a ella como la señora Margarita. ¿Fue idea suya?

—Fue mía, mi señor. Se me ocurrió que, ya que en Salamanca nadie la conocía, era la ocasión perfecta para presentarla como una señora, una prima, viuda por más señas, que se haría cargo de administrar mi casa, de esa forma todo el mundo la respetaría.

—¿Una prima viuda?

No entendía ninguna de las dos peculiaridades, parecía que yo no era el único con una imaginación prodigiosa.

—La viudez concede a las mujeres un estatus de honorabilidad que no tienen siendo solteras y una autonomía de la que no disponen siendo casadas. Y por si a alguien le queda alguna duda, aquí está su «primo» para responder por ella.

Me hizo gracia el gesto bravucón de García. Al final, aquel bribón, iba a resultar mucho mejor paladín de mi amada de lo que yo había sido.

—Y ella ¿aceptó?

—Me costó mucho convencerla. Las consideraciones de que realmente iba a ser la señora de la casa, de que a vos os gustaría, no sirvieron para nada. Al final tuve que inventarme que mi futura posición social requería que diera la sensación de ser un hombre estable y responsable, y, sin esposa ni hijos, ¿que mejor que una respetable prima viuda a la que acojo y protejo a cambio de que gobierne mi casa y a mí, si hiciera falta? El caso es que lo enredé de tal manera que acabó aceptando para no perjudicarme. Cuando hablé con su ilustrísima, el obispo Deza, también le pareció muy buena idea.

Desde que en mayo partió hacia Salamanca solo había recibido dos correos de mi preceptor interesándose por mi salud, por mi afecto hacia mi esposa, dándome algún que otro consejo y recordándome que estaba a mi disposición para lo que necesitara. Todo muy en consonancia con el limbo en que vivía.

—¿Habéis hablado con fray Diego?

—Sí, alteza, al poco de tomar posesión de su cargo envió recado para que fuera a verle. El motivo oficial era interesarse por la casa de mancebía, pero aprovechó la audiencia para saber todo sobre la señora Margarita, igual que vos, y encargarme que no le faltara de nada.

—Mi buen preceptor, siempre adelantándose a mis deseos.

Me sentí confortado, alguien con sentido común se preocupaba por ella.

—¿Vivís en una posada?

—De momento estamos alquilados en una casa propiedad de un caballero importante de la ciudad. Con las primeras rentas que me proporcione la mancebía mandaré construir una casa nueva con vistas al río y con un gran patio, donde la señora Margarita pueda vivir tranquila el resto de su vida, si ese es su deseo.

—¿No será vuestra criada? —pregunté alarmado.

—No mi señor, no se me ocurriría, gobierna mi casa como habíamos acordado. Tiene tres personas de servicio: una mujer en la cocina, otra para la ropa y limpieza, y un muchacho para acarrear agua, leña, atender el caballo y la mula, y cualquier otra tarea que se le mande. La señora Margarita decide lo que se compra, lo que se come, organiza la limpieza y el mantenimiento de la casa, de la ropa…, hasta tal punto que si ella faltara yo no sabría ni encontrar mi capa.

—Seguro que está feliz con tanto que hacer.

—Al menos lo parece. Algunos días vuelve del mercado con una sonrisa especial y me comenta noticias que ha oído sobre vos. Hablamos de ello de la misma manera que hablarían dos hermanos de un amor ausente, y os puedo asegurar que sus ojos cobran un brillo especial.

A pesar del profundo sentimiento de pérdida que me invadía me consolaba pensando que sería menos desgracia que yo, no se había tenido que casar con un extraño.

—¿La habréis respetado? —de repente se me encendió la sangre.

—Alteza, os lo juré y lo cumplo. Tiene su propio cuarto y nunca he traspasado su puerta ni ella la del mío.

Un ataque de celos injustificados invadió mi pobre cuerpo. No tenía ningún derecho a exigir una fidelidad ni presente ni futura y, por lo que me decía mi amigo, ni propios ni extraños me habían dado motivo, pero estaba celoso. Envidié a García. Le imaginé en la sala de su casita, sentado tranquilamente al amor de la lumbre con Margarita sentada enfrente, cosiendo y comentando los sucesos del día. Me hubiera cambiado por él en aquel mismo instante. Le regalaba mi señorío, mis futuros reinos, a la princesa y hasta al hijo que esperaba, y por el que no sentía ningún afecto ni orgullo.

El cansancio y el desánimo me impidieron seguir hablando con García. Aquellos meses de estúpida felicidad al lado de la persona equivocada, no habían sido más que un paréntesis en mi vida que enlazaba, directamente, con el momento en que Margarita se fue de Almazán. Estaba como estuve, pero peor.

Pensaba en el ridículo tan espantoso que había hecho delante de mi confesor, de mi camarero mayor y de mi preceptor, defendiendo hasta la saciedad que mi esposa era mi Margarita, y haciéndoles responsables de un enredo que solo existía en mi cabeza. Lo que no entendía era por qué me habían dejado vivir con mi engaño. Dormité un poco, soñando con mi desgracia y, al despertar, llamé a mi confesor.

—Fray García ¿sabéis que su alteza espera un hijo?

—Sí, mi señor, es una magnífica noticia —se le veía encantado.

—No cabe duda que lo es, y ¿sabéis también que mi esposa, Margarita de Austria, no es mi Margarita, la lavandera de Almazán?

El pobre hombre se quedó pálido. Me sostuvo la mirada por un instante para acabar humillando los ojos, la cabeza y hasta el alma.

—Sí, alteza —respondió lacónicamente.

—Me gustaría que me explicarais la razón de que nadie me lo haya dicho —estaba todo lo enfadado que mi debilidad me permitía.

—No tengo disculpa. Cuando en Villasevil me dijisteis que vos tomabais a la una por la otra, no supe qué hacer. Teniendo en cuenta vuestro amor por la lavandera, el sacrificio que hicisteis alejándola de vos y la melancolía en la que entrasteis, creí que deciros la verdad os mataría de pena.

—Y a lo peor se malograba una gran boda, ¿no es cierto?

—Os aseguro que no pensé en la boda, solo me preocupaba vuestra felicidad y vuestra salud, y se os veía tan feliz… Tomé la decisión de no sacaros del error con la confianza de que el tiempo haría que amarais a vuestra esposa y fuerais olvidando a la otra Margarita.

El bueno de mi confesor se apropió de la decisión de fray Diego, supongo que para asumir la previsible culpa, sin saber que seguramente fue la decisión correcta. Había sido tan feliz, tan irracionalmente feliz que, por mucho que se hubiera esforzado en aclarar el dislate no le habría creído.

—Podría acusaros de traición —manifesté sin mucha convicción.

—Acepto humildemente vuestra sentencia, pero quiero que sepáis que soy el único responsable, don Juan de Calatayud no hizo más que acatar mi recomendación, y vuestro preceptor se enteró ya en Burgos, cuando el matrimonio se había consumado.

Dejé caer la cabeza sobre los almohadones, no me veía sentenciando a muerte, prisión o tormentos a mi querido confesor y, además ¿de qué traición le iba a acusar, de no decirme que me había vuelto loco?

—¿Quién más está al corriente?

—Nadie más, solo don Juan de Calatayud, fray Diego y yo mismo. Acordamos no hablar de ello con nadie para no perjudicaros.

—«El príncipe se ha vuelto loco», hubiera sido un buen grito de aclamación durante mi entrada en Burgos.

Mi confesor estaba afligido, había tenido que elegir entre seguirme el juego en la locura de mi invención o provocar la locura que me hubiera supuesto su desmentido.

—Tranquilo, fray García, supongo que obrasteis de buena fe, nadie más que yo mismo tiene la culpa de mis desvaríos —lancé un suspiro tan hondo como mi desdicha—. Y fray Diego ¿qué dijo de todo esto?

—Le preocupaba mucho vuestra reacción si os llegabais a enterar de la verdad y nos invitó a tenerle informado, en todo momento, de vuestro estado de ánimo.

—¿Le habéis informado?

—Cada mes, desde que marchó a Salamanca.

Resultaba muy complicado reorganizar de nuevo mi vida, mis

afectos y mi relación con las personas que conocían mi desvarío. No conseguía separar la rabia de la razón.

—En el próximo mensaje le podéis contar que ya sé que Margarita de Austria no es mi Margarita y que, a pesar de la inicial desilusión, he aceptado mis obligaciones para con mi esposa y con mi hijo, y estoy seguro de que, con la ayuda de Dios, llegaré a tenerles el afecto que se merecen.

—No creo que sea prudente poner eso por escrito, alguien podría leerlo.

—Siempre protegiéndome… Tenéis razón, decidle entonces que me he alegrado mucho de que a García de Albarrategui y a la señora Margarita les vayan las cosas tan bien en Salamanca. Decidle también que la princesa doña Margarita de Austria y yo vamos a tener un hijo que colma nuestra felicidad, y que espero pasar por su hermosa ciudad cuando regrese del casamiento de mi hermana.

—Así lo haré —exclamó con reticencia. No estaba muy seguro de que yo hubiera asimilado realmente lo sucedido.

En el fondo de mi alma, un estremecimiento malicioso me decía que debía protegerme, esconder mis verdaderos sentimientos de la vista del mundo, fingir. Mi nuevo yo exterior notó las dudas de mi confesor y decidió tranquilizarle.

—Fray García, todo lo demás que sabéis y os he contado, consideradlo secreto de confesión, no quiero que fray Diego se preocupe innecesariamente porque voy a superarlo, y vos me vais a ayudar.

El buen fraile se emocionó hasta la médula, cogió mi mano y la besó conmovido.

—Pondré en ello toda mi alma, alteza.

XVII. El trato

Pasé las siguientes semanas recuperándome sin mucho entusiasmo, el suficiente para que me dejaran en paz y poder ocuparme de mis asuntos. El estado grávido de Margarita de Austria sirvió de disculpa perfecta para no compartir lecho. Ella no tenía la culpa, pero mis demostraciones de afecto se limitaron a corteses comentarios públicos y a muy cortos paseos privados, donde mi salud y su embarazo eran los únicos temas de conversación. Tampoco disponía de mucho más tiempo que dedicarle. Mi madre había tomado el control de la situación y tenía a la princesa prácticamente secuestrada, ocupando sus días en darle consejos, contarle anécdotas y vigilar su estado igual que lo habría hecho con sus propias hijas.

Me convertí en un artista del disimulo, incluso con mi confesor. Con calculadas pinceladas le iba dibujando pequeños detalles de mi tristeza, para los que él encontraba frases consoladoras que yo fingía aceptar y aplicar en la reparación de ni ánimo. Nada más lejos de mi intención. En la soledad del retrete, con la única compañía de Bruto y de un pañuelo que ya no era más que un jirón de tela sucio y babeado, tramé un plan.

Cuando regresáramos de la boda de mi hermana convencería a mis padres de que no podía ir con ellos a Alcalá de Henares, siguiente etapa de su eterno periplo. Les diría que quería pasar un tiempo en Salamanca con fray Diego para asistir a la universidad, como un alumno más, y conocer desde dentro la naturaleza, el pensamiento y las inquietudes de las personas que estaban llamadas a ser los sabios y los intelectuales de mi futuro reino. Les convencería también de que la archiduquesa debería ir con ellos, ya que la reina sería mucha mejor ayuda y compañía que yo, tanto durante el embarazo como en los primeros meses, incluso años, de la vida de mi hijo. Prometería visitas y correos que llenaran el vacío que su separación me iba a dejar, visitas que serían bastante escasas debido a lo muy ocupado que me iba a tener la compleja ciudad de Salamanca, y lo interesantísimas que iban a ser las clases a las que debería asistir.

Para que mi larga estancia fuera lo más cómoda posible, buscaría el mejor palacio de la ciudad y llegaría a un acuerdo económico con sus propietarios. No quería seguir viviendo de prestado, no quería dejar pasar los años hasta que me construyeran uno propio. Y, lo más importante, en contra de todo lo que me habían enseñado, de mis creencias y de mi honorabilidad, convertiría a Margarita, la mía, en mi amante.

Me había cansado de ser un Amadís de pacotilla, vapuleado por el destino y a punto de morir de amor. Sería discreto, eso sí, y ella tenía que aceptar, que ese era otro problema, pero mi recobrada confianza me llevaba a creer que iba a ser capaz de convencerla. Después de todo, mi padre tenía y había tenido amantes bien conocidas que nadie le reprochaba, incluso el papa le había nombrado católica majestad. La contundencia de aquel nombramiento era lo que pensaba echarle en cara a fray Diego cuando se opusiera a mi adulterio. Esta vez no me iba a dejar convencer por su oratoria, sus razones, su fe, su afecto o su padecimiento.

En toda la historia que me había inventado, la imagen de la sangre cubriendo su espalda era lo único que no había acabado de encajar. Aquello no había sido fingido, no formaba parte de una ilusión. Llegué a imaginar que, al ver mi sufrimiento tras la partida de mi Margarita, se habría arrepentido de haber tomado parte de aquella invención y se habría castigado por ello. Lo único cierto era que la invención y la culpa habían sido solamente mías, y solamente míos serían también el consentido pecado y su inevitable castigo. Ni todos los dominicos de Salamanca haciendo penitencia por mi falta conseguirían separarme de mi verdadera Margarita.

Comencé una actividad febril de organización de mi señorío empezando por dar a García de Alabarrategui, el 17 de julio, la carta de creación de la casa de mancebía para que la presentara ante el Ayuntamiento de Salamanca y despejara cualquier duda sobre cuál era mi voluntad. Al parecer, los beneficios que iba a proporcionar aquella casa constituían un gran pastel que muchos se disputaban. Junto con la carta, le di un regalo para Margarita. Se trataba de una miniatura que representaba al arcángel San Miguel en recuerdo de la pequeña iglesia de Almazán que tanto había tenido que ver en nuestras vidas, y en cuyo reluciente escudo mandé pintar una J entrelazada con una M.

Mi aparente mejoría animó a mis padres a preparar el viaje, tantas veces demorado, a la frontera portuguesa. Hubieran querido partir antes para firmar allí mismo las capitulaciones matrimoniales entre mi hermana Isabel y el rey Manuel pero, por mi culpa, el tiempo se les había echado encima. Para complicar aún más las cosas, por aquellos días también se anunció la llegada de los embajadores ingleses para hacer lo propio entre mi hermana Catalina y Arturo Tudor, príncipe de Gales. Los reyes decidieron posponer el viaje una vez más y, el 15 de agosto, firmaron en Medina del Campo sendas capitulaciones matrimoniales. Cuando todos los pertrechos estaban prácticamente preparados y parecía que por fin íbamos a emprender el viaje hacia Portugal, apareció García de Albarrategui. Hacía solo un mes que había salido de Medina del Campo y ya estaba de vuelta.

Al recibir la petición de audiencia supuse que, en su terquedad, el consistorio salmantino seguía poniendo fuertes impedimentos para que García fuera el beneficiario de la casa de mancebía. Le recibí de inmediato rodeado de mis consejeros y dispuesto a dejar caer, sobre aquella conflictiva ciudad, todo el peso de la ley. Llegó a mi presencia pálido, demacrado, cohibido, incluso me pareció que había mermado de tamaño.

—Decidme García, ¿qué problemas tiene ahora la ciudad de Salamanca para cumplir las órdenes de su señor?

—No hay ningún problema, alteza —el hombre cayó de rodillas y continuó, entre sollozos—, se trata de la señora Margarita.

Me puse en pie con el corazón retumbando en las sienes.

—Fuera —grité—, todos fuera.

Cuando la sala quedó vacía, me acerqué enfurecido a García y, sacando fuerzas de no sé donde, le agarré por los hombros y le levanté del suelo.

—Habla —increpé fuera de mí.

—Margarita... —lloraba desesperadamente—, la señora Margarita... ha muerto.

Había escuchado las palabras pero me negaba a comprender su significado.

—¡Qué dices desgraciado!

Le zarandeé bruscamente empujándole hasta la pared.

—Lo siento, mi señor, fue un accidente.

Loco de furia desenvainé la daga que llevaba al cinto y se la puse en el cuello.

—Tenias que cuidarla, tenias que protegerla con tu vida.

Un hilo de sangre empezó a correr por la hoja del puñal hacia mi mano sin que por ello aflojara la presión de la daga.

—¡Habla traidor!

García estaba pegado contra la pared inmovilizado entre mi brazo izquierdo y mi acero. Temblaba como una vara verde, solo después de algunos gemidos comenzó a hablar de forma entrecortada.

—Había salido, acompañada del criado, a llevar algunas ropas a las lavanderas que trabajan al otro lado del río. El puente romano estaba repleto de gente entrando y saliendo de la ciudad. Parecer ser que los caballos de un carro, que atravesaba el puente en ese momento, se espantaron, causando un tumulto que acabó con varias personas pisoteadas y con otras empujadas al agua. Entre ellas estaba la señora Margarita. Algunos hombres que sabían nadar se tiraron en auxilio de los infelices pero cuando consiguieron sacarla ya...

García interrumpió su relato, no le salía la voz.

Tenía mi cabeza muy cerca de la suya, casi rozándole la nariz, por eso pude ver que en el fondo de sus ojos no había miedo, había una profunda tristeza.

Una maza de roca helada golpeó mi pecho. Imaginé a Margarita cayendo al Tormes, braceando desesperada, pidiendo ayuda a los que la miraban desde el puente, sintiendo que la ropa empapada se hacía más y más pesada, siendo arrastrada por la corriente, sin fuerzas para mantenerse a flote, estirando el cuello para evitar que el agua se le metiera en el cuerpo, desapareciendo por momentos bajo el agua, dejando de respirar. Imaginé que lo último que vieron sus hermosos ojos fue el interior del río, un interior turbio, silencioso, solitario y frío.

La daga cayó de mi mano, me abracé a él y lloré, lloré hasta que me quedé sin lágrimas. Solo al cabo de un buen rato conseguí separarme y llegar a trompicones hasta un sillón donde me dejé caer, hundido.

—Ya nada tiene sentido —murmuré.

García se recompuso, recogió el puñal del suelo y lo dejó sobre la mesa.

—Mi señor, disponed de la casa de mancebía, de mi vida y de mis bienes según consideréis oportuno.

Un frío pesado y lento comenzó a invadir mis huesos. Contrariamente, mi espíritu se llenó de paz, de una paz vacía, blanca y silenciosa, como de cementerio. A pesar de mi empeño por esquivar mi destino, el destino imponía su ley, Margarita y yo nunca estaríamos juntos. El Amadís que un día creí ser había intentado transgredir el código caballeresco, y el reglamento de los caballeros reclamaba un tributo por semejante traición. Mis intenciones de quebrantar las leyes de Dios y la moral de los hombres habían recibido su castigo, el más cruel de todos, puesto que para castigarme a mí la habían matado a ella.

Con una voz monótona e inexpresiva contesté al apenado García.

—Vos no tenéis la culpa, seguid adelante con vuestra vida y con los beneficios que os entregué. Volved a Salamanca y decidle a fray Diego que estoy bien, que no se preocupe.

—El obispo no lo sabe, está de visita en la diócesis de Astorga.

—Mejor.

Mi compañero de caza no sabía ni quería terminar nuestro encuentro, me tenía un sincero aprecio.

—Alteza, puedo quedarme unos días con vos…

—No lo consideréis una afrenta pero preferiría no tener que veros.

García sabía que me dejaba invadido por la tristeza. Me conocía lo suficiente para suponer que aquella aparente calma, aquel tono de voz inexpresivo, anunciaban una explosión de consecuencias impredecibles. Esa intuición sobre mis reacciones le hizo ir al encuentro de fray García para contarle lo sucedido.

El buen fraile fue a buscarme a la sala del consejo pero no me encontró. A los que preguntaba no eran capaces de darle señas sobre mí, resultaba inaudito que nadie supiera dónde estaba. Temiendo que hubiera cometido una locura, se asomó a los brocales de los pozos aterrado por lo que pudiera encontrar en el interior. Por fin, alguien le dijo que me había retirado a mi cámara con orden de no ser molestado. Decidió aguardar hasta el día siguiente. Si se cumplía la rutina de rigor, después de que me vistieran, entraría para rezar y decir la misa diaria y, entonces, trataría de hablar conmigo.

A la mañana siguiente, mientras esperaba junto con otros camareros su turno para acceder a mi cámara, salió Calatayud informando de que el príncipe no deseaba ver a nadie bajo ninguna circunstancia.

—¿Cómo le habéis encontrado? —preguntó en un aparte a mi camarero.

—No sabría deciros, parece tranquilo pero apenas ha dicho una palabra.

—¿Está como ausente?

—No exactamente, más bien concentrado en algún asunto. Más que ausente tiene la apariencia de… —mi camarero buscaba la palabra adecuada—, de un viejo, eso es, de una persona mayor que está de vuelta de todo. Supongo que esto tendrá que ver con el accidente de esa muchacha.

—¿Sabéis ya lo de la muerte de Margarita? Mi camarero asintió entristecido.

—Me lo dijo García de Albarrategui antes de marcharse. Deduzco que entonces también sabe que su esposa no es la lavandera.

—Lo sabe desde hace unas semanas, y lo estaba llevando con bastante sosiego. La verdad, me sorprendió gratamente la entereza con la que asumió la noticia. La fortaleza de su fe y su confianza en el Altísimo le estaban ayudado a superar el desconcierto inicial. Pero ahora…

—Temo que no sea capaz de controlar su pena.

—Yo también, por eso querría hablar con él.

—Ha sido muy tajante en su orden —advirtió Calatayud.

—Me arriesgaré.

Mi confesor dudó antes de entrar, pero prefirió mi enojo a sus miedos. Me encontró rezando en mi oratorio, absolutamente concentrado. Optó por no importunarme y se quedó al lado de la puerta, de rodillas, dando mil gracias al cielo por encontrarme en manos de Dios.

—Fray García, ¿estáis aquí? —comente al levantarme—. Me alegro, iba a llamaros para pediros confesión.

Con una serenidad que a mí mismo me asombró, le referí toda la historia que me había contado García, y con la misma serenidad le conté mis intenciones de vivir una vida paralela con mi amada pasando por encima de esposa, hijos, Dios y lealtades.

—También a vos os he estado engañando, fingiendo que me resignaba con mi vida.

—Dios sabrá perdonaros.

—Por lo pronto ya me ha impuesto la penitencia.

Fray García se alarmó, sabía a qué extremos podían llevarme mis escrúpulos religiosos.

—¿No estaréis pensando que su muerte es un castigo por vuestras deshonestas intenciones?

—¿Y qué otra cosa puede ser?

—Ha sido un suceso fortuito, una terrible casualidad.

—Me alegro de que estéis tan seguro, entonces el castigo es que yo lo crea así y viva atormentado por ello.

—Mi señor, sois muy duro con vos mismo. Si estuviera aquí fray Diego os podría rebatir con sólidos argumentos…

—Ya, pero no está, y esto es una confesión que no podéis repetir a nadie.

Mi confesor bajó la cabeza, en cuestiones dialécticas no podía ganarme.

—Llevo desde ayer dándole vueltas a lo ocurrido. ¿Sabéis que la muerte por ahogamiento no es instantánea?

—¡Por Dios, mi príncipe, no penséis en esas cosas!

—Sí, debo pensarlo. También he pensado que, de la manera en que ocurrió, Margarita no pudo recibir los últimos sacramentos. Aunque era un ángel en la tierra quizás tuviera alguna pequeña falta, quizás en esos postreros y agónicos momentos su fe desfalleciera, lo que la obligará a deambular por un purgatorio que no se merece. Por eso, justo cuando llegasteis, estaba haciendo un trato con Dios Nuestro Señor: mi vida a cambio del traslado inmediato de su alma al cielo. ¿No os parece una gran idea?

—Pero alteza, no podéis…, vuestra alma inmortal…, vuestro hijo…, vuestros reinos…

La cara de espanto de mi confesor era todo un poema, más aún si se comparaba con la serenidad, casi felicidad, de la que yo hacía gala.

—No os preocupéis, no pienso quitarme la vida, si eso es lo que teméis. Será algo natural o por accidente, lo que Dios quiera. En cuanto a mi hijo, creo haber cumplido con engendrarlo, que era lo que se esperaba de mí y por lo que renuncié a mi amada; mis padres tienen buena salud, sabrán sacarle adelante y educarle para heredar sus reinos. Con un poco de suerte mi hijo se beneficiará de la fortaleza de su madre y no de la debilidad de su padre. España saldrá ganando.

—¿Y si fuese una niña?

—Sería reina por derecho propio, como mi madre. Ya se encargará mi padre, el rey, de buscarle un matrimonio adecuado que fusione dos reinos. ¿Os imagináis? La reina de España se casa con el rey de Portugal y toda la península estaría bajo la misma corona. O mejor, se casa con el rey francés, ironía del destino, y nunca más tendríamos que preocuparnos por la amenaza gala. Cualquier opción es mejor que tener por rey a un alma en pena.

Fray García de Padilla no sabía por dónde salir. No era capaz de valorar si mi tranquilidad se debía a que no estaba tan afectado como cabría esperar o a que había traspasado el punto de no retorno en el camino hacia la locura.

—Una cosa, antes de que se me olvide.

—¿Señor?

—Deseo que os hagáis cargo de la ropa que vestí la noche de mi boda y se la deis a quien queráis.

—Os referís a…

—A la que llevé en la iglesia de Villasevil, cuando creía que me estaba casando con mi amada. Confío en no llegar a celebrar otro cumpleaños pero, si así fuera, no soportaría vérsela puesta a alguno de mis servidores; quiero que os la llevéis lejos y se la deis a alguien que la aproveche mejor que yo.

—Ahora estáis muy afligido, mi príncipe, dentro de unos días veréis las cosas de otra manera.

—No fray García, para mí los días ya no cuentan, para mí descuentan.

Me había puesto a discutir sobre la voluntad de Dios y sobre ese asunto mi confesor sí se atrevía a porfiar.

—Perdonadme, mi señor, la fecha de la muerte no es decisión nuestra. Es probable que Dios Nuestro Señor tenga previsto que viváis muchos años plenos y dichosos.

—Os aseguro que es cierto lo que digo.

—¿Cómo podéis estar tan seguro?

—Estoy tan seguro porque… —sonreí casi ilusionado—, porque hace un momento, cuando le propuse el trato, Dios aceptó.

XVIII. Salamanca

El frío que se había instalado en mis huesos durante la visita de García, se quedó en ellos para siempre. A finales de agosto, en medio de la meseta castellana, estaba helado, sufría fuertes dolores de cabeza y la fiebre subía y bajaba de forma incontrolada. Los médicos se inclinaron, en primera opción, por un nuevo brote de las viruelas que ya había sufrido de niño, la piel se enrojecía por momentos pero las terribles pústulas no acababan de aparecer.

—Si fuera viruela sería de la peor clase —comentaban agoreros.

El peligro al contagio limitó, a lo estrictamente necesario, el número de personas que me rodeaban y, por supuesto, a mi esposa se le prohibió totalmente acercarse, ni siquiera, a la gente de mi servicio. Aquel aislamiento me permitió vivir, los que suponía mis últimos días, en un ambiente tranquilo, ensimismado en el dulce pensamiento de que iba a sacar a Margarita del purgatorio y la iba a catapultar al cielo donde sería eternamente dichosa y desde donde podría interceder por su pobre y desdichado príncipe. De nuevo, la aureola de Amadís me envolvía con su halo de honor, sacrificio y bondad. En mi vida ficticia era muchísimo más feliz que en la real, por lo que pasaba cada vez más tiempo en aquel mundo paralelo.

En vista de la evolución de la enfermedad, los galenos decidieron que no iba a ser viruela; poco a poco, el círculo que me frecuentaba se fue ampliando, empezando por mi esposa que, solícita, quería participar activamente en mi cuidado. La alejé alegando que tenía que pensar en nuestro hijo, que no me perdonaría si le hacía enfermar y otra serie de disculpas, lógicas por otra parte, que tenían como única finalidad el verla lo menos posible.

Entre tanto, la reina, práctica y decidida, encargó un tabardo especial forrado de piel para intentar paliar mi permanente tiritona. Se sentía atrapada por sus planes, no quería separarse de mi lado ni podía faltar a la boda de su hija; la unión de Portugal y Castilla era uno de sus empeños personales desde que comprendió que estaba llamada a regir los destinos de su reino. Mi hermana Isabel, aunque no era la princesa heredera, ocupaba, por el momento, el segundo lugar en la línea sucesoria y, ese destacado puesto, merecía toda la atención de los reyes.

Ayudó a resolver sus dudas el que me sobreviniera una aparente mejoría, no tanta como para acudir a la boda de mi hermana, pero sí la suficiente para permitirme convencerla de que iba a ser capaz de viajar, junto con mi esposa, a Salamanca, donde el obispo Deza sabría cuidarme. El verdadero motivo de querer viajar a Salamanca era estar lo más cerca posible de mi amada, de su cadáver enterrado.

El 13 de septiembre, con el tiempo justo, el cortejo real marchó definitivamente hacia Valencia de Alcántara para celebrar el matrimonio de mi hermana Isabel, fijado para el día 30 de ese mismo mes. La semana siguiente, el día 20 se septiembre, enfundado en mi flamante tabardo negro, más apropiado para cruzar los pirineos en pleno invierno que para la época de vendimia en Castilla, abandoné Medina del Campo con dirección a Salamanca. Tardamos tres penosos días en recorrer las catorce leguas que separan Medina del Campo de la capital del Tormes. No me quejaba, no protestaba, soportaba los sufrimientos de mi desconocida enfermedad con una entereza que asombraba a todos, y con una débil sonrisa que me confería el aspecto de un místico o de un alucinado, según quien opinara.

El 23 de septiembre llegamos a Salamanca. Mi debilidad y la fiebre hicieron que nuestra entrada se produjera en un coche de cuatro ruedas tirado por cuatro caballos, costumbre traída de Flandes por mi esposa, en lugar de a caballo como hubiera sido propio de un caballero. Fray Diego formaba parte principal del séquito de bienvenida y, aunque ya tenía noticias de mi estado, al verme se asustó. Bajó del caballo, saludó a la princesa y se acomodó a duras penas en el poco espacio que quedaba libre dentro del carruaje.

—Alteza, parecéis muy aquejado por vuestra dolencia, suspenderé todos los actos de la recepción e iremos directamente al palacio episcopal, necesitáis atención inmediata y descanso.

—No, fray Diego, dejadlo estar, probablemente sea la última oportunidad que tengan mis súbditos de ver a su señor. Estoy seguro que la ciudad lleva varios días preparando este recibimiento y no podemos defraudarles, os prometo que, en cuanto terminen los actos oficiales, me pondré totalmente en vuestras manos.

—Pero mi señor, estáis blanco como la cera, tenéis los ojos hundidos y os cuesta trabajo hasta respirar.

—Gracias fray Diego, vos sí que sabéis animar a un enfermo —bromeé penosamente—. Tengo entendido que el maestro del Enzina va a estrenar una obra en nuestro honor, comprenderéis que por nada del mundo me la perdería.

Mi apenado preceptor volvió a su caballo con el corazón en un puño; por primera vez en muchos años, se atrevió a considerar la posibilidad de que mi fin pudiera estar cerca.

En el campo, antes de entrar en la ciudad, me rindieron honores varias formaciones de caballería ligera con caballos bellamente enjaezados y jinetes luciendo sus mejores galas. Ya dentro de Salamanca, las abarrotadas calles aparecían alfombradas con ramas de retama, tomillos y otras yerbas olorosas que en algo ayudaban a mi dificultosa respiración. El mismo adorno vegetal, alternado con tapices, lucía en las portadas de las casas. Aunque yo apenas levantaba la mano para saludar, la algarabía de la gente por ver a sus príncipes compensaba mi tibio y fingido entusiasmo.

En tablados levantados en las plazas y balcones de palacios, coros de niños y niñas entonaban himnos nupciales en nuestro honor para disfrute de la comitiva y de los animados viandantes. Ni el consistorio ni la universidad habían escatimado en gastos relacionados con las musas. Sus responsables, conocedores de mi amor por las artes y las letras, confiaban en conseguir, de esa manera, un patrocinio muy generoso para una ciudad considerada la fuente literaria de toda España.

El punto culminante del recibimiento fue la representación de una obra escrita y compuesta por Juan del Enzina, titulada *El triunfo del amor,* dedicada a nuestro fulgurante, apasionado y harto conocido enamoramiento. Ante las ardorosas exclamaciones del personaje del pastor que es acribillado por los dardos del amor, la gente nos miraba con sonrisitas cómplices. ¡Qué lejos estaban ellos de imaginar quién había lanzado los dardos de amor que a mí me atravesaban!

La representación terminó con un villancico que me transportó a la galería del palacio de Almazán, al preciso momento en que le pedí a Margarita que me mirara.

Ojos garços a la niña,
¿quién se los enamoraría?

Son tan lindos y tan vivos,
que a todos tienen cautivos.
Y solo la vista de ellos
me ha robado los sentidos.

Y los hace tan esquivos
que roban la alegría.
¿Quién se los enamoraría?

La felicidad interior que me embargaba, manifestada a través de un rostro demacrado y enfebrecido, me confería un aspecto extrañamente sobrenatural, para regocijo de artistas y autoridades que interpretaron mi embeleso como expresión del agrado que me había producido la obra y el recibimiento de la ciudad. Semejante valoración era solamente la mitad de la verdad, la otra mitad estaba esperándome dos varas bajo tierra.

Acabados los saludos protocolarios, volvimos a subir al coche para terminar los actos de recepción en el palacio episcopal, frente a la catedral.

Fray Diego, muy preocupado por mi estado, me condujo inmediatamente a la que sería mi última cámara. Consultó a mis médicos y, ante sus vagas e inconsistentes respuestas, mandó correo a los reyes comunicándoles mi deplorable estado. Sabía que era muy mal momento, faltaban solo seis días para la boda de mi hermana, pero el pobre obispo se sentía desbordado.

Intentando ponerse en antecedentes, habló con fray García quien, para no faltar al secreto de confesión, solamente pudo referirle la muerte de Margarita como causa de todos mis males. Mi preceptor no necesitó más explicaciones. Tuviera o no tuviera otras enfermedades, la melancolía se había adueñado de mi alma y no conocía ningún exorcismo para alejarla.

Se pasaba el día a mi lado tratando de encontrar argumentos que pudieran reconciliarme con la vida.

—Sabéis fray Diego, pronto voy a estar con ella —su solo recuerdo bastaba para iluminar mi semblante—. Bueno, no con ella, pero desde el lugar que Dios disponga para mi alma podré verla en el reino celestial, rodeada de ángeles entre los que parecerá uno más. Y si algún día, por mis méritos y su intercesión, Dios Nuestro Señor considera que puedo acceder al paraíso, estaré por fin al lado de mi amada y alcanzaré la felicidad completa, inimaginable, infinita.

—Alteza, no me cabe duda que ese día llegará, pero no tiene porqué ser ahora, aún tenéis muchas cosas buenas que hacer sobre la tierra. Ella os esperará y cuidará de vos.

—No fray Diego, ese día ya ha llegado y no hay nada que ninguno de los dos podamos hacer para impedirlo. Espero que no se os ocurra volver a cometer el mismo desatino que en Almazán porque, de hacerlo, no conseguiréis otra cosa que ser enterrado a mi lado.

Mi maestro sabía que en esta ocasión, mortificarse por mí, no iba a servir para devolverme al mundo de los plenamente vivos.

—Mi señor, ¿os acordáis de Colón? el año pasado emprendió su tercer viaje, ¿no sentís curiosidad por saber qué otras maravillas va a descubrir?

—Me acuerdo de Colón, le conocí en Cataluña, y se de sus viajes y del apoyo que le habéis ofrecido. Os aseguro que lo único que podría interesarme es el descubrimiento de un remedio que devolviera la vida a Margarita.

—Eso solo está en manos de Dios.

—Pues por eso mismo, a Él me remito.

Fray Diego, desesperado, rebuscaba en su mente nuevos frentes de ataque.

—Vuestro hijo necesitará un padre.

—Mi padre, el rey, es muy capaz de desempeñar esa misión, y cuento con vos para que os hagáis cargo de su educación, os lo iba a pedir de todas las maneras y, dadas las circunstancias, no voy a admitir un no por respuesta.

—Me honráis, mi príncipe, haré todo lo que esté en mi mano.

—Ah, y un última cosa, no le dejéis leer libros de caballerías.

El 26 de septiembre, la fiebre que hasta entonces subía y bajaba dentro de márgenes medianamente soportables, se disparó manteniéndose obstinadamente alta.

Entré en un estado de semiinconsciencia en el que apenas reconocía a los que me rodeaban. Me fui a vivir en una nube desde la que oteaba el cielo, con la esperanza de ver alguna otra nube que se pareciera a mi amada, o sentir alguna brisa que me recordara su voz. De vez en cuando, los continuos cuidados de los que era objeto, me hacían volver a la tierra, entonces preguntaba por Margarita. Solo fray Diego, fray García y Calatayud sabían a quién me refería, y se guardaban muy mucho de comentarlo.

Mi esposa, convencida de que me interesaba por ella, se acercaba intentado no manifestar la angustia que la invadía, creía haber encontrado al príncipe de sus sueños y este también la iba a dejar plantada. Se consolaba pensando que al menos no se quedaba sola por falta de amor y, para mayor honra, esperaba un hijo. Su orgullo de mujer estaba a salvo.

Durante los días de padecimiento y para entretenerme, mi preceptor me contaba sus proyectos como si yo fuera a verlos.

Uno de los planes que impulsó fray Diego, en los pocos meses que había ejercido de obispo de Salamanca, fue el tomar la decisión definitiva de construir una gran catedral que estuviera acorde con los tiempos y con el prestigio de la ciudad. Se llevaba muchos años discutiendo sobre tan importante asunto, proponiéndose distintas opciones que nunca satisfacían a todas las partes. Desde tirar la catedral existente para construir la nueva encima, hasta edificarla hacia el oeste de la actual, para lo cual habría que derribar el palacio episcopal y otras propiedad limítrofes. La llegada de mi preceptor puso fin a tantos años de disputas. La catedral nueva se construiría al lado de la existente, hacia el norte, opción que permitiría realizar la gran obra, sacrificando solamente un brazo del crucero de la vieja. A cambio, de ese pequeño sacrificio se tendrían dos catedrales adosadas, ninguna otra urbe de la cristiandad podría competir con tal originalidad.

Me alegré de que no fueran a derribar la actual. Había entrado en la catedral el día de mi llegada a Salamanca y, en contra de las opiniones que la tachaban de pequeña, baja y oscura, a mí me había parecido un exquisito joyero que guardaba la más primorosa de las joyas.

—Me gustaría que me enterraran en la catedral ¿podría ser?

—Cuando necesitéis semejante servicio se lo tendréis que pedir a la persona que sea el obispo en ese momento.

—Vamos fray Diego, los dos sabemos que apenas me quedan unos días, no me lo pongáis más difícil.

—No me resigno, mi señor, no me resigno.

—Pues debéis hacerlo, esto no tiene marcha atrás.

—Los médicos aún no tienen un diagnóstico.

—Al contrario, tienen varios: viruela, tisis…, qué más da. Lo cierto es que me muero porque Dios Nuestro Señor así lo quiere, y yo también.

XIX. Triste España

El 29 de septiembre, fray Diego no pudo más, volvió a escribir a los reyes. Para cuando el correo llegara a La Raya, ya se habría celebrado el casamiento de mi hermana y mis padres podrían regresar a Salamanca sin que pareciera una falta de respeto al rey Manuel.

Esa tarde dictó la carta en mi cámara, por lo que pude oír parte de lo que en ella se decía. Lo importante de la misiva no fue la descripción que hizo de mi patético estado, cosa que por otra parte nadie conocía mejor que yo, lo importante fue todo el amor, sufrimiento y desesperación que se desprendía de sus líneas.

Les informó de que, gracias a Dios, en los últimos días había estado más alegre, alimentándome de zumos y durmiendo bastante bien, y que a esa hora, las seis de la tarde, había acabado de cenar. No lo recuerdo muy bien pero al parecer me habían ofrecido unos morcillos de pierna de carnero, que apenas probé, y menos de media pechuga de pollo que había malcomido, como era habitual en mí.

El pobre obispo tuvo que dejar de dictar la carta porque vomité todo lo cenado. De regreso a su tarea, y sin escatimar detalles, relató tan desagradable contratiempo a mis padres, añadiendo que lo que más le dolía era verme sin ganas de comer y sin hacer nada por mejorar mi estado. Se lamentó de que mi enfermedad hubiera llegado en un momento que ellos no podían estar a mi lado pues consideraba que su sola presencia reforzaría mi ánimo y me haría aceptar, de buen grado, los remedios que me aplicaban. Antes de acabar, rogó a los reyes que le dijeran lo que debía hacer en tal situación y, alegando que su angustia no le dejaba pensar con claridad, suplicaba su perdón por no ser capaz de encontrar una solución a mi estado. Se estaba limitando a seguir el consejo de unos médicos cuyo único empeño era intentar que comiera algo o que tomara zumos.

Cuando estaba a punto de sellar la carta comencé a encontrarme peor, con fuertes dolores y decaimiento. Tras atenderme, no dudó en abrirla de nuevo y contar este último percance a mis padres. Volvió a suplicarles que al menos uno de ellos regresara cuanto antes, y les informaba que, sin esperar su permiso, iba a llamar al doctor Hernando Álvarez de la Reina y a otros médicos.

Se me partía el alma al escuchar sus lamentos, pero no podía hacer nada al respecto; tenía la firme voluntad de morirme y parecía que me estaba saliendo con la mía.

Mi padre se había puesto en camino inmediatamente después de las nupcias de mi hermana, alertado por la primera carta de fray Diego, de manera que el último correo le alcanzó en Garrovillas, en tierras de Cáceres, y a los pocos días estaba a mi lado. Nunca le había visto tan abatido. Era un luchador nato, un superviviente, pero contra lo que se encontró en Salamanca no supo qué hacer. Había traído consigo al doctor de la Parra, un judío converso sobre el que inmediatamente recayeron las sospechas de que me estaba envenenando. ¡Pobre hombre! En mi irremediable estado, un simple vaso de agua tenía el mismo efecto que el más terrible de los venenos. Hizo lo que pudo.

Ante la ineficacia de cualquier medicina, mi padre rebuscaba en su cabeza frases que pudieran levantar mi voluntad. Me intentó convencer de que, solo con desearlo de verdad, mi estado mejoraría, sin sospechar que el principal problema era que yo no lo deseaba.

Nunca antes había visto llorar a mi padre. Me sentí obligado a reconfortarle, haciéndole ver que no debía preocuparse por mi serenidad ni porque, en el último momento, fuera a avergonzarle mostrando algún signo de cobardía ante la muerte. No podía explicarle la profunda causa de mis males ni mi ansia por dejar este mundo, pero traté de convencerle de que no iba a morir angustiado, más bien todo lo contrario. Intenté explicarle que la cercanía de la muerte no me apenaba lo más mínimo, al tiempo que reclamaba su ayuda para pasar ese trance; para terminar le animé a que se consolara pensando que mi vida, inevitablemente, estaba en manos de Dios.

Mi fortaleza y aplomo produjo el efecto contrario al deseado, aquello se convirtió en un mar de lágrimas. Margarita de Austria tuvo que ser atendida de un vahído y abandonó la cámara, el rey agarró mi mano y lloró sobre ella absolutamente descorazonado, fray Diego, fray García, Calatayud y don Luis se arrodillaron presas de la emoción e intentaron rezar en medio de tanta zozobra. Los médicos, varios doctores y licenciados, permanecieron en pie con la cabeza baja, penando, no se si por mi vida, que se escapaba, o por la suya que pendía de un hilo. Nadie, en su sano juicio, les podría reprochar incompetencia o necedad, pero también era cierto que nadie pondría su salud en manos de unos médicos que habían sido incapaces de salvar la vida al único hijo de tan altos padres, a la esperanza de España, al más noble príncipe de la cristiandad.

El rey se recompuso y trató de demostrar su habilidad de estadista hasta el último momento. Sabedor de que todo lo que dijera en tales circunstancias quedaría registrado en los papeles y en la memoria de las gentes, me dirigió unas consoladoras palabras en las que no perdía de vista que, quien se estaba muriendo, era un príncipe heredero.

—Amado hijo, ten paciencia, Dios te llama. Él es mayor rey que ningún otro, y tiene para ti otros reinos mayores y mejores que los que tenías y esperabas heredar, y que te pertenecerán para siempre.

Siguió exponiendo otras consideraciones más espirituales que apenas escuché; por momentos, su voz se transformaba en una especie de zumbido lejano y monótono que incitaba al sueño.

De regreso de uno de esos letargos, me sentí más lúcido que en las horas anteriores y pedí hacer testamento; los presentes se sorprendieron y empezaron a decir que no hacía falta, que ya habría tiempo. Afortunadamente fray Diego aún conservaba algo de calma y avisó a mi secretario, Gaspar de Gricio. El buen hombre venía con parte del testamento preparado, lo había ido elaborando con las fórmulas de rigor, por si acaso y por ahorrar tiempo y sufrimiento al moribundo. Gricio iba leyendo muy despacio lo que traía escrito en el borrador y, antes de continuar con la siguiente frase del documento, me miraba esperando mi aprobación o mi enmienda.

El protocolario preámbulo hacía referencia a la trinidad, al pecado original, a lo imprevisible de la muerte, a lo de que polvo somos y en polvo nos hemos de convertir y a otros asunto teológicos ante los que no puse ninguna objeción. Bajo la atenta mirada de mi preceptor llegó a la parte que me afectaba, donde ya tendría que tomar decisiones.

—«Yo Don Juan, por la gracia de Dios, príncipe de Asturias y de Girona, primogénito heredero de los muy altos y muy poderosos don Fernando y doña Isabel, rey y reina de Castilla, de León, de Aragón, de Sicilia, de Granada, etc., mis señores. Estando enfermo de cuerpo aunque sano de mente y entendimiento, cual Dios me lo dio, temiendo a la muerte como es natural en toda criatura, ante la que no se puede huir ni evitar, como tampoco del posterior juicio en el cual cada uno ha de dar cuenta de sus propios actos…».

El hombre me miró por si quería añadir o cambiar algo. Me hubiera gustado aclararle que en lo referente a la frase «temiendo a la muerte como es natural en toda criatura» no solo no la temía, sino que la esperaba con auténtica complacencia. Callé. Aquel heterodoxo comentario hubiera soliviantado los ánimos y entristecido innecesariamente a los presentes.

—«Otorgo y hago público por esta carta, que es la mejor manera que puedo y debo, hago y ordeno este testamento y última voluntad al servicio de Dios todopoderoso y de la bienaventurada y gloriosa virgen Santa María, su madre, a quien yo siempre tuve y tengo por mi señora y abogada, y de los bienaventurados san Pedro, san Pablo y Santiago, patrón de España, y de los otros apóstoles, y de todos los santos y santas de la corte celestial».

Hice un pequeño movimiento con la mano para llamar la atención. No hizo falta mucho esfuerzo, al menos veinte pares de ojos velados por las lágrimas estaban pendientes del menor de mis gestos. El más rápido en acercarse a mí, por proximidad y por afecto, fue fray Diego.

—¿Algo que agregar?

—Quisiera incorporarme un poco —balbuceé—, a partir de ahora tengo mucho que añadir y tan recostado me falta el aire.

Al instante aparecieron, de no se sabe donde, almohadas y cojines para intentar sentarme en la cama lo más cómodamente posible. Cuando me hubieron enderezado, hasta donde consideraron adecuado, el secretario continuó con su exposición.

—«En primer lugar, porque el alma es más noble y preciosa que el cuerpo, la encomiendo a Nuestro Señor y Salvador Jesucristo que la redimió con su propia sangre, para que la lleve a su santa gloria. Luego me encomiendo a la Virgen Santa María, su madre, para que tenga a bien rogar a su glorioso hijo el perdón de todas mis culpas y pecados, y me dé gracia para vivir en arrepentimiento y caridad, y acabar en verdadera penitencia».

La doctrina nos enseña que el procedimiento habitual para encomendarse a Dios es utilizar de intermediarios a los santos y seguidamente, en un nivel superior, a la Santísima Virgen. Yo, por mi cuenta y riesgo, había completado la corte celestial con mi amada Margarita, a la que veía en el círculo más elevado, codcándose con los padres de la iglesia o con los mismísimos apóstoles. A ella era a la que encomendaba mi vida, mi muerte, mi alma y mi eternidad; pero habría de ser en silencio, sin anotaciones oficiales, nadie lo entendería.

El secretario respetó durante unos instantes mi silencio, por mí y porque no sabía cómo anunciarme lo que venía a continuación.

—Ahora llega la parte donde debéis añadir las disposiciones que gustéis. Debido a la discreción con la que había vivido mi triste historia, sentía la imperiosa necesidad de que en mi testamento quedara alguna constancia, por muy críptica que fuera, del último año de mi vida. Aunque solamente cuatro personas sabrían a qué me refería me parecía de justicia hacerlo.

—Antes deseo encomendarme al arcángel san Miguel.

Se produjo un murmullo en la cámara. En el reino de Aragón existía una piadosa devoción por este arcángel vencedor del maligno; en Castilla, en cambio, no solía merecer una mención expresa, se entendía que quedaba incluido en el apartado de «todos los santos y santas de la corte celestial». Hice caso omiso de la impresión que había causado mi deseo y continué.

—Y al señor san Miguel, ángel, que lleve mi alma por camino seguro después que se separe de estas pecadoras carnes, para que, sin impedimento del enemigo, pueda ir al lugar deseado.

Miré intencionadamente a mi confesor, él sabía perfectamente que me estaba refiriendo a la iglesia de Almazán y a las personas y situaciones relacionadas con aquel hermoso templo, y que el lugar deseado era cualquier punto del más allá desde el que pudiera, aunque fuera de lejos, ver a mi amada. Rematé la primera parte del testamento haciendo constar disposiciones para mi entierro con la misma naturalidad que si estuviera preparando una cacería.

—Y mando mi cuerpo a la tierra de la que fue formado. Y si Dios quisiera llevarme por esta enfermedad, mando que se le dé sepultura donde el rey y la reina, mis señores, tengan previsto ser sepultados o donde ellos manden, y entretanto lo depositen donde tengan a bien hacerlo.

Los presentes estaban más conmovidos por mi entereza al disponer con tanta naturalidad de mi cuerpo muerto que por mi muerte en sí. A continuación, y con todo lujo de detalles, pasé a desgranar uno por uno los estamentos y personas concretas a las que quería dejar dinero o alguno de mis bienes.

Doné dinero a iglesias de Barcelona y Salamanca, y a aquella donde me dieran sepultura para hacer frente a los gastos de mi entierro. Encargué misas por mi alma en varios monasterios de Salamanca y mandé que se repartiera entre todos los de la ciudad, tanto de religiosos como de religiosas, una buena cantidad de dinero además de las limosnas que tenía ya apartadas para este año.

Asimismo, ordené construir en esta ciudad un monasterio de la Orden de San Zoilo de Carrión, en virtud de un voto que había ofrecido hace tiempo para cuando me llegara la muerte; lo que no había calculado era que llegaría tan pronto. De paso, dispuse dar todo el dinero necesario para terminar las obras de los monasterios helmánticos de San Francisco y de San Esteban. Este último era el monasterio de los dominicos del que era prior fray Diego. Aunque me lo agradeció con una lastimera sonrisa, sé que hubiera preferido mil veces que su orden viviera entre andamios a que los recursos para terminarlo le llegaran de tan triste manera.

Uno de los apartados habituales de los testamentos de las personas de calidad era el de donar dinero para que huérfanas y pobres pudieran casarse. El recuerdo del reducido número de pretendientes que tuvo Margarita por no tener dote me hizo engrosar la cantidad de la donación más allá de lo que se consideraba normal.

Dispuse también, según la costumbre, una buena suma de dinero para que se pagara rescate por cautivos en poder de los moros, enemigos de nuestra santa fe católica.

En un momento que me detuve para retomar aire me fijé en la cara de angustia de mis médicos. A pesar de sus denodados esfuerzos no habían conseguido curarme y, aunque faltaban tres meses aún para que acabara el año, me pareció oportuno que se les pagara el año completo, y así lo hice constar.

Al referirme al salario de los médicos se me ocurrió que sería una buena idea dejar por escrito el pago del resto de las deudas y compromisos adquiridos: habiendo un testamento de por medio, ninguno de los albaceas tendría la tentación de ser tacaño o hacerse de rogar. Con suma paciencia fui nombrando a mis sirvientes, empezando por mi aya y mi camarero mayor, y siguiendo por mis camareros, mozos, pajes y resto de servidores, para que se mirara por ellos y se les pagara íntegramente lo convenido para este año de 1497, incluidas todas las deudas pendientes del mantenimiento de mi casa. Dentro del apartado de deudas recordé, y mandé anotar, que no había acabado de pagar el dinero que le prometí a mi montero mayor por su casamiento.

La palabra casamiento me produjo una sensación agridulce. Cerrando lo ojos vislumbré el instante de efímera y engañosa felicidad de aquella noche cuando, en la iglesia de Santa Celicia de Villasevil, creí estar casándome con mi Margarita. Los abrí de golpe y busqué ávidamente a mi confesor.

—También hice voto de dar en limosna la ropa que vestí la noche de mi boda, sobre lo que ya he hablado con el padre fray García de Padilla; mando pues que se dé dicha ropa donde dijere el susodicho fray García de Padilla.

Se levantó un pequeño murmullo en la sala. Nadie salvo mi confesor entendía mi especial interés por lo que fuera a pasar con la ropa que vestí la noche de mi boda y no con la que vestí durante el día en la solemne ceremonia que se ofició en Burgos. Mi confesor asintió y buscó con la mirada a Calatayud, que hizo lo propio en un claro gesto de complicidad. Este cruce de señales llevó a mi preceptor a dedicarme una mirada inquisidora, y al momento, cuando se dio cuenta de a qué noche me refería, comprensiva.

Entre los rostros brillantes por las lágrimas y amarillos por la luz de las velas había uno que perturbaba la paz en que me encontraba sumido. Aquel rostro, ahora tan extraño, me recordaba que realmente me había casado y que mi esposa legítima estaba allí, otra vez sola en un país extranjero a merced de lo que se quisiera disponer sobre ella. Disfracé mi compasión de conyugal afecto y le dediqué un apunte en el apartado de deudas.

—Suplico a sus altezas que se hagan cargo de la serenísima princesa, mi muy querida y amada mujer, que se cumplan con ella las arras que se le prometieron y hagan con ella lo que de sus excelentísimas virtudes espero.

Mi pequeño detalle hacia Margarita de Austria, que no dejaba de llorar, provocó de nuevo su salida de la cámara asistida por sus damas. A pesar de los ropajes ya se notaba su estado de buena esperanza, haciéndome caer en la cuenta de que ni siquiera había mencionado a mi hijo. Hasta aquel momento nunca había considerado a ese futuro niño como «mi hijo», fue una sensación agradable. Movido por una mezcla de ternura y responsabilidad reorganicé mis ideas, y calculé que quizás había sido demasiado generoso en mi testamento con iglesias, monasterios y personas más o menos cercanas; quería que mi hijo tuviera un patrimonio propio desde el momento de su nacimiento y no que estuviera a expensas de la caridad de sus abuelos hasta que le llegara el momento de reinar.

En mi única anotación cómo progenitor hice constar que, «para satisfacer las mandas del testamento, entregaba a los reyes y a mis otros testamentarios todo mi dinero, oro, joyas y todos mis bienes muebles y semovientes, para que se hicieran cargo de ellos y los utilizaran para pagar lo prometido en el testamento. Y si los bienes citados no bastasen suplicaba a sus altezas que, añadiendo este a tantos otros favores concedidos, pusiesen ellos el dinero que faltase para cumplir mi legado, dejando como legítimo y universal heredero de los otros bienes remanentes a mi hijo o hija que pariere la serenísima princesa».

Todo estaba cumplido. Me hundí en los almohadones para dictar a mi secretario los nombres de los testamentarios que se encargarían de cumplir, pagar y ejecutar mi última voluntad. Fui nombrando, por orden de afecto y también de rango, al rey y a la reina, mis señores, a fray Diego de Deza, obispo de Salamanca, mi maestro y capellán mayor, a fray García de Padilla, mi confesor, y a Juan Velázquez, mi contable mayor.

Mi secretario se despidió con lágrimas en los ojos, convencido de que, probablemente, no volvería a verme con vida. No podía quedarse más tiempo en la cámara, quería pasar a limpio el documento lo antes posible para que yo pudiera firmarlo y, si no llegaba a tiempo, lo refrendaran los testamentarios, los testigos y él mismo en su cargo de notario público.

Con la marcha de Gaspar de Grizio la cámara se quedó en silencio. La duda que rondaba la mente de los presentes no era si me moría, la duda era si vería la luz del alba. Mi preceptor, capellán mayor, maestro y amigo hizo una señal a mi confesor y ambos salieron para volver, al poco tiempo, revestidos con los ornamentos sagrados. Mi padre, que no me había soltado la mano durante el tiempo que llevó escribir el testamento, se tuvo que apartar para dejar que los dos frailes y los monaguillos que les asistían, pudieran acercarse para administrarme el último sacramento.

Intenté despedirme de fray Diego, pero apenas conseguí articular una palabra; el esfuerzo del legado de la herencia me había dejado exhausto. Afortunadamente, en estos últimos días en los que no se había separado de mi lado, habíamos podido tener algunos momentos de intimidad que aproveché para referirle, con todo lujo de detalles, lo que había pasado por mi mente desde que supe que mi esposa no era mi Margarita.

No había necesitado contarle mucho, lo que no sabía se lo había imaginado con total acierto. Su corazón escuchaba mis explicaciones atormentándose por mi abandono y mi entrega voluntaria a la muerte; su mente escuchaba a los médicos que descartaban la melancolía como causa de mis males y culpaban de ellos a una terrible y confusa enfermedad contra la que se sentían incapaces de luchar. Ambas hipótesis eran ciertas, aunque él, por el amor que me tenía, acabó aceptando la versión de los médicos y dedicó mis últimos días a reconfortarme espiritualmente.

Las campanas de la catedral daban las nueve de la noche llamando a la oración de completas del cuarto día del mes de octubre del año del nacimiento de Nuestro Salvador Jesucristo de 1497, cuando mis dos queridos frailes terminaron de realizar el rito de la extremaunción.

El rey Fernando volvió a sentarse a un lado de mi lecho, cogió

mi brazo y comenzó a frotarlo intentando transmitirme su vida a través de la piel. Fray Diego se colocó al otro lado, encogido sobre sí
mismo y sobre mi mano, haciendo un esfuerzo ímprobo por no llorar
y manteniendo sus ojos en los míos, tratando de transmitirme esa paz
que creía que necesitaba.

Prácticamente ajeno a mi entorno no sentía dolor alguno, tan
solo notaba que mi respiración y los latidos de mi corazón eran cada
vez más lentos y sutiles. La visión se me fue difuminando lentamente
y, cuando estaba a punto de cerrar los ojos, me pareció ver al fondo
de la habitación, entre penumbras, un punto de luz que se hacía más
y más grande. Dentro de aquella bola deslumbrante se iba definiendo
un paisaje que enseguida reconocí: era la estampa del soto y del Duero que pude ver desde mi ventana del palacio de Almazán el día de mi
decimoctavo cumpleaños.

Hice un esfuerzo supremo por incorporarme hacia aquella visión
vivificante mientras suspiraba profundamente lleno de dicha. En ese
momento noté que flotaba sobre la cama, sobre las sábanas, sobre mi
cuerpo.

Con la misma paz que ahora me inunda, observé entristecido la
cámara llenándose de lloros nada disimulados. El cuadro era devasta-
dor. Mi padre besaba desesperadamente mi mano aparentando piadosa resignación, mientras en su interior odiaba al mundo entero por ese
fatídico desenlace. Fray Diego, al ver que intentaba incorporarme,
había pasado rápidamente su brazo por mi espalda para ayudarme de
manera que me quedé así, acurrucado en sus brazos y con la cabeza
recostada en su pecho.

Ahora cierra mis párpados sin dejar de abrazarme, con mano
temblorosa y el alma muerta de tristeza.

A fray Diego le está costando mucho trabajo separarse de mi
cuerpo, me aprieta contra él ignorando las lágrimas ligeras y silen-
ciosas que caen sin control por sus mejillas. Convencido al fin de lo
irreversible de la situación, me ha recostado delicadamente sobre las
almohadas y despeja mi cara, pálida y brillante por el frío sudor de la
muerte, del pelo empapado que se me había pegado en estos últimos
instantes. Transido de dolor, toma la decisión de abandonar Salamanca, su obispado y, lo más triste, su universidad; le resulta imposible
seguir viviendo en la ciudad en la que yo he muerto.

Se acerca al rey para presentarle sus condolencias; no necesita decir nada. Mi padre, en un gesto sin precedentes, se funde con él en un dramático abrazo que desconsuela, aún más, a los abrumados testigos.

Tan triste ceremonia es coreada por los patéticos aullidos de Bruto. Ha pasado los últimos días acurrucado a los pies de mi cama o moviéndose torpemente por el cuarto, entre quejidos ahogados que mezclaban mi dolor con su pena. Sabe que ya no me molesta y libera su angustia de la única manera que puede.

Asumido el fin y la despedida, llega el momento de preparar al difunto. Fray Diego pide permiso al rey para ocuparse de mi cuerpo, no va a consentir que nadie más me toque. Don Luis de Torres no se va con los demás; con toda humildad, se ofrece a mi preceptor para ayudarle con el agua, los paños y lo que necesite para preparar mis restos. Mi joven camarero, aunque no alcanza a comprender plenamente lo ocurrido, se ha mantenido durante estos meses devotamente a mi lado, riendo con mis dichas y sufriendo con mis desgracias.

Calatayud no tiene que ofrecerse ni que pedir permiso, clavado en el suelo mira a fray Diego a través de unos ojos inundados, mostrándole su clara intención de no salir de la habitación. Fray Diego, consiente, emocionado por estas pruebas de sincero afecto y admitiendo a mis camareros tan solo como ayudantes, nadie le va a privar de su último servicio a mi persona.

Sin prisa, el buen obispo desviste mi cadáver y lo lava con el mismo cuidado y ternura con que habría lavado a un niño pequeño que durmiera. Lo hace despacio, murmurando oraciones incomprensibles porque su mente está ocupada en rememorar su vida a mi lado, la que fue, la que pudo haber sido, la que nunca sería. Para terminar, me viste con el hábito de los franciscanos y me envuelve en jerga blanca. Ha optado por esta indumentaria por ser el 4 de octubre la fiesta de san Francisco y por mi conocida devoción al santo de Asís. Sin más lágrimas que derramar, entre Calatayud y él me cogen en brazos posibilitando que don Luis sustituya la ropa de la cama por un repostero de terciopelo negro con los escudos reales. Mi joven camarero a duras penas puede contener las lágrimas cuando arrebuja contra sí las sábanas que acaba de quitar, empapadas con mi sudor. Descorazonado por el dolor, toma la decisión de ingresar en la orden francisca y pasar el resto de su existencia vestido con mismo hábito con que me amortajaron, renunciando a la vida que yo ya no podría disfrutar.

Fray Diego, ausente de sí mismo, abre las puertas para que la corte pueda pasar a presentarme sus últimos respetos. Mis servidores rodean mi cuerpo de cirios, cuelgan paños negros y cubren los espejos.

El rey, entretanto, está enviando un correo a la reina comunicándole que, debido a mi precario estado de salud, sería conveniente que se despidiera de los recién casados y regresara cuanto antes. Mi padre ha decidido enterrarme al alba, de forma provisional, en la catedral de Salamanca para, inmediatamente después, partir al encuentro de mi madre. Quiere darle la terrible noticia en persona en lugar de que se entere por un extraño. También da orden de enviar correos a los cuatro puntos de la península, a los territorios de las dos coronas fuera de España, a las islas y a todos los reinos de Europa. Manda celebrar cuarenta días de luto oficial con todos los ritos, actos y gastos que fuesen precisos.

El luto oficial alcanzará a toda la población de ambos reinos, desde mis propios padres hasta el más humilde de sus súbditos. Se cerrarán los negocios y las oficinas públicas, no habrá bodas, bautizos, fiestas, bailes ni música. Los sastres y modistas no podrán confeccionar otra ropa que no sea de jerga blanca o de luto negro. Y se gastará toda la cera que sea necesaria para que los cirios ardan día y noche allí donde haya algún súbdito de Aragón o Castilla, y en aquellos otros reinos que se consideren amigos.

Yo no necesito tanto derroche, es mi padre el que desea castigar al género humano por su pérdida. Quiere que todos los mortales sientan una mínima parte del terrible dolor que él siente porque no solo se ha muerto su hijo, se ha muerto el príncipe llamado a ser la esperanza de las Españas, la luz de su gloria, el espejo en que se habrían de mirar todos los príncipes del orbe.

El día de mi muerte lo estoy ocupando en acostumbrarme a mi actual condición de alma en pena, aunque la pena es de los vivos, no mía, y despidiéndome de las personas a las que quiero y me quisieron. Ellos no saben que estoy a su lado, pero me gustaría transmitirles un poco de paz que paliara su sufrimiento. El mío se ha quedado con mi cuerpo que, visto desde fuera y desprovisto de cualquier lujo y boato, parece muy poquita cosa.

La ciudad se viste de banderas negras y las personas de jergas blancas, mi hábito franciscano es la única nota de color entre tanto duelo. Y por fin, al alba, se forma un pequeño cortejo fúnebre que acompaña mis restos las pocas varas que separan el palacio episcopal de la catedral. Lo encabeza mi preceptor en su último acto como obispo de la ciudad que ha decidido abandonar para siempre. Le siguen mi padre, el rey, mi esposa Margarita de Austria, mis camareros y pajes, y Bruto.

Mi ataúd, bajo palio de terciopelo negro, cubierto con un repostero del mismo tejido sobre el que destacan, en oro y plata, los escudos de Aragón y Castilla, es el centro de esta ceremonia sentida y profundamente doliente, como suelen ser aquellos funerales en los que el fallecido es realmente apreciado. Mientras, en la calle, el pueblo llano se enternece con un conmovedor romance que el maestro Juan del Enzina ha compuesto en mi memoria.

Triste España sin ventura,
todos te deben llorar,
despoblada d'alegría,
para nunca en ti tornar.

Pierdes toda tu esperanza,
no te queda qué esperar.
Pierdes príncipe tan alto,
hijo de reyes sin par.

Llora, llora pues perdiste
quien te había de ensalzar.
En su tierna juventud
te lo quiso Dios llevar.

De tan penosa tristura
no te esperes consolar.

Ha llegado el momento de abandonar definitivamente este mundo y responder ante el Creador del uso que he hecho de la vida que me dio.

Desde el momento de mi nacimiento he sido mimado y protegido por los que me han rodeado, los que me han conocido me han querido y los que me han servido me han sido fieles. El insoportable dolor que me ha llevado a la tumba me lo he causado yo mismo, mi débil cuerpo y mi fantasioso corazón han sido mis únicos enemigos.

En mi descarga únicamente puedo alegar que todas mis obras, palabras y pensamientos del último año de mi existencia han obedecido a la tarea de intentar combinar mis deberes con mis afectos y, visto el resultado, no he debido de hacerlo demasiado bien.

Dios Nuestro Señor, en su eterna misericordia, decida si ha habido maldad en mis actos y me juzgue en consecuencia.

Glosario

Alonso de Aragón. Hijo bastardo del rey Fernando, arzobispo de Zaragoza.

Alonso de Cárdenas. Hijo del Comendador Mayor de Santiago, muerto en Burgos en una carrera de caballos durante las fiestas de los esponsales del príncipe.

Amadís. Protagonista de la novela de caballerías *Amadís de Gaula*.

archiduque Felipe de Austria. También conocido como Felipe el hermoso, hijo del emperador Maximiliano de Austria, marido de Juana de Aragón y Castilla y padre del emperador Carlos I de España y V de Alemania.

archiduquesa Margarita de Austria. Hermana del anterior y esposa del príncipe Juan. A la muerte del príncipe estaba embarazada, pero el embarazo se malogró. Poco tiempo después de enviudar fue devuelta a la corte de su padre Maximiliano. Años más tarde se convertiría en la tutora de su sobrino, el futuro emperador Carlos I de España y V de Alemania.

Arturo Tudor. Príncipe de Gales, hermano mayor del futuro Enrique VIII y primer marido de Catalina de Aragón y Castilla.

arzobispo Cisneros. Arzobispo de Toledo, futuro cardenal Cisneros, confesor y consejero de la reina.

arzobispo Diego Hurtado de Mendoza. Arzobispo de Sevilla y patriarca de Alejandría.

Bernardino Fernández de Velasco. Esposo de Juana de Aragón, I duque de Frías, III conde de Haro, VII condestable de Castilla.

Bruto. Perro del príncipe don Juan. Lo referido a su aspecto, inteligencia y comportamiento tras la muerte de su amo son datos relatados por cronistas de la época.

cámara. Conjunto de habitaciones privadas.

Catalina de Aragón y Castilla. Quinta hija de los Reyes Católicos. Casó en primeras nupcias con Arturo Tudor, príncipe de Gales, y al enviudar se desposó con su hermano Enrique VIII.

familia Hurtado de Mendoza. Señores de la comarca de Almazán, provincia de Soria.

Fernando II de Aragón. Rey Católico y padre del príncipe Juan.

Francisca Juárez. Esposa del camarero mayor Juan de Calatayud.

fray Diego de Deza. Preceptor del príncipe y su capellán mayor, prior de los dominicos de Salamanca, obispo de varias ciudades, entre ellas Salamanca, catedrático de Teología de la Universidad de Salamanca y firme valedor de la causa de Cristóbal Colón.

fray García de Padilla. Confesor del príncipe y amigo personal de fray Diego de Deza.

Garci Rodríguez de Montalvo. Regidor de Medina del Campo. Autor de la versión actual de la novela de caballerías *Amadís de Gaula,* dedicada a los Reyes Católicos.

García de Albarrategui. Compañero de caza del príncipe y mozo de ballesta de los reyes. Cuando el príncipe decide crear una casa de mancebía en Salamanca, otorga los derechos de explotación a García de Alabrrategui. A la muerte del príncipe, el Ayuntamiento de Salamanca revoca la adjudicación y se la otorga a un noble de la ciudad. No consta que García de Albarrategui recurriera esta usurpación ante los reyes.

Gaspar de Gricio. Secretario del príncipe.

Isabel de Aragón y Castilla. Primogénita de los Reyes Católicos. Casó en primeras nupcias con el príncipe heredero de Portugal, enviudó antes del año de casada. Desposada en segundas nupcias con el rey Manuel de Portugal, tío de su difunto marido. Murió de parto, y su hijo pocos años después. De haber vivido, Miguel de Portugal Aragón y Castilla se hubiera convertido en heredero de los tres reinos de la península.

Isabel I de Castilla. Reina Católica y madre del príncipe Juan.

Juan de Anchieta.   Famoso polifonista español y maestro de capilla del príncipe, es decir, director de los cantantes e instrumentistas que componían la capilla musical de don Juan.

Juan de Aragón y Castilla.   Segundo hijo de los Reyes Católicos, primero en la línea sucesoria. Murió a los 19 años por causas desconocidas, posiblemente tuberculosis, aunque también se barajó el envenenamiento. Historiadores del siglo xix achacan tan temprana muerte a su débil salud, unida a una desmedida actividad sexual con su esposa Margarita de Austria, apodándole «el príncipe que murió de amor».

Juan de Calatayud.   Camarero mayor del príncipe en sus últimos años de vida. El príncipe era servido por doce camareros elegidos entre la flor y nata de la nobleza española, de los cuales seis eran personas mayores que aportaban experiencia y cordura, y seis eran más o menos de la edad del príncipe y hacían las funciones de compañeros o amigos.

Juan del Enzina.   Apodo de Juan de Fermoselle, maestro de capilla de la casa de Alba, uno de los más importantes compositores de polifonía profana de la época.

Juana de Aragón.   Hija bastarda del rey Fernando.

Juana de Aragón y Castilla.   Juana la Loca, tercera hija de los Reyes Católicos, esposa de Felipe de Austria, Felipe el Hermoso, y madre del Emperador Carlos.

Luis de Torres.   Uno de los camareros jóvenes, hijo del condestable Miguel Lucas de Iranzo. A la muerte del príncipe ingresó en la orden franciscana.

Manuel.   Rey de Portugal. Segundo marido de Isabel de Aragón y Castilla, y posteriormente marido de María de Aragón y Castilla.

Margarita, *la Lavandera.*   Personaje de ficción.

María de Aragón y Castilla.   Cuarta hija de los Reyes Católicos, casó con el rey Manuel de Portugal, viudo de su hermana mayor Isabel.

ministriles.   Músicos instrumentistas.

monteros de Espinosa.   Cuerpo de guardia nocturno de los reyes de la casa de Trastámara, elegidos entre los ciudadanos del pueblo burgalés de Espinosa.

mozos de la cámara.   Personal encargado de la asistencia directa y cotidiana al príncipe.

Oriana.   Dama de Amadís.

reposteros de camas.   Cuerpo de guardia diurno dentro de la cámara.

Ruiz de Villegas.   Señor de Villasil, antepasado de Francisco de Quevedo y Villegas.

Sanper y Veyre.   Embajadores alemanes que acompañaron a la archiduquesa Margarita en su viaje a España.

ROSA GARCÍA CACHÁN

(León 1960). Estudió Biología y Música. En la actualidad es profesora de Coro y Orquesta en el Conservatorio Profesional de Salamanca.

Desde siempre le interesó la historia, no la que inventaría sucesos, sino aquella que profundiza en el cúmulo de emociones, anécdotas y decisiones aparentemente intrascendentes del día a día, que acaban forjando caracteres, forzando situaciones y conduciendo la vida de las personas, que una vez que pasan a los libros de historia dejan de ser personas y su vida, para convertirse en personajes y hechos históricos.

Plasmar en papel esta cotidianeidad de la historia es lo que la ha llevado a escribir, siendo finalista en diversos concursos literarios, entre ellos, el de nuestro I Certamen con el relato «Cambio de planes», que fue publicado en 2015 en *Relatos en un reloj de arena (I)*. Un año más tarde, volvería a ser finalista con su relato «El Café de la Perla», publicado en *Quince relatos y un nuevo reloj*.

Este libro se editó en marzo de 2017